아버지의 시말서

아버지의 시말서

초판 1쇄 발행 | 2015년 4월 28일

지은이 이응수
발행인 이대식

책임편집 김화영 **편집** 나은심 차소연
마케팅 김혜진 배성진 지다영 박중혁 **관리** 홍필례
디자인 모리스

주소 서울시 종로구 평창길 329(우편번호 110-848)
문의전화 02-394-1037(편집) 02-394-1047(마케팅)
팩스 02-394-1029
홈페이지 www.saeumbook.co.kr
전자우편 saeum98@hanmail.net
블로그 saeumbook.tistory.com
페이스북 facebook.com/saeumbooks

발행처 (주)새움출판사
출판등록 1998년 8월 28일(제10-1633호)

ⓒ이응수, 2015
ISBN 979-11-86340-03-5 03810

아버지의 시말서

이응수 장편소설

새홍

차례

작가의 말

언젠가 자정을 넘겨 귀가하던 날 밤에 있었던 일이다. 경비원 한 사람이 혼자 마당 가운데서 하늘을 올려다보고 있었다.

"아저씨 뭣 하세요?"

면이 익은 경비원이라 인사 삼아 건넨다.

"한 시가 넘었는데도 불 켜진 데가 너무 많아 그냥 한번 세어 봅니다."

얼른 보는 눈에도 양쪽 동으로 불 붙은 창이 삼사십 개는 수월해 뵌다.

"저런 집에서는 이 시간에 뭘 하고 있을까, 그런 것도 한번 생각해 보고요."

난 속으로 밤이 깊고 하니 졸음도 쫓을 겸 나와서 저런 식으로도 시간을 죽이는 거겠지, 생각하며 히죽이 공감하듯 웃어주자 그는 이렇게 이어간다.

"꼭 크로스워드 문제판 같잖아요. 불이 꺼진 창은 답을 메운 집, 불이 켜진 창은 아직 답을 못 찾아 공부하고 있는 집, 해서 말입니다."

"참, 그러고 보니 그런 생각도 할 수 있겠네요."

"지금 이 시간까지 불을 써놓고 있자면 뭐든 좀 어려운 일이 있을 거 아닙니까. 아직 그 일이 해결 안 됐으니까 저래 불을 써놓고……. 수험생이 있다거나 아픈 사람이 있으면 불을 쉽게 못 끌 거 아니겠어요."

그럴싸한 논리에 나는 고개를 끄덕인다. 그러고 보니 아직 우리 집 창에도 불이 붙어 있다. 우리 집에도 내가 들어가지 않았으니 그날 문제가 해결 안 된 집은 분명하다.

다음 이야기가 많은 것을 생각하게 만든다.

"경비원 생활 한 지가 2년이 다 돼가는데, 난 아직 불이 다 꺼진 날은 한 번도 못 봤습니다. 그런 거 보면, 산다는 게 다 힘든가 봐요."

저마다 가정을 들여다보면 101호나 102호, 103호가 사는 게 크게 다르지 않은 모양이다. 나는 이날 모처럼 경비원의 눈을 통해 우리는 같은 배를 타고 가는 공동운명체라는 걸 비로소 알게 된 것 같다.

아파트라는 공동주택이 이 땅에 들어와 둥지를 튼 지도 어언 반세기가 다 돼간다. 하지만 우리는 어쩌다가 한 뼘 벽 하나를 사이에 두고도 이웃에 누가 사는지 모르는 경우가 태반이다. 이웃 마을 아무개네 돼지 출산일까지 정확하게 알던 우리네 정서로서는 참으로 안타까운 일이다.

실패한 월급쟁이들의 종착역이 아파트 경비원이라고들 한다. 공동주택에서는 경비원들도 큰 의미에서 가족의 범주에 넣을 수가 있으며, 그들의 일거수일투족은 우리 아파티즌들이 어떻게 살고 있는지 잘 반증해 주는 거울이다.

경비원은 을乙의 대표적 직업이기도 하지만, 힘들게 오늘을 살아가는 한 가정의 가장인 아버지의 대명사로, 본의든 아니든, 이 나라 여명기에 태어나서 한 시대를 아픔으로 지탱해 온 생활전

선의 주인공들이다. 또한 그들은 대부분 유엔이 정한 '노인'들이며, 우리나라에서는 '어르신'으로 호칭되는 인생 경력자들이다. 인생유전의 포물선을 넘어 이젠 황혼길에 들어선 사람들, 그들은 저마다 파란만장한 장편소설감 하나씩을 지고 살면서도, 오늘은 말을 아낀다.

글을 쓸 때 연민이며 동정, 분노 같은 건 피해야 그 글이 제대로 산다. 나는 이 글을 쓰는 동안 그들과 티격태격하느라고 애를 먹었다. 행간마다 그들이 끼어들어 나를 괴롭혔기 때문이다. 붓을 놓고서야 간신히 그 갈등에서 벗어날 수가 있었다.

외람되게도 이 글을 30만 경비원들에게 바친다.

2015년 4월

이응수

몸부림

갑돌이와 갑순이는 한 마을에…….

조붓한 흥분으로, 서두르며 신발을 씻고 있는데 하필 그때 휴대폰이 운다.

멈칫하며 휴대폰이 있는 허리춤을 한번 힐끔거리던 그는 못 들은 척 내버려두고 하던 일을 계속한다.

조막만 한 아이들 신발인데 뽀얗게 씻어놓으니 볼수록 앙증 맞고 귀엽다. 명품 브랜드에다. 금세 샀다고 해도 곧이들을 만 큼 색깔도 아직 살아 있다. 헌옷수거함 위에 있는 걸 출근길에 발견하곤 들고 와서 지금 씻는 참이다. 아파트에서는 가끔 있 는 일로, 아이가 성큼 크는 바람에 누군가 필요한 사람이 있 으면 가져가라고 내다놓은 것이다.

방아가 신으면 딱 맞지 싶다. 그만 방아가 신고 좋아라 뛰어

다니는 모습이 그의 눈에 선하다.

갑돌이도 화가 나서…….

휴대폰이 계속 운다. 그의 손놀림이 바쁘다. 이런 일에 뭐랄 사람은 없지만 그렇더라도 남볼썽을 생각 안 할 수가 없다. 경비원 자리가 그런 자리다.

겉으로느은 모르는 척했더래요.

한사코 일을 마친 뒤에서야, 그는 헹궈낸 세숫대야의 물까지 버리고는 그때서야 휴대폰을 허겁지겁 꺼내든다. 전화기를 펴는데 저쪽 목소리가 비집고 나온다.

"얼른 전화 안 받고 머 하노."

왜가리 목소리가, 구 씨다. 오늘 아침에 자기랑 임무를 교대하고 퇴근한 103동 〈1문〉 경비실 짝꿍이다.

무엇보다 먼저 다행이란 생각이 든다. 자기 번호를 알고 있는 사람이래야 구 씨와 관리실 빼고 나면 집 식구들뿐이고, 집 전화라면 하나에서 열이 모두 걱정거리뿐이어서, 속으론 잔뜩 마음을 죄고 있던 참이다.

그 틈에도 그의 눈은 얼른 벽시계를 다녀온다.

〈11 : 10〉

숫자판 벽시계는 빨간 눈알로 깜박거리며 그를 내려다본다. 경비실에서 일어난 일은 무엇이든 사건이 되면 시각과 무관한 것이 없다. 인터폰 받는 버릇이 어느 틈에 휴대폰한테도 옮은 것이다.

"웬일이여?"

이름만 짝꿍이지 퇴근하면 다음 날까지 보통 서로 연락을 끊고 지내는 게 관행이다. 자기 같으면 지금쯤 부족한 수면을 채우기 위해 세상 버리고 잠에 빠져 있을 시각이다.

"책상 깔판 밑에 한번 보래. 누런 봉투가 하나 있을 거야. 내가 나오믄서 칸다는 기 깜박하고 그냥 왔걸랑. 그래서⋯⋯."

그는 전화기를 바꿔 들고 깔판을 들어본다. 얄팍한, 앞뒤가 깨끗한 봉투 하나가 거기 누워 있다.

"응, 여기 뭐 하나 있네."

"그거 함 읽어보고 싸인을 하든지, 도장을 찍든지 해서, 2문 조 씨한테 건네주라구."

"이기 먼데?"

봉투 속을 훅 불면서 묻는다.

"보믄 알 거야. 우리, 노조 결성하는 긴데, 저, 109동 4문에 공 씨라고 키가 쪼매한 사람 있잖아, 철도청인가 어데 있다가 나왔다 카는 사람, 그 양반이 노동청에 정식으로 등록할 때까지는 자기가 책임진다고 캐서, 우리 갑반은 백 푸로 오케이 해뿔렸다 아이라. 그라고 등록 끝날 때까지는 쉬쉬하기로 약속했응게, 그래 알구. 내가 카는 거 무신 말인지 알겠제?"

차악 가라앉은, 심이 든 말투가 사람을 조붓하게 긴장시킨다.

기어이 일을 하나 만들 모양이다. 왜가리가 히악히악 소리를 지르며 가을 창공을 난다.

"알기야 알제. 그런데 이게 가능하기는 항가?"

묻는 그의 말에 근심과 의심이 같이 매달린다.

"그 양반이 그라는데, 댄다 카더라. 문제읎대. 소문 들으보이, 공 씨 그 사람이 원래 그쪽으론 골수분자 출신이더구마. 노조에 대해서는 빠삭하더라카이. 그쪽 물도 마이 묵었고, 마당발이 따로 읎더라니까."

"그래도 시운 건 아일 긴데……."

전화를 받으면서도 그의 눈은 창밖 건너쪽 주차장에서 세차하고 있는 한 사람을 열심히 지킨다. 장 사장이다. 아까 자기 차 안으로 몸을 들이미는 것까지 봤고, 그래서 빠져나간 줄 알았는데, 그동안 계속 차에 매달려 있었던가 보다. 승용차 지붕이 물속에서 막 고개를 내민 돌고래 콧잔등으로 윤기가 반지르르 흐른다.

"참 걱정도 팔자다. 댄다고 깃대 든 사람이 나왔는데 와 자꾸 님자가 고추 썹는 소리를 하노. 가마이 있다가 일이 용역업체로 너머가 보라카이, 지금 봉급 삼분지 일은 달아난다 아이라. 최소한 그거 하나는 막아야 할 거 아이라. 그러이까 여러 소리 말고 도장 딱 찍어 조뿌리라카이. 협조해 주라. 나는 어데 생각이 읎능강. 아모리 뚫어바도 길은 그거 하나뿐인 기라."

이건 협조를 구하는 게 아니라 강압이다.

"무슨 뜻인지 알기는 알겠는데……."

저쪽에서 그의 말을 삭둑 자른다.

"원래 방구 자주 끼만 똥은 싸게 대 있다. 그 사람들이 와 비싼 밥 묵고 싫읍는 소리 하겠노. 고양이 모가지에 방울 달 사람이 읍서가꼬 지금꺼정 꾸물거리고 있었던 거 아이가. 이자 방울 달 사람이 하나 나왔스이 한번 밀어부쳐 보자고. 죽을 때 죽더라도 찍 소리는 한번 내보고 죽어야 할 거……."

이번엔 그가 저쪽 말을 끊는다. 세차가 끝났는지 이윽고 장 사장이 벗어놓은 윗도리를 걸치며 이쪽으로 방향 잡는 게 보였기 때문이다.

"자우지간 알았구마. 내가 알아서 할게. 전화 끊는다. 급한 기 있어 그러이까, 이따 내가 다시 걸게."

당장은 장 사장한테 신경 쓸 일이 더 급하다. 말은 구 씨하고 나누지만 눈은 계속 장 사장의 일거수일투족을 주시해 온 터다.

"알아서 하다이. 무조건 도장 찍어 넘기라고."

"알았다이까."

그는 얼른 전화기를 접고, 그때까지 들고 있던 봉투를 다시 제자리에 얼른 묻는다. 괜히 그만 생각지도 않은 일로 가슴을 쥔다.

장 사장은 103동 동 대표로 〈장미촌아파트〉의 운영위원이다.

장미촌에는 101동에서 109동까지 9개 동 1,200여 세대가 사는데, 각 동에서 자천, 타천으로 뽑혀 나온 대표들이 운영위원회를 구성하고, 단지 내의 모든 규정과 수칙은 그들이 만들고 개정하며, 그들이 주축이 돼 굴러가고 있다. 주민들이 그런 제도를 만들어 그렇게 위임해 놓았다.

그들의 입김은 적어도 장미촌에서는, 보이게 안 보이게 나름대로의 힘을 갖는다. 경비원들을 직접 지휘, 감독하는 건 관리소장이지만 소장이 눈치를 봐야 하고 겁내는 사람이 그들이라, 경비원들한테는 자연히 상왕일 수밖에 없고, 따라서 그들의 일거일동에는 신경을 안 쓸 수가 없다. 개중에서도 장 사장 같은 사람은 그것도 벼슬로 알고 으스대는 스타일이어서 대하기가 여간 껄끄러운 게 아니다.

103동에는 네 개의 문이 있는데 그는 구 씨와 한 조로 〈1문〉에 근무하고 있다. 장 사장은 〈1문〉 골목(이곳에서는 계단을 골목이라 부르고, 같은 계단을 쓰는 두 줄 15층의 30세대를 한 골목 사람들이라 부른다) 10층에 산다.

〈1문〉 남자들은 교직에 있는 두 사람을 제외하곤 모두 그에게 〈사장님〉 호칭을 듣는다. 이 아파트, 아니 이 세상 아파트 주민들은 모두 소속 경비원들한테는 사장님이 될 것이다. 날품 파는 사람들도, 먹고 노는 사람들까지 모두.

살면서 써먹어 보니 사람을 호칭하는 데 그것보다 더 편한 게 없다. 부르는 사람들은 호칭 선별에 고민할 일이 없어 좋고, 듣는 사람들은 입에 발린 소리나마 장짜리 대우를 받으니 싫지 않은 모양이다.

"이거저거 재고, 따지고 할 거 읍구마. 무조건 사장님이라고 부르믄 대. 선생이야 직책이 있으니께 그래 몬 부른다 카지만 다른 사람은 다 개한타 아이라. 그라믄 부르는 쪽도, 듣는 쪽도 젤로 무난하다카이."

3년 전, 상견례 자리에서 구 씨가 그에게 일러준 말이다. 그 말만 믿고 그는 개인택시 하는 상고머리 같은 사람들도, 자식뻘이지만 〈사장님〉이라 부른다.

전화기를 접은 뒤로 그의 눈은 계속 장 사장의 꽁무니를 좇는다.

종합병원의 장의 업무를 떼내어 운영하고 있다는 장 사장은, 자기가 불경기라면 사람이 잘 안 죽는다는 이야기라는 걸 모르는 사람이 없을 텐데, 걸핏하면 불경기가 사람 잡는다곤, 올 여름 내내 익모초 씹은 상판을 하고 다니더니만, 요즘도 그런지 아예 승용차는 마당 가운데 모셔놓고 노상 거기에 붙어산다. 어쨌거나 좋은 차 굴리고, 가정교사 들이고, 수영장 셔틀버스에 여편네가 안 빠지고 오르내리는 걸 보면 재주는 용한 사람이다.

〈1문〉 현관계단 밑까지 와서 잠깐 걸음을 멈춘 장 사장은 탕,

탕, 사방 아파트 벽이 울리도록 구둣발을 굴러 몸에 붙은 먼지를 털어내는 시늉을 하더니만, 이윽고 들어선다. 그는 슬그머니 자리에서 일어나 매무새를 고친다. 몸에 밴, 동 대표에 대한 최소한의 예의다. 이미 오늘 수인사는 아까 했으므로 이제부턴 경비실 안에서 눈이 마주치는 대로 그냥 목례만 나누면 된다.

계단 끄트머리에 올라선 장 사장은 안으로 들어가려다 말고, 뭔가 잊었던 것을 모처럼 찾아낸 듯한 표정으로 다시 돌아서서는, 아파트 마당을 주욱 훑는다. 뒷짐까지 진 행색이 흡사 조회 때 단상 위에 올라선 시골 교장 선생이다.

사람이 턱밑에 와서 어른거려도 모른 척한다는 게 저쪽한테 어떻게 비칠지 모른다는 생각에, 그는 모자를 고쳐 쓰고 슬그머니 경비실을 나온다. 요새 날씨가 좀 가문 거 아닌지 모르겠다는 식으로 뭔가 말을 한마디 붙여볼까 하는데, 저쪽 말이 먼저 건너온다. 시선은 마당 가운데 던져놓고 있어도 이쪽 움직임을 눈치챈 모양이다.

"저, 오 씨요."

표정에 묻은 느낌이 덜 좋은 것 같더니만 건너오는 말투 또한 반갑지가 않다.

장 사장은 그에게 두 가지 호칭을 쓴다. 〈오 주사〉와 〈오 씨〉가 그것이다. 처음엔 대수롭잖게, 자기보다 연장자라, 그러나 감독할 수 있는 위치에 있기 때문에 마땅한 호칭이 없어 오락가락하는 줄 알았는데, 지내면서 챙겨보니 거기에는 아주 철저하게 구분되는 게 있었다. 인간적으로 대할 땐 〈오 주사〉로, 주종관계로 대할 땐 〈오 씨〉로 부른다는 게 그것이다.

"예."

"저기 빠알간 차 저거, 지금 연락을 해서 주차선 안에다 바로 세워놓도록 하세요. 하나가 저 모양으로 삐딱하게 대면 다른 차들이 제대로 댈 수가 없잖습니까. 모양도 저게 뭐여, 볼썽사납게."

위엄을 덧칠한 목소리가 사람을 충분히 긴장하게 만든다. 역시 그의 느낌은 정확했다. 뒷짐을 지고 훑던 표정에서 이미 짐작은 하고 있었다.

빨간 차가 주차할 때부터 그는 예상했던 일이다. 장 사장 같은 사람이 본다면 또 입맛을 다시겠구나, 그것까지도 생각했던 터다. 그러나 그도 그럴 수밖에 없는 형편이어서 안 듯 모른 듯 덮어두고 있는 참인데 기어코 그걸 찍어낸다.

차 임자는 다른 사람 아닌 강 회장이다. 조금 전 그는 강 회장이 차를 주차선에 물리도록 삐딱하게 세워놓고 내리는 걸 다 보았다. 바로 옆에 〈주차선 위반도 차선 위반입니다〉 이동식 팻말도 서 있다. 그럼에도 그녀는 그렇게 세워놓고 들어갔다. 허겁지겁 내려 사라지는 품새가 금세 새로 나갈 사람 같아서, 그 깜냥은 되는 사람들이어서 알아서 하겠지, 그러고 있는 참이다.

강 회장이 사는 104동과 103동은 아파트 구조상 출입문들이 마주 보게 돼 있다. 거기에다 강 회장이 나드는 쪽으로는 어린이 놀이터가 있어, 그네들 차량 대부분이 103동 〈1문〉과 〈2문〉 앞에서 북적거린다. 그게 불만스럽긴 하지만 다른 방법이 없다.

"알겠습니다."

거기엔 변명이 좀 필요하지만 그러다간 말이 길어질 것 같고, 또 반항으로 들릴 수도 있다는 생각에 얼른 좋게 받아들인다. 이미 몸에 익은 처세다.

"혹 세울 때 못 보셨다면 언제든지 불러, 내려오라고 하세요. 인터폰은 그런 데 쓰라고 있는 거 아닙니까. 경비원들한테만 수칙이 있는 게 아니라 우리 주민들한테도 지켜줘야 할 수칙이 있습니다. 애완동물 삼가는 거, 쓰레기 분리수거, 주차선 지키는 거, 주차를 하더라도 머플러가 앞으로 오도록 하는 거, 이게 모두 수칙이잖아요. 지적만 하면 고치게 돼 있습니다. 그런 거 모두 여기 주민들이 정한 겁니다. 우리가 법 지키는 거하고 똑같아요."

구구절절이 공자 말씀이다. 논리로 보면 입이 열이라도 할 말이 없다. 문제는 그게 제대로 안 먹혀들어간다는 데에 있다.

"……"

"희한한 사람들이구먼. 공동생활 하는 사람들이 왜 저런 짓을 하지."

사람을 너무 몰아붙였다고 생각했던지 주민들도 싸잡아 나무란다.

"원래 저 양반한테는 좀 그런 데가 있심다."

그때서야 그가 엉거주춤 입을 뗀다.

"그런 데가 있다니, 저게 누구 찹니까? 안 뵈던 찬데."

"강 회장 차 아입니까."

강 회장이라면 장미촌에서는 강아지도 아, 그 여자, 할 만큼 호를 찬 사람이다.

"그래요? 강 회장 차 색깔이 저런 게 아닌데."

갑자기 말투가 어눌하다.

"먼젓달에 바꿨습니다."

"음, 그렇구나. ……사람을 일부러 불러 내릴 거까지는 없고, 나중에 나오거든 조용히 말씀드리세요. 때에 따라서는 융통성도 발휘해야 합니다."

사람이 금세 달라진다. 기고만장하던 강단이 온데간데없이 시무룩한 걸 보면 강 회장이 세기는 세다, 싶은 생각이 든다. 그는 반사의 힘을 얻는다.

"우리 장 사장님 말씀이 다 올은데, 중간에서 우리도 골치 아플 때가 참 만심다. 모두 자존심이 있는데 쪼매한 거까지 다 따라댕기며 간섭할 수는 읍거등요."

그러나 장 사장은 그의 이야기는 귓전으로 듣고 엉뚱한 것에만 매달린다.

"저래 주차할 양반이 아닌데…… 지난번 오 주사하고 좀 시끄러웠던 게 저 양반 차 아닙니까?"

〈오 씨〉가 〈오 주사〉로 슬그머니 둔갑한다.

"꽤니 시끄럽게 해서 죄송합니다."

고개 숙일 자리가 아님에도 그가 고개를 숙인다. 취약점이란 게 참 묘하다.

"수칙도 수칙이지만 우선 주민들하고는 마찰이 없어야 합니다. 마찰이 바로 말썽 아닙니까. 말썽이 나면 또 아파트가 시끄럽고요."

장 사장도 꼬리를 내림이 확실하다. 내려도 표 나게 내린다. 그런 거 보면 세상 어디에도 통뼈란 없는 모양이다.

강 회장은 장미촌의 초대 부녀회장을 지냈던 사람이다. 그만둔 지가 3년이 넘지만 여전히 회장 소리를 듣고, 여전히 힘이 붙어 있어, 말발 또한 여전히 먹혀들어가고 있다. 사람들은 강 회장을 없는 자리에선 곧잘 〈오천평〉이라고도 부른다. 옛날에 〈오천평〉이란 뚱보 코미디언이 있었는데 그 여자랑 분위기가 비슷하다고 해서 그렇게 부르는 걸로 알고 있다. 통도 크지만 행동 또한 보통내기가 아닌 왈짜에다 여장부다. 입만 열었다 하면 보통 수다에도 〈씨팔눔〉, 〈쌍노무새끼〉, 〈좆대가리〉 같은 욕사발이 식은 죽 먹듯 튄다. 처음 보는 사람들은 모두 혀를 내두를 만큼 여자 행신으로는 걸다 싶어도, 그러나 그만큼 일도 잘 쳐내, 누구도 욕감태기로는 보지 않는다.

또 그녀는 장미촌의 신화를 만든 사람이다. 아파트 분양 시 단지로 편입되어야 할 도로 쪽 땅 450평을, 어떻게 요리를 했던 지 회사에서 상가로 조성해, 다시 말해 이중으로 팔아먹은 것을 강 회장이 찾아내 그들을 사기죄로 고발한 것이다. 입주 후 1년이 넘도록 누구도 모르고 있었던 일이다. 시가 30억이 넘는 돈으로, 1200여 세대가 현금으로 나누어 갖는다고 해도 가구당 300만 원씩 돌아가는 엄청난 금액이었다. 부녀회장으로 들어앉으면서 우연히 그 사실을 발견했는데, 그날로 그녀는 영웅이 됐다. 처녀 시절 어느 설계회사에 좀 있었다는데 그 득을 톡톡히 본 셈이다.

단지 내 매주 수요일마다 서는 수요장터 개설, 농산물을 직거래할 수 있는 자매결연운동, 이제는 연중행사가 된 경로잔치 등 입주자들에게 환심 살 일을 많이 만들어 추진했다. 관리사무실 2층의 노는 공간을 도서실, 독서실로 만든 것도 모두 그녀의 작품이다. 그렇다 보니 그녀가 두 번의 부녀회장 임기를 치르고 일선에서 물러앉긴 했으나, 그건 규정 때문에 물러난 것일 뿐 여전히 상왕 회장으로 군림, 그 유형무형의 힘을 과시하고 있다. 이제 그쪽으로는 누구도 그녀를 넘본다거나, 혹 수위를 넘더라도 제재할 방법이 없다는 게 중론이다. 이혼녀에다가, 그것도 자기가 남편을 차버렸다는 전력에도 불구하고, 그녀는 적어도 장미촌에서는 무소불위의 힘을 가진 사람이 됐다.

깡다구로 보나, 생긴 거로 보나, 장 사장도 자기 딴에는 한가락 한다는 사람인데 강 회장 이야기가 나오자 시무룩한 걸 보면 아무래도 자기가 상대할 사람으론 좀 버거운 모양이다.

장 사장 휴대폰이 방정맞게 운다. 네, 네, 소리뿐인 통화를 보는 사람이 들어도 지루할 만큼 길게 해 끊더니만, 무슨 반갑잖은 일이 생겼는지 밑도 끝도 없이, 하여튼 큰소리 안 나도록 잘 좀 부탁한다는 말을 얼버무려 던져놓고는 서둘러 승용차에 오른다.

장 사장이 탄 승용차가 정문 쪽으로 빠지는 걸 보고 그는 깔판 밑 편지봉투를 다시 꺼낸다. A4용지 두 장이 들어 있다. 앞장은 글씨로 빼곡하고, 뒷장은 을반 소속 40여 명의 경비원 이름이 아파트 동 순으로 나열돼 서명을 기다리고 있다. 돋보기를 꺼내 쓴다. 열한 번째에 그의 이름 〈오종환〉이 보인다.

그는 앞장을 읽는다.

경비원 동지 여러분.

그동안 구두로만 왈가왈부해 오던 우리 장미촌에도 마침내 노동조합의 깃발이 나부끼게 되었습니다.

주지하는 바와 같이 요즘 우리 경비원들 위치가 심각하게 흔들리고 있습니다. 이대로 있다가는 언제 쫓겨날지 모르는 상황이며, 붙어 있더라도 어떤 불합리한 대우를 받을지 모르는 것이 작금의 현실입니다. 서글프게도 생존의 위협을 받고 있습니다.

비록 우리가 주민들의 쌈짓돈으로 연명은 하고 있지만 그렇더라도 근로기준법에 있는 최소한의 대우와 급료는 받아야 한다고 봅니다. 따라서 합법적인 권익을 찾기 위해서는 먼저 힘을 모아야 합니다.

그 힘은 오직 노동조합을 통해서만이 가능한 일이기 때문에, 이번에 어려운 여건임을 알면서도 결성을 서두르게 되었습니다.

뜻이 있는 곳엔 길이 있다고 했습니다. 힘든 가시밭길이지만 모두 마음을 합해 동참해 주신다면, 충분히 헤쳐갈 수 있는 길이라 믿어 의심치 않습니다.

세상은 하루가 다르게 변하고 있습니다. 우리 동지들의 평균 나이 62세, 좋은 시절에 태어났더라면 모두 어르신 대접을 받고 살 사람들입니다. 그러나 현실은 너무 먼 곳에 있어 아득하기만 합니다.

우리의 권익, 우리가 찾지 않으면 누가 찾아주겠습니까. 그 점 백번 혜량하시고 적극 참여해 주시기 바랍니다.

자고로 뭉치면 살고 헤치면 죽는다고 했습니다. 우리 모두 힘을 크게 모읍시다.

_장미촌아파트 경비원 노동조합 발기인 일동

기분이 묘했다. 자신이 주동한 것도 아니고, 아직 끼어들지도 않았는데 가슴이 쿵쿵 뛴다. 7명이 발기인으로 돼 있는데, 두 번째 자리에 구 씨, 구본철 이름이 들어 있다.

며칠 전 구 씨가 한 말이 아직 귓전에서 맴을 돈다.

"어제 운영위원회에서도 그 말이 나왔는갑더라. 계산해 보이까 아무래도 반은 나가야 하지 시푸더라고. 소문 들어보이 이미 용역업체 사람들도 만나본 거 같던데, 그라믄 이미 다 끝난 일이거등. 이건 파리 목숨도 아이고……. 그러이까 그전에 조합인따나 한번 만들어보자는 건데, 하긴 그것도 말이 그렇제 시운 거는 아일 거란 말야. 모두 달걀로 바위 치는 격이라 그라지만, 바위가 깨질 턱이사 읍겠지. 그래도 더러워지기라도 할 거 앙잉가. 그라믄 자기네들 눈에도 뵈기 싫을 거 아이겠어. 그냥 쫓겨날 수는 읍고 하이까 해보는 데까지 해본다 이거제."

단지 안에 이상기류가 흐르고 있다는 건 세상이 다 알고 있는 일이다.

대우가 나쁘니 어떠니 해도 청소하는 아주머니들을 포함해서 100여 명이 훨씬 넘는 종사원들한테 들어가는 순수 인건비만 월 1억이 넘는다는데, 그 돈이 모두 주민들 주머니에서 나온다. 1년 인건비만 들이면 각 문 출입구를 전자문으로 바꿀 수도, 각 문 경비실을 마당으로 빼내 한 동에 하나로 통폐합할 수도 있다. 그게 어려우면 용역업체한테만 줘도 인건비를 대폭 줄일 수 있다. 주먹구구로도 답이 나오는 번한 계산이다. 세상에

제 돈 아깝지 않은 사람은 없다. 노동조합을 결성하겠다는 건 다른 말로 자기네들 할 말 다 하고 챙길 거 다 챙겨가면서 지내 겠다는, 다시 말해 대놓고 돈을 더 내놓으란 이야긴데, 조용히 있을 사람이 누가 있겠는가. 아파트는 회사가 아니다. 이를 고깝게 받아들여 당장 내일이라도 우리한테는 경비원이 필요 없다면서 나가라면 그것으로 그만일 뿐이다. 어떤 법을 들이대더라도 거기에는 대항할 방법이 없다.

주민 편을 들어서가 아니라 세상이 어려우면 다 같이 어렵다. 50평, 60평에 산다고 그 사람들이 다 돈다발을 쌓아놓고 떵떵거리며 사는 건 아니다. 그들 가운데는 이름만 자기 명의지 재산권은 은행이 쥐고 있는 세대도 부지기수다. 관리비 연체를 3, 4개월은 고사하고 반년이 넘도록 미뤄놓은 집도 있다. 우편함에 꽂혀 있는 빼곡한 각종 고지서들이 잘 설명해 준다.

장미촌 주민 가운데서도 경비원이 둘이나 있다. 업무기능상 단지 내 사람들은 근무자가 될 수 없다는 규약에도 불구하고 아는 듯 모른 듯 붙어 있는 걸 보면, 여기 산다고 다 탱탱한 사람들만은 아니다.

노동조합을 결성한다는 건 결국 그런 주민들을 상대로 투쟁을 한다는 이야긴데, 이건 십중팔구 불가능하다고 봐야 한다. 앞으로 일이 어떻게 벌어질지 모르지만 여기까지 왔다면 시끄러울 건 불을 보듯 번하다.

노동조합 이야기는 그전부터, 자기가 여기 발 들여놓기 전부터 유야무야로 떠다니고 있었던 것으로 그는 알고 있다. 그가 들은 것만 해도 벌써 대여섯 번이 넘는다. 처우 개선 문제가 등장할 때마다 끄트머리에 가선 감초처럼 등장한 게 그놈의 노동조합이다.

그러나 말만 무성했지 구체적으로 모양을 갖춘 일은 아직 한 번도 없었다. 작년 초 누군가가 서울 강남 어느 아파트에서 결성한 노동조합을 찾아 이것저것 물어보고 관계 서류를 복사해 와, 열을 올린 적이 한 번 있었지만 이내 흐지부지 용두사미로 끝났다. 사 측이 주민이라 맞서봐야 달걀로 바위 치는 꼴밖에 안 된다는 답이 나와, 초입에서 주저앉고 말았던 것이다.

그는 읽은 발기문을 또 한 번 읽는다. 누가 초안을 잡은 건지 모르지만 그만하면 이야기는 그럴싸하게 됐다. 많이 해본 사람 솜씨다. 주장과 선동을 부추긴, 그쪽 일에 밝은 사람이 소신을 가지고 쓴 게 분명하다. 경비원 가운데 저런 글을 쓸 수 있는 사람이 있다는 사실이 엉뚱하게도 자랑스럽다.

그는 발기문을 그대로 접어서는, 자칫 비참해지려는 마음도 같이 접어 깔판 밑에 묻어둔다.

그가 책상 밑에 숨겨놓다시피 둔 신발한테 눈이 간 것은 그러고도 한참 뒤였다. 달걀이 바위를 깰 수는 없지만 더럽힐 수는 있다는 구 씨의 말이 그때까지 그를 붙들어놓고 놓아주질 않았던 것이다. 더럽힌다는 게 무엇을 의미하는지는 대충 답이 나오는데, 그러나 도무지 구체적으로 가리사니가 잡히질 않는다. 구 씨한테 새로 전화를 한번 내볼까 어쩔까 해서 우물쩍거리고 있는데 신발이 눈에 든 것이다.

때를 벗겨놓으니 딴 물건이다. 연분홍 명품 브랜드도 한껏 돋보인다. 방금 산 물건이라고 해도 곧이들을 만큼 산뜻하다. 생뚱맞은 노동조합에 빠져 잠시나마 소홀한 대접이 신발한테 죄송스러웠다.

몇 번이나 재어본 크기를 또 한 번 재어본다. 새끼손가락 뼘으로 한 마디 반쯤 모자라는 게 방아가 신으면 딱 맞지 싶다. 방아는 올해 여섯 살 난 그의 손녀다.

반쯤 열어놓은 창틀 위에다 신발을 옮겨 물기가 잘 빠지게 비스듬히 세워놓는다. 한나절 달기 시작하는 햇살이 신발 위에서 오물거린다. 앙증맞은 꽃 한 송이가 창틀에서 피어난다. 그의 표정에도 웃음이 벙그레 꽃으로 달린다.

아버지의 시말서

아내의 명찰

점심도시락을 펴놓으면서 그때서야 생각난 듯 그는 집에다 전화를 해본다. 난데없는 노동조합에 매달려 거기 신경 쓰느라 깜박했던 것이다.

식전부터 아내는 절간에 가자고 정임을 졸라댔다. 한동안 조용하더니 요새 와서 새로 절간을 부쩍 찾는다. 아침에 그런 꼴을 보고 내키지 않는 걸음으로 집을 나왔다. 좋게 해석해도, 나쁘게 해석해도 모두 마음이 무겁다. 출근 때마다 매달리는 걱정이다.

신호가 대여섯 번 들어가도록 집 전화기는 대답이 없더니 정임의 휴대폰으로 걸자 그때서야 사람이 나온다.

"네, 아버지."

"지금 너 어데 있노?"

"절간입니다. 그러잔아도 연락한다 카는 기 엄마하고 실랑이
하느라고 깜박해뿌렸습니다."

기어이 절간을 찾은 모양이다. 그의 집 앞을 내왕하는 805번
시내버스 종점, 언덕배기에 얹힌 조그만 암자다. 연화암. 잃은
자식 영혼이 안치되어 있는 곳으로 한때 그들 내외가 살다시피
했다.

"실랑이는 와?"

"오빠 때문에 그라지요. 스님보고 자꾸 오빠를 데리고 오라
안 그랍니까. 한동안 조용하더이만 또 시작이네요."

"우짜겠노. 도리 읍는 일 아이가."

"아즉 오빠가 살아 있는 줄로 안다카이요."

"성한 나도 그런 착각을 한 번씩 하는데 늬 어매야 당연이 하
제. 하고말고. 약 묵고 했스이까 시간이 가고 하믄 좀 안 낫겠
나. 그라고, 방아는?"

"유아원에 델다노코 왔심다."

유복자로 태어난, 그에게 하나 있는 핏줄이다.

"그래, 알았대이. 길조심 하고. 에미한테 꼭 붙어 있거래이. 명
패는 달고 있제. 사람까지 이자뿌리믄 정말로 큰일 맹근다."

"네. 엄마 걱정을랑 하지 마이소. 그 총중에서도 엄마는 아버
지 걱정입니다. 늬 아배 점심은 우째는지 모르겠다문서요."

"그래, 알았느라."

아내는 지금도 정신이 오락가락한다. 작년 이맘때만 해도 곧잘 도시락을 싸들고는 경비실을 찾던 사람이다. 무슨 이야기 끝에, 우리 앞 동에는 시아버지가 돈 번다고 더운밥 해서 나르는 며느리가 있다며, 경비원들끼리는 새로 효부 났다 그런다고 풍월 삼아 한번 밝은 적이 있었는데, 그걸 어떻게 받아들였는지 하루는 도시락을 들고 나타난 것이다. 진작부터 마음은 있었지만 남 눈 때문에 못했다면서. 방아가 노는 날은 방아를 앞세워 같이 오기도 했다. 정신이 오락가락해도 그런 일들은 한 번씩 눈에 밟히는가 보다.

"끼니는 걸러지 마이소. 아버지라도 몸이 성해야죠."

"허허허. 그래, 알았다. 늬가 애묵는다. 해 빠지도록 기다리지 말고 일찌감치 오도록 해라."

"네, 아버지."

"오냐. 그라문 끈는다."

마음이 놓여 전화기를 접긴 했으나 편안한 구석은 하나도 없다. 식구랑 전화 끝은 늘 그랬다. 궁금증은 풀려도 걱정, 안 풀려도 걱정이다.

지금 아내는 치매를 앓고 있다. 아직은 초기여서, 당사자는 말할 것도 없고, 주변에서도 아는 사람은 알고 모르는 사람은 모른다. 형편도 그렇지만, 의사가 시키는 대로 약방에서 받아온 안정제와 물리치료로 보내고 있는데, 앞으로 어떻게 변해 갈지는 누구도 모르는 상태다.

해보는 데까지 최선을 다하는 수밖에 다른 방법이 없습니다. 의사도 그렇게 말했고, 그도 그 말을 믿고 매달려 있을 뿐이다. 아직 남한테 못할 짓 하고 살진 않았으니까, 그러다가 때가 되면 본정신이 돌아오겠지, 복불복福不福을 하늘에 매달아놓고 있다.

운명애

　작년 설 대목 밑이다. 하룻저녁은 자다가 보니 옆에 있어야 할 아내가 보이질 않았다. 그 시각에 갈 데라곤 화장실밖에 없고, 화장실 다녀올 시간으로는 너무 길다 싶어 나와 봤더니, 아내가 내복 바람으로 싱크대 앞에 옹송그리고 앉아 밥을 먹고 있었다. 양푼에다 식은 밥을 이것저것 잔뜩 넣어 비벼선, 이건 먹는 게 아니라 누구한테 들킬까 봐 공포 분위기 속에서 마구 퍼넣고 있는 게 아닌가. 인기척에도 들은 척 만 척 했는데, 그런 꼬락서니는 생전 처음이다.

　"당신 지금 머 하고 있노?"

　그러나 다르게는 생각하지 않았다. 자기가 24시간제 근무처에 매달려 있는 데다가 생활이 들쑥날쑥 어지럽고, 철부지 애까지 딸려 있기 때문에 저녁을 미처 제때에 못 챙겨 먹어, 갑자기 찾아온 시장기를 달래느라 그러는 줄로만 알았다.

"……."

"핀하게 안자 묵어라. 꼴이 그게 머꼬. 체하겠다."

"……."

말문을 닫고 있었으나 일부러 그러는 줄 알고 그는 대수롭잖게 생각했다. 끼니조차 제때에 못 챙겨 든 아내가 안쓰러웠을 뿐이다. 가끔 보면, 무슨 생각을 했던지 혼자 속이 상해 꽁한 맘으로 토라질 때가 있는데, 그런 때는 모르는 척 그냥 넘어가는 게 도와주는 거란 걸 잘 아는 그는, 이날도 그렇게만 알았다.

"자다가 묵는 음식이 몸에 덜 존느라. 마이 묵지 마라."

그러고는 방으로 들어왔다.

그리고 며칠이 지난 뒷날이다. 그날은 비번 날인데 밖에 볼일이 있어 좀 나갔다가 들어왔더니 아내는 도시락을 싸고 있었다. 그러잖아도 최근 행신들이 한 번씩 뒤퉁스러워 눈여겨보고 있는 참이다.

"시방 당신 머 하노?"

"도시락 싼다."

"도시락은 와?"

"점심은 자시야 댈 거 아이가. 이녁한테 가져갈라 그란다."

비번 날이어서 사람이 집에, 그것도 자기 눈앞에 있는데 도시락이라니, 세상에 이런 변괴가 있는가. 그런데 아내는 그걸 까맣게 모르고 있다.

"앙이, 이 사람이 정신을 어데다 팔고는……. 내가 여기 있는데, 그라문 그건 누구한테 가져갈 거여?"

조용히, 그러나 따지듯 물어보았다. 그때서야 움찔 놀라며 한 말이 또 걸작이다.

"참, 당신이 지금 와 여기 있노. 근무 안 하고."

"이런 칠뜨기. 비번 아이가. 내가 오늘 아침에 퇴근했잔아."

버럭 소리를 질렀고, 큰소리가 나올 수밖에 없었다.

"머라꼬."

"요새 당신 증말 와 이러노. 와 이래 안 하던 짓을 자꾸 하노 말이다."

"참, 그라네. 내가 와 이러노."

아내가 얼른 몰골로 그를 쳐다본다. 그때서야 정신이 든 모양이다.

그런 일에도 그는 그냥 넘어갔다. 나이가 들고 골머리 썩힐 일들을 끌어안고 살다 보면 한 번씩 그럴 수 있다고 본 것이다. 아이를 업고 아이를 찾는다든지, 버스정류소까지 나갔다가 가스 불 생각이 나서 다시 허겁지겁 들어온 일 따위는 젊은 사람한테도 종종 있는 일이다.

그러던 어느 날이다. 하루는 퇴근해서 옷을 갈아입으려고 장롱을 열었더니 늘 앞줄에 걸려 있던 외투가 보이질 않았다. 혹 세탁기 속에 있는가 싶어 찾아보았지만 거기에도 없었다. 그런데 이게 어떻게 된 일인가. 갈기갈기 찢어져 헛간 구석에 처박혀 있는 게 아닌가. 곳곳에 일부러 한 가위질 흔적이 또렷했다. 아내한테 자초지종을 물어보았다.

"이거, 누가 이래놨노?"

"……."

말없이 입꼬리가 샐쭉하니 올라붙는다.

"야, 이 사람아. 이걸 와 이래 만들어 났노, 말이다."

"나, 이녁 그 옷 입는 꼬라지 몬 본다."

"꼬라지라이? 그게 무신 소리여?"

참 별소리를 다 듣는다. 하루 이틀 입은 것도 아니고 겨울 내내 입던 옷이다.

"그 옷, 어떤 년이 해준다 캤노. 와 그걸 내 앞에서 입는다 말이고. 꼭 입을라거등 그년한테 살로 가거라. 안 그런 담에야 몬 입는다."

이런 천만부당한 망발을 보았는가. 기절초풍할 노릇이다.

얻어 입은 옷만은 분명하다. 〈1문〉 골목 꼭대기 층에 사는 사람이 자기한테 준 옷이다. 아들 내외가 미국에 살고 있는데 치수를 잘못 알았던지 3년 전 생일 선물로 보내온 옷이 작아서, 살이 빠지면 입는다고 그때까지 쥐고 있었는데 아무래도 못 입겠다면서, 아직 한번 걸쳐보지도 않았다고는, 오히려 주는 쪽에서 미안해하며 그에게 준 것이다. 아내도 그 사실을 소상하게 알고 있고, 자기 입으로 고마운 사람들이라고 칭송까지 했다. 그런데 이게 무슨 허튼 트집인가.

"당신 요새 와 카노?"

"그라믄 이녁은 와 카는데?"

도리어 몰아세운다. 이날따라 잔뜩 치뜬 눈꼴이 딴사람 같다. 아내는 이런 투기는 상상도 할 수 없는, 천성이 그런 착한 사람이다. 그런데 이런 망발이라니. 그때서야 언뜻 치매가 떠오른다. 최근에 겪은 몇몇 일들이 모두 그쪽으로 염장을 지른다. 그만 억장이 와르르 무너진다. 탈기가 돼 아내를 끌어안고 그 자리에 풀썩 주저앉고 말았다.

"야, 이 사람아. 늬가 이거 정말로 카는 기가, 응이. 집구석 망쪼가 들라카이 이자 빌 꼬라지를 다 보능구마. 임자꺼정 와 이러노 말이다."

쏟아지는 눈물 속으로 세상이 온통 노랗게 물들며 흔들렸다.

"……"

그때서야 아내는 뚱한 얼굴을 만들었다. 자기가 어떤 상황에 놓여 있는지 알쏭달쏭, 오락가락하는 모양이다.

"이 여편네야. 내가 누군지 알기는 알겠나?"

그가 악머구리 소리로 고함을 지른다.

"……."

흡사 사팔뜨기 눈꼴로 아내는 천장만 쳐다보았다. 벌써 퀭한 눈동자며 흔들리는 초점이 세상 물정에서 떠나 있었다. 그날 그는 바로 아내를 끌다시피 데리고 병원을 찾았다.

전후좌우 사정을 조용히 듣던 의사는 아내한테 별별 짓거리를 다 시켰다. 볼펜 꽁무니에 붙은 전등으로 눈꺼풀을 까집고는 동자를 비춰보기도 하고, 바닥에 줄을 그어놓고는 똑바로 걸어보라고도, 손가락을 차례대로 폈다가 접어보라고도 했다. MRI도 찍고 심전도검사는 물론 시력과 소화계통의 기능검사까지 다 훑었다. 2층에서 5층 구석으로, 5층 구석에서 다시 1층으로, 등줄기에 땀이 배는 것도 모르고 아내를 데리고 돌아다녔다.

진료 결과가 나오는 동안 의사는 그를 따로 불러 가족 구성과 집안 환경에 대해서도 귀찮을 만큼 이것저것 물었고, 그도 하나 숨김없이 알뜰하게 털어놓았다.

"검사 결과가 나왔는데, 여기 한번 보십시오."

모니터 화면에는 호두알 속을 훼손시키지 않고 까놓은 듯한 형상이 그려져 있었다. 의사는 볼펜으로 한쪽 구석을 찍으며 말했다.

"이게 환자의 뇌 사진입니다. 여기를 측두엽이라고 하는데 이쪽으로 조금 희미한 것같이 보이잖아요?"

그는 얼른 돋보기를 꺼내 썼다. 그의 눈에는 의사가 가리킨 쪽이나 다른 쪽이나 똑 어슷비슷했다. 그러나 그는 그렇다고 고 개를 끄덕인다.

"……."

"신경세포가 조금씩 소멸해 가고 있는 현상입니다. 우리 뇌속에는 천억 개가 넘는 신경세포가 들어 있는데, 나이를 먹으면 자연적으로 조금씩은 줄어들게 돼 있습니다. 기억력이 떨어지는 게 여기에 원인이 있는 거죠. 문제는 아직 그럴 연세가 아님에도 그런 현상이 나타나고 있다는 겁니다. 굳이 병명을 붙인다면 경도인지장애라고 보면 되겠습니다. 쉽게 말해서 건망증과 알츠하이머라고 들어보셨는지 모르겠다. 참, 쉽게 치매라고 그러면 되겠네요, 그 중간으로 생각하면 됩니다."

치매란 말에, 의사 말이 떨어지기가 무섭게 그가 되물었다.

"시방 치매라 캤습니까요?"

본능의 발동이다.

"예, 그러나 아직 거기까지 간 건 아니고."

그의 머릿속에는 세상이 온통 뒤집혀 쏟아지는데 의사는 대수롭잖게, 그야말로 남 말 하듯 풀어나간다.

"와 그러쑵니까요."

"발병 원인은 아직 의학적으로도 또렷하게 이것이다, 라고 나온 게 없고 통계로 유전이 한 5퍼센트, 환경적 요인을 95퍼센트

41
운명애

로 보고 있는 게 모둡니다."

이야기 끝에 그는 물에 빠진 사람 지푸라기 잡는 심정으로 또 물었다.

"치료하문 지대로 나을 수는 있겠심까?"

"앞으로 열심히 해봐야죠. 인지 재활 훈련도 하고, 약물 치료도 하고 해서……."

"우쨌든 잘 좀 처방해 주이소, 선생님."

"혹 이런 일은 없었습니까? 꿈하고 현실을 구분 못해서 어리둥절해하는 그런 일……."

"그건 무신 말씸인데요?"

"꿈에서 누구한테 욕을 얻어먹었다고 해서 이튿날 직접 그 사람을 찾아가 따지는, 그런 일 말입니다."

"아직 그런 건 읍었지예. 그런데 혹 또 모르지예, 내가 읍는 새에 그런 일이 생깄는지."

"……"

의사는 고개만 끄덕였는데, 그는 아직 거기까지는 안 가 다행이라고, 의사의 표정을 읽는다.

"하여튼 선생님만 믿겠심다."

그는 막무가내로 매달린다.

"같이 노력해야죠. 의학적 약물 치료는 병원에서 하겠지만 가족들도 같이 합심해서 정성을 쏟아야 합니다. 조금 전에도 얘기했지만 원인의 대부분이 환경에서 온 질환이기 때문에 무엇보다 정신적 안정이 필요하다고 봐야죠. 참고로 말씀드리면 전라도 순창인가 어디에 가면 장수촌이 있는데, 거기 할머니들은 이웃집 제삿날까지 다 알고 있다는 겁니다. 나도 TV에서 잠깐 본 일이 있지만, 백 살이 넘는 한 할머니는 증손자 다섯의 생일까지 다 외우고 있더라구요. 자기 주민등록번호를 외우고 있는 걸 보고 정말 놀랐습니다. 요즘도 신문을 안 빠트리고 보신답니다. 고스톱도 매일 치구요. 거기서 우리가 배운 게 하나 있는데, 머리는 쓰면 쓸수록 정신은 젊어진다는 거죠. 운동은 말할 것도 없고요. 그러니까 이런 것들도 두루 참고하시면 좋을 겁니다."

"잘 알겠습니다, 선생님."

"약은 신경을 안정시키고 혈액순환이 원활하도록 처방했습니다."

"고맙심다, 선생님."

필요 이상으로 고개를 숙여 인사를 하고 나온다. 마치 의사를 대하는 정성이 환자의 차도와 무관하지 않음을 믿기라도 하듯.

병의 원인이 환경에 있다는 이야기에 절실한 공감이 간다. 둥지가 흔들리는데 그 안에 있는 알이 성할 수가 없다. 2, 3년 전부터 자꾸 골머리가 쑤신다며 하루가 멀다고 진통제를 찾을 때, 허투루 한 일에 필요 이상의 성깔을 내비칠 때, 곧잘 대꾼한 눈방울로 무작정 벽면을 쳐다보고 앉았을 때, 듣는 사람이 없는데도 한 이야기를 하고 또 하곤 할 때, 그때부터 이미 병은 아내한테 몰래 붙어 야금야금 괴롭히고 있었던 것이다.

도화선은 알아보고 자시고 할 것도 없이 자식의 죽음이다. 시퍼런 자식새끼를 앞세워 가슴팍에 묻어놓고 멀쩡하게 지낸다면 그것도 정상은 아닐 터. 긴장이 풀어지고, 나이가 차고, 기운이 떨어지니까 그게 모두 신양으로 매달린 것 같았다.

대기실 구석자리를 맹한 얼굴로 지키고 있던 아내가 그에게 묻는다.

"머라 카등교?"

집을 나설 때까지도 어딜 가느냐, 멀쩡한 사람을 병원엔 왜 데리고 가느냐, 별꼴이라며 뚱한 소리를 해대더니, 그새 제정신이 돌아온 모양이다.

"별거 아이라 칸다. 약 좀 묵고 하믄 개한타 그라네."

충격이 가지 않도록 그는 아내의 눈치를 살피며 대수롭잖게 이른다.

"병 이름은 머라 카는데?"

자기 몸에 이상이 있다는 걸 아는 듯한 눈치다.

"병은 무슨……. 걱정할 거 하나도 읍다. 기냥 밥 잘 묵고, 잠 잘 자고 하문 개한타 그라네. 일어나거라, 그만 가자."

아내를 앞세워 병원 문을 나왔다.

비탈진 길을 내려오면서 모처럼 아내의 손을 마음 두어 한번 잡아본다. 온기가 가냘프게 건너온다. 꼼지락거리는 손가락 마디가 투박하기는 하나 너무 애처롭다. 아내한테 너무 무심하게 대했던 지난날들이 잠깐이나마 송사리가 노니는 여울을 만들어 흐른다. 그동안 웃음소리가 한 번이라도 울타리를 넘은 일이 있었는지 기억에 없다.

그냥 따라오던 아내가 큰길로 들어서자 힐끔 쳐다보더니만 모처럼 잡은 손이 어색했던지 이윽고 빼낸다.

"이거 노소. 와 안 하던 짓을 하고 그라노. 남들 보는구마."

"허허 참, 너머질까 싶어 그런다."

유복자

7년 전, 꼭 이맘때다. 이삿짐센터에서 일을 보고 있던 그는, 사다리차 위에서 자식이 병원 응급실에 실려 갔다는 연락을 받았다. 며느리의 회임으로, 나도 이제 손자를 보게 된다는 부푼 마음에, 남 눈에 실성한 사람으로 보일 만큼 히죽히죽 처신머리 없이 웃는 날이 많은, 그런 어느 날 저물녘이었다. 아내가 시퍼런 얼굴을 하고 뛰어왔다.

"보소, 큰애가 다쳤다 카는구마. 우리보고 퍼떡 올라오라 카는데 무신 영문인지 모르겠다카이. 가슴이 펄렁거려 죽겠네. 얼른 싸게 가보입시더."

"시방 늬가 머라 캤노."

놀라긴 했지만 자식이 죽는다고는 꿈에도 생각 못했다. 부모를 불러 올릴 만큼 큰 상처라면 어떤 것이 있을까, 커봐야 골절

정도겠지, 서울행 밤차 안에서도 간간이 옆 사람과 세상 사는 이야기로 웃어가며 올라갔던 것이다. 그런데 가서 보니 그게 아니었다. 병원 입구에서 그를 맞아준 사람들의 옷차림이 이상하게 단정하다 싶더니만, 그들이 안내한 곳은 병실이 아닌 영안실이었다. 그만 간이 쿵 떨어졌다. 눈앞이 캄캄했다.

가까스로 정신을 차렸을 땐 까만 리본을 뒤집어쓴 채 희미하게 웃는 자식놈 영정이 그를 내려다보고 있었다. 세상에 이런 놈의 꼴이 있는가. 그 자리에서 악머구리 울음을 쏟아놓고 뒹굴었다. 그런 허망함이 없었다. 그만 세상이 온통 뒤집혀 곤두박질을 쳤다. 할 수만 있다면 오직 하나, 그대로 자식을 따라 죽고 싶은 마음뿐이었다.

과장 승진 예정자들을 뽑아 연수교육을 보냈는데, 교육 중 어제 마지막 날 극기훈련을 받다가 심장마비를 일으켰다는 것이다. 바로 응급실로 옮겼지만 이미 그때는 모든 게 끝난 뒤라고 했다. 임신 6개월의 며느리는 며느리대로 혼절을 해 병실에 누워 있었다.

어영부영 자식의 장례를 치렀다. 그런 절망과 비통함 속에서도 모든 걸 운명으로 받아들여 긍정적으로 처신했더니 회사에서 은전이 떨어졌다. 회사 재단에서 며느리한테 식당 매점을 운영토록 배려해 준 것이다. 이름 있는 회사는 어디가 달라도 달랐다.

유복자

"아버님, 제 배 속에 든 아이는 꼭 낳아 잘 키우겠습니다. 남편처럼 똑똑한 사람으로 가르쳐, 자식을 남편으로 알고 함께 힘껏 살겠습니다. 아버님도 도와주십시오."

그 가운데서도 며느리의 이 말 한마디는 실의에 빠진 그에게 큰 힘이 되었다. 무슨 일이 있더라도 며느리 앞에서만은 눈물을 안 보이려고 했는데, 기어코 쏟아내곤 말았다. 이런 기특함을 보았는가. 상중이라 입도 벙긋 한번 못하고 눈치만 보고 있었던 터여서 더했다.

만에 하나, 탈 없이 살아도 아등바등할 판인데 아비 없는 자식 나 혼자 어떻게 키우느냐며, 난 죽어도 못 낳는다는 말이 곧장 떨어질 것만 같아 노심초사하던 차에 나온 말이라, 그렇게 신통할 수가 없고 생광스러웠다.

잃었던 세상을 다시 얻은 듯했다. 요새 젊은 여자들이 이만저만 영악한가. 신랑이란 연결고리가 있을 때 시집이 있고 시부모가 있는 것이지 고리 없는 시가, 그게 무슨 대순가.

"고맙다. 증말 늬가 고맙대이. 내가 너를 우째 보겠노 캤드이만 그런 다행이 읎다. 죽은 녀석이 새로 살아온 거만큼이나 반갑구나. 오냐, 그래만 다오. 머든지 늬가 하자는 대로 다 해주마."

그 순간은, 보는 이들만 없다면 며느리 앞에 꿇어앉아 넙죽 절이라도 하고 싶은 심정이었다.

유복자는 딸이었다. 자식이 죽고 4개월 만에 낳았다. 기왕이면 고추 찬 놈이었으면 좋았을 텐데, 그러나 그것도 과분으로, 은총으로 받아들인다.

휴대폰

  그는 계속 만지작거리던 휴대폰을 켜본다. 조용할 때 그에게
붙은 버릇 가운데 하나다.

  거기에는 사시장철 방아의 앙증맞은 웃음이 떠 있다. 눈에
넣어도 아프지 않을 손녀. 잠시나마 세상사를 다 잊어버리고
같이 따라 한참을 웃어본다. 쭉 곧은 콧대 위로 미간의 모습이
제 아비를 쏙 뺐다. 보고 또 봐도 볼 때마다 신통방통 즐겁고
고맙다. 자식을 대할 때와는 또 다른 기쁨이다.

  그는 버튼을 눌러 이번엔 자식 내외가 들어 있는 화면을 찾
아낸다. 커플셔츠 차림의 아들 뒤에서, 며느리가 개구쟁이 표정
으로 V자 만든 손가락을 펴든 모습이 뜬다. 보고 싶을 땐 한 번
씩 열어보라면서 며느리가 저장해 준, 저네들이 신혼여행 가서
박은 사진이다. 배경이 어딘지 모르지만 그들 뒤에서 커다란 풍

차가 빙글빙글 돌아가고 있다.

못난 놈. 뭐가 그리 급해서 애비 어미를 냏두고 먼저 간단 말이고. 처음 한동안은 볼 때마다 상명지통喪明之痛으로 가슴을 허물었는데, 세월이 약이 돼 그런지 요즘은 덜했다. 보고 있노라면 어처구니없게도 한 번씩 웃음도 나온다. 그러나 가슴속에 묻어둔 자식 무덤 언저리는 항상 연둣빛 그리움으로 물들어 있다.

"1번을 누르면 집에 어머님이 나오시고, 2번을 누르면 제 휴대폰이 울리도록 해놨습니다. 꾸욱, 조금 길게 누르세요. 그리고 잘 보세요. 여기 메뉴라는 거 있죠. 이걸 먼저 누르고 다음에 편지봉투같이 생긴 그림 있잖아요. 여기를 눌러 이렇게 하고, 두 칸 내려와서 보관함을 찾아, 여기 확인을 누르면, 보세요. 우리들 사진이 나옵니다. 우리가 보고 싶을 땐 이렇게 보면되고요. 그리고 우리 방아 얼굴은 전화기만 펴면 나오도록 해놨습니다. 자, 이제 아버님이 직접 한번 해보세요."

재작년 어버이날 며느리가 새 전화기로 바꿔, 조작법을 가르쳐주면서 한 말이다.

"그래, 알았다. 내가 한번 해보마."

"그리고 아버님. 저도 아버님한테 자주 전화 문안 드리겠지만 아버님도 저한테 자주 전화 주셔야 합니다. 못해도 일주일에 한번씩은 꼭 하셔야 돼요. 전화요금은 제 통장에서 나가니까 그런 걱정은 일절 마시구요."

"오냐. 증말 고맙데이."

"그리고 참, 아버님 좋아하시는 노래가 있죠?"

"갑자기 노래는 와?"

"전화기 벨 소리를 노래로 넣어드리려고요."

"그런 거도 댄다 말이가?"

"네, 되죠."

"가마이 있자, 그라문 머로 하제……."

"천천히 한번 생각해 보세요."

"그런 것도 대는지 모르겠다. 갑돌이와 갑순이란 거 말이다."

"물론 그거도 됩니다."

"그라문 댔다. 그걸로 하나 해라. 내가 월남 가 있을 때 김세
레나가 위문공연 와가꼬 부른 노랜데, 그게 그러큼 듣기 조터
라. 그 노래를 그때 안 배웠나. 참, 모두 마이도 불렀던 기라."

며느리가 뭐라고 주무르자 이내 〈갑돌이와 갑순이〉가 나왔
다. 참 신기했다. 마지막 소절의 〈……겉으로느은 모르는 척했
더래요.〉는 언제 들어도 사람 간장을 사르르 다 녹인다.

맹호부대 주월사령부 깃발 아래서 민요가수 김세레나랑 같
이 사진도 찍었다. 공연을 마치고 부대원들과 같이 어깨를 짜고
담은 것인데, 저마다 김세레나 옆에 서겠다고 밀고 당기며 아
귀다툼을 하던 일들이 노래 속으로 어제 일처럼 선하게 떠오른

다. 그날 그 흑백사진은 귀국해서도 꽤 오랫동안 보관하고 있었는데, 언제 어디서 잊어버렸는지 요즘은 보이질 않았다.

"이 노래로 들으시다가 나중에 싫증이 나시면 또 다른 노래로 바꿔도 되고 하니까, 그때는 또 말씀하세요, 아버님."

"오냐. 그래, 그래."

말끝마다 〈아버님〉이 너무 고맙다. 별게 아닌데도 사람을 감동으로 묶어놓는다. 착한 사람, 정말 우리한테 과분한 사람이다. 착 감기는 〈아버님〉 소리를 들을 때마다 그는 생각한다. 천사가 하늘나라에만 사는 게 아니라고. 천사는 우리 집에 나랑 같이 산다고.

그러나 그는 걸려온 전화만 받았지 자기가 먼저 며느리한테 걸어본 일은, 올봄 부탁한 주민등록증을 떼어 보냈다는 전화 외에는, 아직 한 통도 없었다. 며느리도 자식인데, 더군다나 혼자 된 며느리, 하루에도 열 번을 더 걸어 안부를 묻고 싶지만 참고 참는다. 정임의 말이 자꾸 부담이 돼서다.

"참, 아버지도. 그러이까 늘그믄 주책바가지란 얘길 안 듣습니까. 하라 칸다고 자꾸 전화질 하지 마이소. 인사치레로 하는 소린데 그걸 다 믿어가지곤 안 댄다카이요."

"늬가 간섭할 기 있고 안 할 기 있다. 얘가 싱겁긴. 내가 알아서 할 긴데 그런 거까지 늬가 왜 나서노."

"아버지요, 누가 머래도 그런 거는 지 말을 들어야 합니데이."

"야 이눔아. 내가 어데 먹통인 줄 아나. 나도 그런 눈치는 있다. 지 앞도 몬 닦으문서 별걸 다 물고 드네."

지기 싫어 면박까지 줘가며 대받았지만 딸의 마음 또한 왜 모르겠는가. 다 안다. 알고말고.

그는 지난주 연뿌리를 며느리한테 사보내면서도 걸려온 전화만 받았다. 연뿌리는 며느리가 참 좋아했고, 이 지방 특산물로 요즘이 제철이라 해마다 기억해두었다가 한 번씩 보내주곤 한다.

친구, 달마대사

오늘따라 연방 눈이 벽시계에 가 산다. 세월이 너무 더디게 가는 것 같아서다. 세월한테 늦고 빠름이 있을 턱이 없지만 그만큼 마음이 무거운 거겠지.

〈01 : 02〉

새로 1시가 막 넘어선다. 뜸하게 출입하는 사람들도 이제 끊어진 듯 조용하다.

의자 등받이에다 목덜미를 괸 채 멍청한 몰골로 허공에다 눈길을 던진다. 몸이 피곤하고 찌뿌드드하면 그는 곧잘 그런 자세를 취한다. 종일 시달려 몸도 마음도 같이 한 짐으로 무겁다.

창틀 위에 걸린 달마대사가 매서운 눈총으로 그를 째려 겨눈다. 고개만 들면 자연히 부닥뜨리게 돼 있다. 아까부터, 아니 종일 달마대사는 그렇게 옹골찬 몰골로 내려다보았을 것이다.

한 번씩 좋은 정감이 갈 때도 있다. 빡빡한 면상에 눈깔 두 개만 박혀 있는 것 같아 처음 한동안은 쳐다보기도 싫을 만큼 정나미가 떨어지더니만, 보는 게 정이라더니, 요새 와선 정감도 정감이지만, 더러 눈빛 대화도 나눈다.

한참씩 마주 보고 있노라면, 옛날에 저런 사람이 실제로 있었나 싶은 게, 그리고 도대체 어떤 인물이기에 수많은 사람들이 저 영감한테 심령의 목줄을 매는가 싶은 게, 오묘한 생각도 든다. 뉘 솜씬지 눈알 하나는 댕그라니 기똥차게 잘 그려 붙였다. 쏴보는 눈알이 송골매보다 더 무섭다. 문득 달마한테 매달린 수많은 불자들이 저 눈빛에 반한 건 아닌지 모르겠다는 생각이 든다. 사람이 미욱해서 그런지, 또 그런 게 영검靈驗인지도 모르지만, 자신도 저 눈깔 속에 푹 빠져 허우적거린 일도 몇 번 있었다.

그가 여기 오기 전부터 걸려 있던 액자다. 구 씨가 폐품처리장에서 주워다 건 그림이라고 했다.

경비실에 있는 물건들은 전화기 하나 빼고 모두 주민들이 버린 걸 주워 채운 것들이다. 냉장고, TV, 커피포트, 선풍기 같은 가전제품은 물론 시계, 책걸상을 비롯해 구석구석에 박혀 있는 소품들이 모두 그렇다. 책걸상은 주워 온 것이 본래 있는 것보다 더 좋아 바꾼 것이고, 시계는 자꾸 버려도 서너 개나 되며, 냉장고 뒤로 쌓아놓은 책은 백여 권이 넘는다. 책은 아까워 그렇게 모아놓긴 했지만 아직 읽겠다고 차고앉아본 적은 한 번도 없다. 그럴 정신적 여유가 없었다.

"난 저 영감이 부처보다 더 친근감이 가더라고. 꼭 우리 할배 같다이까. 아버지가 일찍 돌아가셔서 난 할배 밑에서 컸는데, 울 할배 눈매가 꼭 저랬거등. 참 무섭더이만. 그래서 내가 저기 걸어놔 밨다카이. 어때, 개한치?"

구 씨한테서 들은 말이다. 달마를 종교적 숭배의 대상으로 받아들인다기보다 핏줄로 받아들여 할아버지 보듯 한 번씩 본다는 것이다. 여하튼 엉뚱한 데도, 웅숭깊은 곳도 있는 사람이다.

달마에 박혀 있던 눈길이 옆자리 시계한테로 옮는다.

⟨01 : 40⟩

그는 슬그머니 자리에서 일어난다. 반장 순찰 돌 시각이 다 됐다. 졸음도 털어낼 겸 경비실 밖으로 나온다.

경비실 앞 화단 쪽 창턱 밑으로 가지런히 놓여 있는 예닐곱 개의 화분들이 눈에 다투어 든다. 선인장, 군자란, 영산홍 등 종류도, 모양도 각각이다. 외래종으로 이름 모르는 것도 섞여 있다.

그때서야 그는 종일 그들한테 물 한 모금 못 준 것을 알고, 얼른 다시 안으로 들어가 물주전자를 들고 나온다. 보통 하루에 두 번은 주는데 오늘은 꼬박 굶겼다. 원인은 모두 그놈의 노동 조합에 있다. 화분은 고사하고 어제는 사람까지 굶을 뻔했다.

그는 수돗물을 새로 받아 철철 넘치도록 화분마다 그득하게 채워 붓는다.

일부러 버리고 간 건지, 빠트린 건지 이삿짐이 드나들 때마다 한두 개씩 떨어져 있는 것을 챙겨 모아둔 것들이다. 한동안은 여남은 개가 좋이 되었는데, 달라는 사람이 있으면 하나씩 주고 해서 없애도 늘 본전치기는 되었다. 귀찮을 때도 없는 건 아니지만 생각날 때마다 물만 한 번씩 주면 돼, 그냥 키우고 있다. 한때는 모두 남부럽잖게 귀여움을 받아가며 호사까지 누렸던 꽃들 아닌가. 그들과 어울려 있노라면 감탄고토의 염량세태를 보는 듯해 괜히 마음이 무거울 때도 있으나, 영산홍이 화사한 꽃을 달았을 땐 너무 신기해, 이 문 저 문 경비원들을 불러내어 보라고는, 나이도 잊고 떠든 일도 있었다.

"게으른 친구가 설날 아츰에 나무하러 간다 카더이만 시방 머 허고 있는 거고."

어느 틈에 왔던지 고 반장이 한마디 툭 던지고는 〈1문〉 계단을 오른다. 하던 일을 걷고 반장 뒤를 따라 경비실로 들어간 그는 책상 옆구리에 걸린 일지를 벗겨 반장 앞에 펴놓는다. 반장이 〈高〉 자를 그리듯 써놓고 테두리를 타원으로 삐딱하게 둘러 씌운다. 그래놓곤 내 사인이 괜찮지 않느냔 듯 그를 보고 씨익 웃는다. 한 번씩 이런 어린애 짓을 잘 하는 재미있는 사람이다.

반장은 경비원 가운데 경험이 많은 사람으로 좀 조용한 편인

정문 근무를 하면서 하루 세 번, 낮 12시와 저녁 8시, 그리고 지금 이 시각에 각 문 순찰을 돌아, 소속 반원들의 근무상태를 점검하게 돼 있다. 그가 아는 고 반장은 올해로 4년째 근무하는데 작년 말부터 반장 일을 보고 있다. 반장이라 해서 특별한 대접을 받는 건 없다. 반원을 대표한다는 상징성과 봉급에 반장수당으로 5만 원을 더 보태 받는 게 모두다. 그리고 다른 경비원들한테는 없는 노란색 완장과 제복 견장에 호루라기 하나를 더 달고 있다. 경비원 근무수칙에 그렇게 돼 있다.

그도 같이 따라 씨익 웃어준다. 그 웃음 속에는 우리 경비원들은 이런 식으로 서로를 인식하며 하루하루를 살아간다는 동류의식, 일테면 경비원을 천직으로, 운명애로 받아들인다는 어쩔 수 없는 공감대가 녹아 있다.

고 반장이 얼굴에 발린 웃음을 지우고 들고 온, 신문지에 둘둘 말아 싼 물건 하나를 그에게 건네며 이른다.

"이거 뒀다가 낼 구 씨 나오거등 주라구."

뭔지 모르지만 보기보다 무척 가볍다. 괜히 궁금하다.

"먼데요?"

"기냥 내가 준다 그라믄 알어. 버얼써 부탁한 건데, 늦었구마."

고 반장 얼굴에 새로 묘한 웃음이 묻는다.

"난 좀 알믄 안 대는강요?"

"꼭 알고 시프문 구 씨한테 물어보라구."

뭘까, 괜히 호기심이 발동한다.

"젊은 사람들은 몰라도 댄다이까."

반장 얘기가 걸작이다. 환갑진갑 다 넘긴 처지에 서너 살 터울을 젊다고 매도하니 말이다.

그때서야 감이 잡힌다. 물건의 감촉에다 반장의 표정, 말투를 합작하자 절로 답이 나온다. 야한 비디오테이프가 확실했다. 언젠가 언뜻 스쳐들은 이야기도 있다.

"저런. 그거로구만."

"그거라이?"

"누가 모를 줄 알고. 테이프 아이라."

"눈치 보이까 어델 가도 밥은 안 굶겠구마. 꼭 보고 싶으믄 구 씨 보고 난 뒤 임자도 가져가 한번 보라구. 따로 돈 달라 소리는 안 할 테이까, 그리 알고."

"사람들이 좀 점잔하기 안 늙고, 모두들 와 이러능교."

"점잔키 안 늙다이. 우째 늘그야 점잔키 늘는 긴데."

고 반장이 정색을 한다.

"나이깝을 좀 하라. 그 얘김니다. 모두 나이를 어데로 묵는지 모르겠다카이. 시방 우리가 이런 걸 본다 캐가지고야 말이 안 대죠."

시퉁머리 없는 짓 하는 애들 꾸짖는 어른 말투로 그가 내몬다.

"가마이 듣자 하이 기분이 좀 그러네. 그라믄 하나 물어보자. 이런 테이프는 애들 보라고 맨글어 논 거여?"

"……"

고 반장의 표정이 너무 진지해 그가 조용히 일보 후퇴한다.

"이거야말로 우리 나이가 바야 하는 거라이까. 멀 몰라도 한참 모르는구마. 말이 나왔으이 말이지. 이거 안 대문 그때는 죽어야제. 무신 영광을 볼라고 자꾸 살라 카는데."

고 반장은 주먹손에 검지와 장지 사이로 엄지를 끼워, 노골적으로 성교 시그널을 보이며 인상을 긋는다.

"내가 졌심다. 역시 울 반장님은 한량이시라이까."

옳고 그름을 떠나 상황 판단에 착오가 있음을 안 그는 시무룩하니 져준다. 아주 작당을 해 테이프까지 들고 다니면서 저러는 걸 보면 저네들끼리는 야로가 있음이 분명하다.

"이거 큰일 났구만. 이자 보이 치료받을 사람은 구 씨가 아이라, 임자구랴."

치료라니, 이건 또 무슨 뜽딴지같은 소린가. 순찰 중인 사람이 얼마나 더 너스레를 떨려는지, 고 반장은 슬그머니 구석에 박힌 접는 의자를 꺼내 펴 앉으며 새로 전을 차린다. 의협심이 발동한 모양이다.

"내가 무슨 환자요?"

"그럼 환자지. 환자라는 기 머 별건가. 나이깝 몬하믄 그게 환자지."

"나이깝을 몬하다이, 그게……."

"사내가 지구실 몬하문 모두 병신들 아이라."

"그라문 그건 그렇다 치고, 먼저 이거부터 하나 물어봅시다. 올 반장님은 한 달에 몇 번이나 사모님 곁에 가시우?"

이왕 쏟아놓은 말, 노골적으로 대들어본다.

"시방 머라 캤노. 한달에 몇 번? 쯔쯔쯧, 묻는 방법이 벌써 틀려묵었구만."

"우째 물어야 하는데요?"

"한 주에 몇 번 가느냐고, 그래 물어바야제."

나이가 무의미해지는 처지가 되면 마음에 없는 말이 는다는데 그래서 그런가, 어디 이게 우리 나이에 할 소린가.

"참 반장님두."

"어허, 이 양반이 내 얘기를 어데로 듣나."

"나이가 있는데, 무슨……."

고 반장 나이 67세다. 경비원 정년은 65세로 되어 있으나 그 전에 들어와서 그동안 근무자세가 온당하고 본인이 원하면 운영위원회의 협의를 거쳐 일흔까지는 연장근무를 해도 무방하게 돼 있는데, 지금 그 덕을 보고 있다.

"와 자꾸 나이를 들먹거리는지 모르겠네. 그건 나이로 계산하는 기 아이라카이. 어디까지나 이건 능력이여. 쉰 나이에도 여편네 샤워하는 소리에 기겁하고 나자빠지는 사람이 있능가 하문. 일흔에도 쌩쌩한 사람이 있고. 체력은 어데까지나 지가 관리하기 나름이라이까."

"하여튼 우리 반장님 다시 바야겠수다."

"가슴에다 손을 언고 한번 반성해 보라구. 정승 판서도 몬 해, 돈도 몬 벌어. 그거 하나라도 챙겨줘야 남정네 구실은 할 거 아닌개벼. 이치가 안 그래?"

"난 두 손 번쩍 들었심다."

그는 어물쩍 한 발 물어난다. 행간에 묻은 말투가 너무 능청스러워 어디까지가 참이고, 어디까지가 거짓인지 알 수는 없으나, 빈말은 아닌 것 같고, 예사로 들리질 않는다.

어쨌거나 그에게는 남의 동네 이야기다. 이야기 중간에도 잠깐 더듬어봤지만 언제 적에 아내 곁엘 가봤는지 아득하다. 자식 죽고는 아직 못 가본, 아니 아예 염두에도 두어보지 않은 계산이 나온다. 5, 6년이 넘는다. 자식의 죽음이 그렇게 만들어놓은 것이란 엉뚱한 계산이 나온다. 더군다나 이젠 아내가 진짜 환자 아닌. 안 할 말로 그쪽으로는 싹수가 노랗다.

자기보다 몇 살 아래라는, 드러난 것만 보고 퍼붓는데 고 반장으로서는 충분히 그럴 수도 있을 것이다.

"이녁 얘기 들으이 꽤니 천불이 나는구마. 난 또 가장 가까이 이런 환자가 있는지 미처 몰랐제. 칠십생남七十生男이란 말도 몬

들어봤구만. 공자 아버지가 멫에 공자를 나은 줄 알어. 일흔이 훨씬 넘어 나은 거라고. 쯔쯔쯧, 한창 물오를 나이에 저런 소리가 나오니 이를 우째나 말여. 한번 노치믄 영원히 안 온다. 오늘 임자한테는 내가 반장이 아니라, 구세주다. 알기를 그래 알라구."

걸쭉한, 그리고 잘못 들으면 허섭스레기가 될 수 있는데도, 이상하게 그런 냄새가 전혀 없다. 고 반장의 이야기는 이윽고 발동이 걸렸다.

모든 연장은 써 버릇을 해야 날이 안 죽는다, 논 가는 쟁기도 일 년만 묵혀봐라 녹이 슬게 돼 있다. 에서부터 시작된 반장의 논조는 구름을 헤집고 하늘로 오른다. 비아그라, 그거 몸만 축내지 아무 소용이 없다, 없는 놈들은 돈 안 드는 처방이 상책인데 먼저 여편네를 옆에다 뉘여 놓고 저놈의 비디오를 한번 틀어 보란 말여, 십중팔구는 일어나게 돼 있고, 그놈만 벌떡 하면 일은 절로 된다고 기고만장을 편다.

만에 하나, 그게 안 되면 다음 단계로 러브호텔을 한번 찾아 봐라, 큰돈 들 거 하나 없다, 시골로 빠지면 만 원 한 장만 줘도 얼마든지 들어갈 수 있다, 말하자면 분위기를 바꿔보라는 건데, 조용히 여편네만 모시고 한번 다녀와 보래, 그 정도 병은 부르고 대답하듯 낫는다, 사람들은 모두 그런 집들을 불륜의 온상으로만 삐딱하게 보려드는데, 러브호텔이란 이름이 그냥 붙여진 게 아니다, 다 그만한 이유가 있다며 러브호텔 예찬론까지 편다.

그 밖에도 고 반장은 어디서 주워들었던지 이런저런 이야기를 예까지 들며 안쪽 은빛 어금니를 게염스럽게 내뵈며 신나게 일가견을 펴놓는다. 그쪽으론 도가 터졌는지 아는 것도 많고, 구구절절 신명도 붙는다.

어지간히 토해놓았던지 소임도 잊고 떠벌리던 고 반장은 그때서야 시계를 힐끔 보더니만 일어난다.

"모르겠다. 내 말이 주인이나 지대로 차자가기나 한 건지, 아이믄 내 혼자만 객쩍은 소릴 쏟아노코 가는 건 아인지."

"오늘 증말 존 거 하나 배웠심다."

"성교육은 아이들한테만 필요한 게 아이라 어른들한테도 필요해. 우짜믄 그게 진짜 성교육이여."

확실하게 자신의 공을 심어놓고는, 정신 차리란 듯 삐딱하니 한번 째려보기까지 하곤 나간다.

배웅이라도 하듯 계단 밑까지 따라 나온 그는 반장이 〈2문〉으로 들어가는 걸 보고, 허공에다 크게 한번 가슴을 열어놓고 웃어본다. 하하하하.

고 반장 이야기가 어처구니가 없어 나온 웃음인지, 흐느적거리면서 살아온 자신의 몰골이 가여워 나온 자조인지 모를, 그런 두툼한 웃음을 한참 동안 소리까지 내가며 흐물흐물 웃는다.

반쪽 달빛

밤하늘에 앞 동 아파트 모서리가 또렷하게 각을 만들며 흔들리더니 이윽고 달이 얼굴을 내놓는다. 반도 더 찌그러진 여윈 모양새가, 스무 날은 훨씬 넘긴 듯 보인다. 음력 9월이 저물고 있다.

경비실에 몸을 담은 이후로 그는 날이 가는지, 달이 가는지 날짜 개념을 거의 잊고 산다. 휴일도, 일요일도 모두 평일일 뿐이다. 하루 근무하면 다음 날은 쉰다는 출근과 비번만 있을 뿐이다. 세월이 속절없이 흐르고 있다는 걸 그에게 제대로 확인시켜주는 건 항상 이맘때 달뿐이다. 허물어졌다, 채워졌다 하는 달을 보고 있노라면 세월이 흐르고 있구나 알게 된다.

오늘 하루도 이렇게 끝나는구나, 쓸쓸함이 가담된 피곤이 불청객으로 고즈넉이 그의 어깨를 짓누른다. 무탈하게 하루를 넘겼다는 안도로 마음은 홀가분하다. 무탈에만 비중을 두고 산다는 게 따분하기도 하지만, 그럴 수밖에 없는 것이 현실이다. 한 번씩 그 홀가분함이 오히려 사람을 불쌍하게도 미련퉁이로 만들 때가 있지만 어쩔 수가 없다.

양손을 번쩍 들어 기지개를 켜본다. 온몸에 주렁주렁 달려 있는 피곤은 좀처럼 떨어지질 않는다. 마음뿐, 여전히 몸은 천근만근이다. 매일 저녁 이맘때만 찾아오는 증세다. 그런데 오늘 저녁은 고 반장 입에서 나온, 생뚱맞은 환자로 몰아붙인 말로 해서 더 사람 맥이 빠진다.

반쪽 달빛이라 별이 더러 보일 텐데 하나도 안 보인다. 애써 한번 찾아본다. 북극성, 북두칠성, 견우직녀, 큰곰, 작은곰, 남십자성, 그리고 하얀 은가루를 뿌려 시내를 만들어놓은 은하수……

그 많은 별들이 모두 어디로 숨은 걸까. 그러고 보니 하늘의 별을 본 지도 아득하다. 아예 별을 잊고, 모르고 살아온 세월이었다.

고향 하늘이 잠깐 떠오른다. 모깃불을 피워놓은 마당 한가운데 멍석을 깔고 누워 바라본 밤하늘엔 어느 날 없이 수많은 별들로 가득했다. 반딧불이 하늘에 올라가 별이 되었다는 할머니 이야기며, 거짓부렁인 줄 알면서도 떨어진 별똥별을 줍는다며 언덕을 오른 일도 있었다. 멍애다물三台星이 처마 끝에 달리면 북

녘 하늘엔 히악히악 기러기 소리로 가득했고, 그때쯤이면 어머니는 아들을 불러내어 김칫독 묻을 자리를 미리 파두곤 했었다. 저녁 숟가락만 놓으면 별과 더불어 지냈던 어릴 때 일들이 주마등처럼 스친다.

친구 종태가 선착순으로 떠오른다. 월남 파병일자를 받아놓고 휴가차 고향을 찾았다. 어쩌면 마지막이 될지 모른다는 생각에 나흘 받은 휴가를 좀 별나게 보냈다. 귀대하기 전날 밤 이웃마을에 닭서리를 갔었는데, 그때 종태가 주워섬긴 한마디는 지금도 귓전을 생생하게 맴돈다.

"여기에도 과학은 필요하데이. 개는 언지든지 귀를 땅에 대고 자걸랑. 10미터 바깥 뱀 오는 소리도 찾아낸다 카거등. 그라이까 대문 들어갈 때 신발로 땅을 한번 싹싹 부벼보란 말여. 알았제. 개만 읍다 카문 문제는 간단하잖아."

요즘 같으면 턱도 없는 일이지만, 그때는 그게 먹혀들어갔고 그쪽으로 호를 찬 친구였다. 솥뚜껑만 한 손을 가진 종태는 동네에서도 걸물이었는데 요즘은 어디서 어떻게 지내는지 모르겠다. 가재 잡는 데는 귀신이었고, 날것으로 여남은 마리를 먹어치우는 친구다.

목을 틀어쥔 암탉 한 마리를 안고 산등성이를 허겁지겁 넘어오던 그날 저녁에도 오늘 저녁만큼이나 이지러진 달이 그와 친구들을 물끄러미 내려다보며 따라오고 있었다.

누구한테 들으니까 고향 동갑내기들 가운데 반은 이미 이 세상 사람이 아니라고도 하는데, 그게 정말인지, 그렇다면 고령화 시대라는 건 무슨 소린지, 혹 종태가 거기 들지는 않았는지, 사람 한평생이 허망하기도 하고, 애간장도 태운다.

밤은 자정을 넘겨 새벽으로 치닫고 있는데 아직 건너 104동의 불빛 붙은 창들은 셀 수가 없이 많다. 이 시각까지 무슨 일들이 저렇게 많을까. 그가 경비실에 몸을 박은 지 3년이 넘지만, 창에 불이 다 꺼진 밤은 한 번도 본 적이 없다. 밤을 꼬박 밝힌 불빛도 부지기수다.

얼룩진 아파트 창 불빛을 볼 때마다 그는 주말판 신문에 나온 낱말 메우기 문제를 연상한다. 불이 꺼진 까만 창은 답이 메워진 칸, 하얀 창은 답을 못 찾은 빈칸. 까만 창에 사는 사람들은 하루 일을 모두 무사히 마치고 편안하게 쉬고 있는 집, 불을 켜놓은 집은 아직 남편이 귀가하질 않았거나, 환자 아니면 수험생이 있어 아직 계속 일이 남아 있는 집.

깊어진 밤에도 불빛 창이 많다는 건 그만큼 주민들 생활이 힘들다는 걸 방증해 주는 게 아닐까. 밤은 쉬라고 만들어놓은 조물주의 베풂이다. 세월이 얼마나 좋아야 저 창들에 불이 모두 꺼지는 밤이 올 건지, 아마 모르긴 해도 그런 날은 결코 없지만 싶다.

경비실 안으로 들어오자 또 시계 쪽으로 눈이 간다. 2시가 넘은 지 한참 되었다. 이때쯤이면 거의 10분 단위로 눈이 시계를 다녀온다. 상황 봐가면서 눈을 좀 붙여볼 요량에서다.

화장실을 다녀온 그는, 들어오면서 현관 유리문 상단 구석지에 붙은 조그만 스위치를 까치발로 켜놓는다. 이 시간 이후부터는 누구든 문만 열면 경비실 안 책상 밑에서 종달새가 찌릉찌릉 운다. 종달새는 경비원 두 사람만이 아는 외부 감시용 장치다. 아무도 모르게 달아놓았다고는 하지만 그것 모르는 사람은 103동에서는, 아니 이 장미촌에서는 아무도 없다. 관리소장도 다 아는 공공연한 비밀장치, 반칙행위다.

그는 의자에 앉는 자세로는 세상에서 가장 편안하게 다독거려 앉아, 접고 접어 방석으로 위장해 둔 담요를 펴 무릎과 가슴팍을 이불처럼 덮는다. 곧 몸이 녹녹해진다. 좀 있으면, 아니 이제 곧 눈만 감으면 기다렸다는 듯 졸음이 떼로 달려들어 그를 데리고 갈 것이다.

짧은 시간이나마 가장 많은 상념의 나래를 펴는 것도 이맘때다. 아내의 치매, 아직도 그냥 살아 꿈틀거리는 이런저런 자식에 대한 회억, 유복자로 태어난 손녀 방아, 혼자 떨어져 살고 있는 며느리, 말로는 제 발로 뛰쳐나와 눈곱만큼도 서방 따윈 미련이 없다지만 그 속을 아직도 알 수가 없는 딸 정임이, 그리고 하루도 개운할 날이 없는 주민들과의 크고 작은 마찰, 조직 내의 잡다한 불협화음 등등.

이런 일들과 만나 실랑이도 하고 어르기도 해 허우적거리다 보면 어느 순간 잠에 빠지고 말아, 그러구러 하루해가 문을 닫는다. 그게 반복되는 게 그의 일상이다.

이날 저녁도 마찬가지다. 며칠 전부터 발바닥 티눈처럼 꼼지락거리던 노동조합 문제가 또 고개를 쳐든다. 개뿔도 믿는 구석은 없지 싶은데 대구 설쳐대는 구 씨 작태가 못마땅하기도, 가상하기도 했다. 절이 미우면 중이 나가는 게 상책이라지만 그것도 말처럼 쉬운 건 아니다.

아까 고 반장과 나눈 이야기들을 나름대로 수용, 분석, 음미해 본다. 사람이 해탈을 한 건지, 아예 수수방관하는 건지 저렇게 천연덕스러울 수가 없다. 동료들이 노동조합을 들고 나와 들쑤셔놓으면 뭐라든 한마디 거들어야 하는 게 정상인데, 더군다나 명색 반장 아닌가, 그런데 뉘 집 개가 짖느냐는 듯 그런 쪽으론 태무심이다. 도무지 무슨 속인지 알 수가 없다.

그런 데다 테이프는 왜 들고 다니는지 모르겠다. 과연 그놈의 일이 그렇게, 비디오를 봐가면서, 러브호텔을 찾아다니며 발버둥을 쳐야 할 만큼 우리한테 소중한 것인가. 거기에 칠십생남이 왜 등장하는지도 그로선 아리송하다. 모두 나이는 어디로 먹는지, 그들 행세가 욕가마리로 보이다가도 혼자만 돌림을 당하는 무지렁이가 되는 것 같아 뒤숭숭하다.

그러나 그런 건 어디까지나 내 생각이지 남들까지 다 그렇게 생각해 주길 바란다는 건 욕심이다.

지난 주말, 분리수거한 폐품을 몰래 처분해 만든 회식자리에서 산낙지가 들어오자, 한 젓가락이라도 더 찍어 넣겠다고 캑캑거리며 다퉈 먹던 사람들 입에서 쏟아진 말들이 새삼스레 온기로 다가온다.

"이거 한 젓가락만 자셔봐. 대번에 오줌발이 다르더라카이."

"참 희한하데. 부르고 대답하는 거 같더구마."

객쩍은 이야기로만 듣기에는 아직도 귓바퀴가 어지럽고 후끈거린다.

휴우—. 가는 한숨이 나온다. 고 반장 이야기가 다 사실이라면 아내한테 못할 짓을 하고 있는 게 분명하다. 아내의 치매 증세가 혹 그런 데에도 원인이 있는 건 아닌지 모른다고도 생각해본다. 의학적으로야 어떤지 모르지만 무엇에든 리듬이 깨지면 탈이 난다는 건 상식이다.

지금쯤 포근히 까라져 오락가락해야 할 정신이 새로 맑아진다. 감았던 눈을 떠본다. 창밖으로 건너 104동 옥상 피뢰침에 걸린 찌그러진 달이, 흡사 포크에 찔린, 먹다 둔 방울토마토 같다.

오늘이 며칠인데 달이 저 모양으로 이지러졌을까. 새삼스레 날짜를 한번 꼽아본다. 스무 이틀, 사흘, 나흘, 닷새……. 그는 이윽고 잠 수렁에 살그머니 발을 들여놓는다.

아버지의 시말서

흑싸리 쭉정이

흑싸리 쭉정이를 거머쥔 아내의 손이 제자리를 못 찾아 허둥지둥한다. 그러다가 가까스로 한 곳을 찾아 끼워 넣는다. 갸우뚱하는 머리가. 그러나 마냥 미심쩍은 모양이다.

뚫어져라 지켜보던 정임의 타박이 금세 날아온다.

"내가 몬살아. 엄마, 그건 흑싸리 쭉정이 아이가. 흑싸리는 사월이거등. 사월은 네 번째로 사쿠라 담에 놔야제."

"야가 머라 카노. 난초 담이 흑싸리 아이가. 그러이까 여게 놔야지."

불콰한 아내의 얼굴이 펄쩍 뛴다.

"흑싸리가 먼저지 우째 난초가 먼저고?"

"너도 참. 우째 흑싸리가 먼저고, 난초가 먼저지."

아내도 쉽게 안 진다. 사람이 그릇돼도 옹고집은 따라다니는

가 보다.

"엄마, 내 말 한번 잘 들어바여. 정월달은 솔이고, 이월은 매조, 삼월은 사쿠라, 사월은 흑싸리, 오월은 난초, 순서가 이런 거 아이라. 그러이까 흑싸리가 앞에 와야제. 그래도 이해가 안 가?"

"내가 무슨 칠뜨기가? 늬가 안 캐도 그건 안다."

쑥 빼문 입술이 자식한테 배운다는 게 마뜩찮은 모양이다.

"알믄서 와 자꾸 엉뚱한 짓을 하노 말이다. 모르만 모른다, 캐야지. 그라고 성질은 와 내는데."

"내가 언지 성질 내더노."

"바라카이, 지금도 그게 성질내는 거 아이가."

자기 성질을 자기가 못 추스르겠던지 아내가 잠시 뜸을 들인다. 이번엔 사쿠라 한 장을 쥐고는 묻는다.

"이게 흑싸리라 캤나?"

"그건 사쿠라 아이가."

"사쿠라?"

"사쿠라 맛다카이."

"사쿠라가 삼을에 피나?"

"음력 삼월에 핀다고 그래 시 번째 아이가."

"……"

갑자기 아내가 멍청히 넋을 놓고 앉아 있다. 초점을 못 잡고 허둥지둥하는 눈동자로 봐서는 내가 왜 이러고 있는가, 싶은 모양이다.

"우리 어매 이자 큰일 났네. 어제는 홍싸리, 흑싸리를 분간 못해 어리둥절하더이만 이자 흑싸리 쭉정이꺼정 잘 모르이."

딴에는 열심히 가르친다고 열을 올리고 있던 정임이 속이 상한 듯 어물쩍 뒤로 물러앉는다.

모녀의 아웅다웅하는 짓거리가 볼수록 가관이다. 지금 그는 잘 만큼 자서 눈을 떴는지, 아니면 그들 실랑이에 깼는지 모르지만 아까부터 일어나 앉아, 이들을 구경 삼아 지켜보고 있는 참이다.

그것 아니라도 깰 시간이 되기는 됐다. 퇴근해 아침 숟가락을 놓고 든 잠은 보통 11시쯤엔 깨고, 그만하면 충분했다. 정상인 수면 양으로는 턱도 없이 모자라지만 그게 이젠 이골로 몸에 뱄다.

아내가 화투 순서를 몰라 저 지경에 놓이리라고는 정말 꿈에도 생각 못했다. 월점이며 가보 떼기 따위는 아내의 주특기다. 월점은 화투 48장을 월별로 가로 열두 장, 세로 네 장씩을 알맹이하고 쭉정이를 크기순으로 놓아 풀어가는 놀이인데, 심심풀이로 하는 거지만 한 번에 딱 맞아떨어지면 괜히 좋은 일이라도 생기려나 싶은 게, 잠시나마 가뿐해지는 그런 재미가 들어 있다.

치매 환자들한테는 고스톱 같은 카드놀이도 필요하다는 의사의 말이 있어, 그걸 얘기 삼아 했더니, 그날 이후로 정임은 짬만 나면 아내 앞에다 화투를 펴놓았다. 아내가 화투 좋아한다는 걸 알기 때문에, 그쪽으로 바짝 매달려보는 듯했다.

말이 났으니 얘기지만 아내만큼 재바르게 화투패를 만지는 사람도 잘 없다. 언젠가 그도 아내 따라 한번 해본다고 패를 몇 번 잡아보았지만 반도 못 미쳤다. 거기에도 계산과 요령이 필요했다. 하긴 세상일 머리 안 쓰고 되는 게 어디 있던가.

아내는 그전부터 화투하고는 친했다. 화투를 아예 머리맡에 두고 산 사람이다. 자다가도 인기척에 한 번씩 눈을 떠보면 아내는 혼자 화투랑 놀고 있었다. 한번은 애들 보기에도 그렇고, 남 눈에도 천박한 아낙으로 비칠까 봐 슬쩍 박아본 일이 있다.

"우쩨 당신은 눈만 떴다 카믄 화투를 차고앉았노. 그건 물리지도 않능강."

"참 빌소릴 다 듣겠네. 노는 입에 염불이라고, 시간 죽일라고 들고 있는 건데 누군 머 그게 조아 차고앉았는 줄 아우. 또 빌노무 일에다가 트집을 잡는구마."

"……."

"속에 천불이 나서 차고앉아 있는 건 모르고. 그러고 있는 난 더 답답하구마. 골골하고 드러눴으믄 엔간히도 보기 조캤다. 술 담배 안 먹는 거만 해도 큰 다행으로 아시우."

"기냥 한번 해본 소릴 가지고⋯⋯."

괜히 꺼냈다가 본전도 못 건지고 말았다. 서방 덕, 자식 복, 어느 것 하나도 변변한 게 없는 박복한 삶, 자식을 없앤 뒤로 그 절망을 그런 식으로나마 잊겠다고, 그래도 뭉그적대지 않으면 병 생기겠다고 하는데, 거기에 무슨 토를 달겠는가. 그날 이후로 화투 이야기는 두 번 다시 꺼내지 않았다. 때로는 화투를 놓고 멀거니 있는 아내를 보면 괜히 불안하기까지 한, 아내한테 화투는 그런 보약 같은 존재가 됐다. 그러다 보니 그쪽으론 도가 텄다. 그런 아내가 월별 순서를 못 찾아 쩔쩔매는 꼴이라니, 사람이 그릇되기는 많이 그릇된 모양이다.

"엄마 내 말 좀 들어바래이. 요거는 구월 국화. 그라고 이거는 시월 단풍⋯⋯."

아내가 정임의 말을 삭둑 자른다.

"아이, 가시나야. 너두 자꾸 가리킬라고만 들지 마라. 내가 풍 모르고 똥 모를 줄 아나. 한다 한다 카이 누가 대님에다 솜을 넛는다 카더이만. 내가 어데 죽을 빙이라도 든 줄 아는 모양이제. 참 빌 꼬라지를 다 보는 기라."

아내의 입술이 샐쭉 돌아간다. 저럴 때 하나만 보면 누가 보더라도 환자는 아니다.

"아이다. 엄마가 모른다고 카는 기 아이고. 고짱 실수를 하이 카는 거 아이가."

"시끄럽다, 에이 문둥아. 이자 내 하는 대로 가마이 보고 구경
이나 해라."

"그라믄 하나 물어보자. 이기 머꼬?"

정임이 오동 스무 끗을 빼 뵌다.

"똥 아이가."

"똥은 똥인데 밋 끗이고 말이다."

"똥광."

"그래 똥광이라 카고, 그라믄 밋 번째 달이고?"

"풍 담이믄 동짓달이지."

"동짓달도 맞다 카고, 그래 동짓달이 숫자로는 밋 번째라?"

"야가 참, 물을 걸 물어야제. 사람을 우째 보고 그런 걸 다 묻
는지 모르겠네. 니가 나를 가르키는 기 아이라 도로 죽일라고
애를 미기는구마. 일루 주라. 새로 첨부터 내가 해보께."

아내는 정임이 쥐고 있는 화투 패를 얼른 빼앗듯 받아서는,
두 번 안 볼 사람처럼 팩 돌아앉아 혼자 따로 전을 편다. 평소
성격이 그대로 나온다. 그 행신이 어디 갈 턱도 없겠지만 평소
대수롭잖은 일에도 한번 수가 틀어지면 꼭 저런다. 저럴 때는
옹골찬 제정신이다.

그러자니 그는 더 속이 탄다. 그렇게 팽팽 돌아가던 머리가
어쩌다 저런 구박을 받아야 하는 땜통이 되었는지 모르겠다.

모녀간의 복닥판이라 못 들은 척 구경만 하려다가 그가 기어

78

이 한마디 참견한다.

　"바라, 정임아. 자꾸 야단만 칠 기 아이다. 좀 다독거려 가르치라. 이자 나이가 있는데 대구 몰아부치기만 하믄 우짜노."

　그러고는 엉거주춤 밖으로 나온다. 뵈는 게 마뜩찮아 한마디 거들긴 했지만, 속에서는 또 열불이 타오른다.

버려진 신발

방아 신발이 쓰레기봉투 옆에 나와 엎어져 뒹굴고 있다. 그의 눈이 번쩍 빛을 쏟는다. 어제도 방아는 좋아라고 신고 다니던 신발이다. 그는 신발을 들고 묻은 먼지를 털어내며 보듬는다.

"바라, 방아 신발이 와 여기 나와 있노?"

방 쪽에다 대고 이르자 정임이 내다본다. 얼굴빛이 어둡다.

"아버지도 참, 그런 걸 와 개한테 자꾸 신길라 그래요. 나중에 언니한테 무슨 소릴 들을라고."

"야가, 무신 소릴 하노. 이게 어때서."

"그건 아버지 생각이고요, 우리 생각은 안 글타카이요."

"그라문 너거 생각은 어떤데?"

"와 남이 버린 걸 갖다 신기노, 그 말입니다."

"버리긴 누가 버렸단 말이고. 내가 달라고 얻어온 거란 말이다."

"또 저러신다. 어쨌거나 그게 그거 아입니까?"

"저런, 정신머리하고는."

"아버지. 지발, 앞으론 그런 거 줘오지 마이소. 정신 시끄럽심니데이."

꼭 아이 나무라듯 정임이 눈꼬리를 치떠 흘긴다.

"너는 어릿을 적 늬 오래비 옷 입고 안 컸는 줄 아나. 사내자식 것도 주려 입히고 했는데, 그게 어때서."

애들 같으면 그 자리에서 회초리라도 들었으면 싶다.

"아버지, 지 형제간 받아 입는 거하곤 다르이 안 캅니까."

"다르긴 머가 달라. 모두 배부른 기 탈이구마. ……그래서 내 삐릴라고 저기다 처박아 놨구만."

그는 생각할수록 부아가 치민다.

"참 울 아버지도. 우짜문 시상 물정에 저러큼 어두운지 모르겠네."

"시끄럽다. 말이문 다 말인 줄 알고."

그가 버럭 역정을 낸다. 신발이 아까운 것도 아까운 거지만 정신머리가 틀려먹었단 생각이 든다. 그게 어떻다고 버린단 말인가. 더군다나 어른이 한 일을 말 한마디 상의도 없이.

"아버지요. 그런 거는 우리 하는 대로 가마이 보고만 있으이

소. 그래야 집이 핀함니데이."

　일전에 아파트 헌옷수거함 위에 있던 그 신발이다. 깨끗이 씻어놓고 보니 바닥 요철이 생생한 데다, 유명상표 브랜드하며, 새것이나 다를 게 없어 방아한테는 샀다고는 거짓말을 해 신겼던 것인데, 어떻게 알았던지 알고는 버려놓은 것이다. 거짓부렁이가 좀 그렇지, 그것 말고는 잘못된 게 하나도 없다. 〈4문〉의 조씨 같은 사람은 앞으로 내가 이보다 더 좋은 신발을 어디에서 구해 신을 거냐며, 평생 신을 신발을 그런 식으로 챙겨놓은 사람이다.

　신겨놓고 보니 맞춤이나 똑같았고, 방아도 좋아했다. 딱 한 가지, 할아비로서 하나 있는 손녀한테 한번 남 손 탄 것을 신긴다는 것이 마음에 좀 걸렸다. 그러나 아직 어린앤데 어뗘랴 했고, 그리고 한동안 조용하기에 그냥 넘어가는가 보다 여겼는데, 오늘 보니 일은 진작부터 터져 있었던 것이다.

　"허허, 참. 더러운 거도 다 닮는구만."

　마침내 그의 입에서 맥없이 나온 말이다. 그는 좋은 게 좋다고 좋게 받아들인다. 바지런한 게 흠이어서 그렇지 아직 그런 먹통은 아니다.

　아내가 꼭 저랬다. 방아한테 관련된 일은 크고 작고를 떠나 며느리 하라는 대로 두자는 것이다. 여자 눈치는 여자가 더 챙기는지, 다른 건 다 고풍을 들먹이면서도 그거 하나는 꼼짝을 못하고 며느리를 따르는 아내다. 떨어져 살아도 그거 하나는 분명했다.

손녀 작명 때 일이다. 며느리가 딸 낳았다는 소식을 들은 그는 그날 저녁 늦게까지 옥편을 펴놓고, 그쪽으로 좀 아는 친구한테 전화까지 내가며 시난고난 머리를 짜고 있었다. 생전 안하던 짓을 하고 있으니까 아내가 이상했던 모양이다.

"밤이 얼만데. 이녁은 여태까지 안 자고 머허요?"

"그런 기 있다."

"그런 기 먼데요?"

"우리 손녀딸 이름 짓는다."

그때까지만 해도 가장의 권위가 들어 있었다.

"시방 머라 캤능교? 가 이름을 와 당신이 짓는다고 그라요. 지 어미가 시퍼렇게 있는데."

아내가 벌떡 일어나 앉았다.

"이 사람이, 무슨 말버르장머리가 이러노."

"말버르쟁이고 머고, 누가 이녁보고 이름 져달라요?"

"어허, 이 사람이 이게 무신 망발이여. 내가 짓지 안으문 뉘가 질 거여. 임자가 질 거야?"

"지발 고만 자중하시지. 한 다리가 천 리라 캤어요. 이녁은 가마이 기시는 게 도우는 일이구마."

"도우다이. 할애비가 돼 손녀 이름 짓는 기, 머가 잘못이고.

더군다나 아 애비도 없는 마당에. 멀 우짠다고 당신은 내 말이라 카믄 팔짝 뛰기부터 먼저 하노 말이다."

"아이그. 우째 시상 물정을 몰라도 저러큼 모르는공. 텔레비도 안 보요? 아즉도 공자 소리만 하고 있으이 참 기똥찰 일이제."

"도무지 난 이해를 몬하겠구마."

"이해를 몬하는 건 이녁이 아니라 나구마. 지발 하고 아무 데나 좀 나서질랑 마시우. 요새 시아비 노릇은 그래 하는 기 아이라카이."

버텨보긴 해도 아내한테 이길 수가 없었다.

"알았구마. 이자, 임자 시키는 대로, 고대로 할게."

결국은 아내 시키는 대로 좇고 말았는데 나중에 보니 그 말이 그렇게 딱 맞아떨어질 수가 없었다. 며칠 뒤 며느리는 아이 이름은 어떻게 할까요 물었고, 그는 아내 시키는 대로 일렀다.

"나도 한번 알아보기는 하겠다만 늬가 하나 지어오너라. 시절에 맞기 지을라 카문 아무래도 늬들이 짓는 기 낫지 시프다."

며느리는 그 말 떨어지기가 무섭게 쪽지를 꺼내놓았다. 미리 한번 알아봤다면서 이미 작명한 걸 들고 있었던 것이다. 〈방아〉라고 했다.

"오, 방아. 부르기도 좋고, 듣기도 좋고, 괜찮죠?"

"방아라. 오, 방, 아."

솔직히 그는 못마땅했다. 사람 이름에 방아가 왜 들어간단 말이고. 여식아이라 굳이 항렬 챙겨 지을 것까지는 없다지만, 그래도 어감이 너무 가볍고 헤프게 들렸다.

"애들이 크면 외국을 이웃집 가듯 나들 텐데, 영문 표기도 괜찮고요."

"……"

"우선 부르기가 편하잖아요."

"……그래, 됐다. 개한네."

기어이 그는 고개를 끄덕이고 말았다. 아내 말마따나 지 새끼 이름 제가 지어놓고 좋다는데 누가 토를 달 것인가. 그런 눈치는 있다.

그날 이후로 그는 적어도 그런 쪽으로는 무조건 아내의 의견을 따랐다. 가정에서 어른의 영역이 자꾸 좁아지고 있다는 아쉬움은 남지만, 세월이 그런 세월이라고 생각하니 못할 것도 없다. 예식장에서 여편네들이 점촉하는 걸 보면 다른 건 더 볼 것도 없다.

그는 신발을 챙겨 비닐봉지에 넣는다. 아까운 것과 필요한 것은 다르다. 내일 출근 때 가지고 나가 원래 있던 자리에 갖다 둘 참이다. 다른 사람들이나 가져가게.

제복의 세월

5시 반이 되는 걸 보고 그는 집을 나선다. 집에서 네 번째 버스정류소 앞이 〈장미촌 입구〉다. 늦더라도 6시 10분 전후면 경비실에 닿는다. 날이 좋거나 시간이 넉넉할 때는 한 번씩 걸을 때도 있지만 보통 그는 그 시각에 버스로 출근을 한다.

경비원들의 교대시각은 동하절기 구분 없이 아침 6시로 돼 있다. 번듯하지 못한 직업이라 가급적이면 사람 눈이 적을 때 출퇴근하자는 경비원들 의견이 적극 반영된 조항이다. 그런데 요새 와서 경비원이 왜 기피해야 하는 직종이냐며 새벽 시간이 사람을 피곤하게 만든다고는, 새로 일반 직장인들과 같이 9시로 하자는 말이 등장, 지금 그쪽으로 검토하고 있는 중이다.

"자, 수고. 난 그만 가능구마."

경비실에 들어와 채 숨도 고르지 않았는데 구 씨는 이미 가

방을 둘러메고 문을 나서고 있다. 뭐가 급한지 구 씨는 항상 저렇다. 꼭 쫓기는 사람이다. 어떤 날은 일찌감치 마당에 나와 자전거를 꺼내 손질하는 척 기다리고 있다가, 정문 쪽에 그의 얼굴이 보이면 번쩍 손만 한번 들어 보이고는 횡 달아날 때도 있다.

인계인수사항이 따로 없더라도 이 나이가 되면 허튼소리라도 좀 건네는 수더분한 구석도 있어야 하는데 무슨 사람이 항상 그 모양이다. 자기는 자기대로 사는 방식이 따로 있겠지만 그가 바라는 짝꿍으로는 빵점이다. 사람 경우 없는 것과는 별개의 문제다. 재미없는 사람만은 분명하다.

제복으로 바꿔 입고 벽거울과 마주 선다. 출근 후 가장 먼저 하는 일이다. 출퇴근을 아예 제복으로 하는 사람들도 있지만, 무슨 일이 있더라도 그는 그것 하나만은 꼭 지킨다. 집에서까지 경비원으로 사는 듯한 느낌이 들어서다.

거울 속의 그를 보고 그는 매무새를 고치며 싱긋 웃는다. 이제 버릇이 됐다. 거울 속 사내도 거울 밖의 그를 보고 같이 따라 싱긋 웃어준다. 그가 더 크게 활짝 웃는다. 거울 속에서도 더 크게 따라 웃는다. 모자를 바로 쓰고 거수경례를 붙여본다. 거울 속의 사내도 그를 향해 답례를 한다.

짙은 감색 제복이 이럴 때 가장 고맙다. 황송하게도 제복은 그를 7, 8년쯤 옛날로 데려다 놓는다. 제복만 걸치면 누구도 자기 나이를 그대로 다 안 본다. 금세 할아버지가 아저씨로 변해 있다.

상의 단추 줄과 버클, 바지의 지퍼를 일직선으로 세워 아랫배에 힘을 주고 허리띠를 적당히 조른다. 든든하다. 못해도 7, 8년쯤 옛날로 돌아갔으니 양어깨의 선도 그때처럼 팽팽하게 각이 진다. 서둘러 나오느라 면도를 못해 거뭇하게 돋은 턱수염이 조금 못마땅하나, 그럼에도 그의 눈에는 아직 젊다.

〈야, 이 사람아. 그래, 사는 날까지 우리 열심히 한번 살아보는 거다.〉

이틀에 한 번씩 그는, 이런 식으로, 아침마다 자기와 마주 보고 잠깐씩 말없는 대화를 나눈다. 제복으로 해서 자칫 비감에 빠질지 모르는 자신을 그렇게 타일러보는 것이다.

갑자기 거울 속 그의 눈빛이 놀람으로 번쩍한다. 냉장고 위의 파란 비닐봉지가 눈에 뛰어든 것이다. 그는 얼른 거울에서 빠져나와 그것을 확인한다.

세 개의 버섯봉지.

순간 울컥 울화통이 콱 치민다. 뒤따라 조금 전 얼렁뚱땅 달아나는 구 씨의 자전거 탄 뒷모습이 떠오른다. 맥이 탁 풀어진다.

세 개가 그냥 있다는 건 하나도 해결 못했다는 이야기가 된다. 고참 티를 내는 건지, 심통인지, 알 수가 없다. 안 그렇더니만 요새 와서 사람이 이상하게 달라지고 있다. 그만 머리가 뒤숭숭하다.

저 비닐봉지 속에는 표고버섯이 2킬로그램씩 들어 있다. 버섯농장을 가지고 있는 송 위원장이 요즘 판로가 막혀 어렵다는 것을 알고는 박 소장이 아파트 각 문 경비실에다 갖다놓은 것이다. 자기를 관리소장에다 심어준 보답으로 그런 걸 제안한 걸로 안다. 금년 초부터 그랬으니 경비실이 상설 버섯 점포가 된 셈이다. 며칠간 조용했는데 어제 또 새로 갖다놓은 모양이다.

위원장은 동 대표자들 가운데서도 대표다. 동 대표자들이 운영위원회를 만들고 그들이 호선해서 위원장을 뽑는다. 단순한 명예직이라지만 관리사무소에 소속된 경비원을 포함한 100여 명 종사원이 그 사람 밑에서 일을 하고 있는데 힘이 안 생길 수가 없다. 거기에다 연간 15억이나 되는 아파트 예산이, 어쨌거나 그의 명의로 입출금된다. 지금 송 위원장은 바로 그런 사람이다.

"부담은 갖지 마십쇼. 마트보다 값도 싸고, 싱싱하고, 무엇보다 물건을 믿을 수가 안 있습니까. 모양이 좀 그렇다고는, 우리 위원장님도 이런 걸 별로 원치 않는 걸 제가 한번 권해봤습니다. 찾거든 드리고 그러지, 무리하게 권하고 그러진 마세요. 상부상조로 누이 좋고 매부 좋도록 해야지, 소문 잘못 나면 우리 위원장님한테 누가 될지도 모르니까요. 그래 아시고 세 개씩만 여기에다 두고 가겠습니다."

경비실에 버섯봉지를 처음 갖다놓던 날 박 소장 입에서 나온 말이다.

각 문 게시판에 홍보 전단지도 나붙였다. 가정교사니, 피아노 교습이니 하는 건 공적인 내용이 아니라서 못 붙이게 하면서도 표고버섯의 효능이 고혈압에 어떻고, 미용에 어떻고, 하는 안내는 관리비 독촉 안내보다 더 중심 위치에 자리 잡고 있다. 반응이 어떠냐며 심심찮게 인터폰 공략도 편다.

말은 부담 가질 필요가 없다고 그러지만 그게 말처럼 되는 게 아니다. 자리가 그런 자린데 신경을 안 쓸 수가 있는가. 집에도 말려놓은 버섯이 서너 봉지 턱은 된다. 찾는 사람은 없지, 버섯봉지는 자꾸 쌓이지 궁여지책으로 갖다 나른 것들이다.

버섯봉지가 냉장고 안에 있질 않고 그 위에 얹혀 있는 걸 보면, 주는 걸 그대로 받아 거기 팽개쳐둔 게 분명했다. 하나를 보면 열을 안다. 요즘 처신하는 것 보면 충분히 그러고도 남을 사람이다. 노동조합 이야기가 나돈 뒤부터 더 사람이 이상했다.

"씨팔, 어데 우리가 지네들 판매사원이야. 아파트 경비원으로 들어왔제, 버섯 팔아주러 들어옹 게 아이란 말이다. 벌써 내가 갖다 묵은 거만 해도 속에 두드러기가 이능구마. 앞으로 한 번만 더 갖다놨단 바라, 그대로 씨래기통에 쳐널 기다. 모두 흥흥하고 가마이 있으니 가마이때기로 뵈는 모양이제."

지난번에 그가 받아놓은 버섯을 인계하자 구 씨 입에서 나온 소리다.

그러나 그건 그거고 이건 이거다. 처음부터 안 받아놓았으면 모르지만 받아놓은 이상 생물을 저런 식으로 던져놓아서는 안 된다는 게 그의 생각이다. 경비원으로 밥을 먹고 있는 한 구처 없는 일 아닌가. 숙명이다.

그는 얼른 냉장고 위의 버섯봉지를 냉장고 안에다 넣는다. 하루 저녁을 실내에 저래 두었다면 필시 상했거나, 상하고 있을 것이다. 싱싱해 보이라고 푸른색 봉지에 넣어두어 우선 보기엔 탈이 없는 듯해도, 보통 채소도 하루 저녁 밖에 내놓으면 축 늘어지는데, 아무래도 느낌이 안 좋다. 감정으로 처리할 일은 더군다나 아닌 것이다.

출근에 따른 신변정리를 대충 한 뒤, 그는 인터폰으로 〈2문〉 조 씨를 찾는다. 그쪽 사정을 알아볼 참이다. 뒤진 못하더라도 최소한 균형은 유지해야 체면이 설 것 같아서다.

"요즘 보따리 사정은 어떠노?"

〈보따리〉는 버섯봉지의 그네들 은어다.

"여게는 하나도 안 뵈는데, 울 이 선생이 다 처분했는가 보지."

이 선생이란 자기 짝꿍을 말한다. 〈3문〉에도 알아본다.

"한 개 남았구마. 왜, 필요해? 필요하다면 갖다드리구."

한 수 더 떠, 농이긴 하지만 사람 약까지 올린다. 모두 자기들

딴에는 한다고들 한 것 같다. 아무래도 균형 맞추기는 틀린 듯 싶다.

지금이라도 쉽게 해결하는 방법이 하나 있긴 있다. 구 씨와 둘이 하나씩 가져가고 하나 남는 건 돌려주면 된다. 그러면 노력한 표도 있고 이야기도 수월하다.

그러나 그건 어디까지나 혼자 생각이지 구 씨한테는 통할 턱이 없다. 지난번에 그런 이야기를 한번 꺼냈다가, 물론 자기한테 퍼붓는 건 아니지만 얼굴이 확 달아오르는 소리를 들었다.

"벌써 밋 번째고. 난 이자 그런 짓 몬하는구마. 니기미 씨팔, 내 혼자 묵은 거만 해도 열 봉지가 넘는다카이"

버섯 이야기만 나오면 〈씨팔〉이 후렴으로 따라다닌다. 독 오른 소리라 면전에서 맨 정신으로 들으려니 귓구멍이 멍했다.

그때 이야기로 봐서는 버섯 말만 비쳐도 끝장을 볼 것 같더니만, 그래도 받아놓은 걸 보면 한계는 거기까진 모양이다.

휴―. 절로 한숨이 터진다. 경비원을 일자리로 찾은 주제에 더운밥, 찬밥 가려서 들어온 건 아니지만 그렇더라도 이런 일로 시난고난 할 줄은 정말 몰랐다. 어디 박히든 묵으면 묵을수록 좀 편한 구석이 있어야 하는데, 이건 무슨 놈의 일이 날이 갈수록 배배 꼬이기만 하는지, 요즘은 영 죽을 맛이다. 만만해서 구 씨를 물고늘어져 보지만 구 씬들 무슨 죄가 있는가.

자장면 한 그릇

북경반점 김 군이 들어가면서 자장면 하나를 아무런 말도 없이 쑥 들이밀어 놓고는 사라진다.

"야, 이게 뭐야?"

소리통을 높여, 그는 아이를 불러 세운다.

"11층 아줌마헌테 한번 물어보이소."

이미 아이는 승강기가 삼켜 보이지도 않고 소리만 들린다.

난데 사람으로 그의 제재를 받지 않고 자유롭게 나드는 사람은 셋 있는데 김 군은 그중 하나다. 우유배달 아주머니와 신문 배달원도 거기에 든다. 특혜를 준 게 아니라 드나들 때마다 붙들어 묻고 자시고 하기가 귀찮아 모른 척 덮어둔 것이다.

11층 아줌마라면 보영이네다. 짐작되는 구석이 있으나 인터폰으로 새로 확인해 본다.

"오늘 우리 곗날입니다. 자장면 들어갈 건데 그냥 드이소이."

저쪽에서 전화 건 까닭을 먼저 알고, 자기 말만 하고 끊어버린다. 수화기에 잡히는 시끌벅적한 분위기가 벌써 고스톱 판이 벌어진 모양 같다.

나름대로는 재미있게 사는 사람들이다. 〈1문〉 골목에 보영이네 또래 여자들이 대여섯 있는데 이제 보니 오늘이 그들 곗날이다. 한 달에 한 번씩 만나 자장면을 시켜 먹으면서 하루를 수다와 고스톱으로 보낸다고 했다. 지난달에도 얻어먹었고, 그 전달에는 구 씨가 얻어먹은 걸로 알고 있다.

"늘 보는 사람들끼리 만나는 건데 딴 거야 있습니까. 3천 원짜리 자장면 하나씩 시켜다 먹고 종일 수다나 떠는 거지요. 남편 흠도 좀 내고, 시집 흉도 좀 보고, 세상 욕도 좀 하고…… 집에 혼자 박혀 있으면 답답하잖아요. 그래서 한 번씩 만나는 겁니다. 참 거기 고스톱이 빠져가지곤 안 되고요. 점에 백 원입니다. 자장면 먹으려고 만난 거니까, 이름도 자장면계고요. 그런 식으로 스트레스를 푸는 거예요. 점심 시키면서 한 그릇 보탠 거니까 잔칫집에 국수 얻어먹는 셈 치면 댑니다."

처음 자장면을 얻어먹던 날 잘 먹었다고 인사를 했더니 보영이 엄마가 한 얘기다. 마음 씀씀이도 고맙고 이야기도 맛깔스럽다. 옛날하고 문화가 조금 바뀌었을 뿐이지 사람 천성이 어디 가겠는가. 새댁들은 새댁들이다.

정중히 사과하시오

단무지까지 깨끗하게 다 비운 빈 그릇을 밖에 내놓는데, 현관 게시판에 누군가가 뭘 붙이고 있다.

"이거 여게다 한 장 부칩니데이."

마침 잘됐다는 얼굴로 양해를 구하는 사람은 1001호 차⻆ 씨다. 경비실과 벽 하나를 경계로 살고 있는 개인택시 기사다.

"멉니까? 그렁 거 자꾸 부치노오면……."

빤한 자리라 딱 거절하기도, 그렇다고 못 본 척하기도 뭣해 얼버무린다. 게시판엔 원칙적으로 관리사무소에서 허락하는 광고만 붙이게 돼 있다. 표고버섯이 나붙은 뒤로 좀 물렁해지긴 했으나, 그렇더라도 빈말인따나 양해를 받아 붙이는 게 도리인데, 언제부터인가 그것마저 슬그머니 없어졌다.

"부치노코 나걸랑 한번 보이소. 지 혼자 사는 집도 아인데,

이런 사람들은 공개수배를 해서 우사를 좀 시켜놓라고 그랍니다."

차 씨의 대답이다. 굳은 표정이 아무래도 심상찮아 바로 게시판 앞으로 가 읽어본다.

여기에 붙은 이 에쎄 담배꽁초를 1층 화단으로 버린 사람은 1001호로 찾아와 정중히 사과하고 당장 고치기 바랍니다. 내 눈에 적발된 것만 벌써 다섯 번입니다. 끝내 사과하지 않는다면 나는 이곳에 사는 동안 당신을 저주할 것입니다. _1001호 주인 백

노트 종이에다 싸인펜으로 갈긴 글씨다. 종이 한가운데 노란 필터가 달린 꽁초 하나를 물증이란 듯 스카치테이프로 붙여놓았다.

1층 사람들한테는 베란다 쪽으로 3, 4평의 공간이 사유지 정원으로 쓸 수 있게끔 달려 있는데, 위층에서 누군가가 던진 꽁초가 거기에 떨어졌던가 보다. 충분히 감정을 건드릴 수 있는 행태다.

"이런 거 여게 하나 부쳐나도 개한캤지요."

쪽지 내용도 그렇지만 말투에도 감정이 진하게 묻어 있다. 여차하면 치고 들어가겠다는 전운이 감도는 문구다. 〈저주〉가 특히 그렇다. 아무한테나 쓰는 문자가 아니다.

"머, 어떡키야 하겠습니까만⋯⋯."

골목이 좀 시끄럽겠구나 싶은 생각이 설핏 든다.

"누가 그랬다는 걸 짐작은 하고 있습니다. 그러나 심증만 가지고는 곤란하거등요. 그래서 공개적으로 수배하는 겁니다."

"당사자가 보문 좀 무안하겠는데요."

"일부러, 좀 그러라고 부치는 겁니다. 아저씨 아다시피 스피카 방송도 및 번 안했습니까. 그런 짓 하지 마라고. 사람들이 얌똥머리가 좀 있어야지요. 지 집 베란다에다 누가 꽁초를 던진다 케바요. 가마이 있을 놈이 누가 있겠습니까. 똑같은 거 아이라요."

"⋯⋯."

백번 옳은 말이다. 알면서도 안 지키니까 그게 문제일 뿐이다. 그는 끼어들기가 뭣해 고개만 끄덕인다.

"이래놔도 또 던진다 카믄 그때는 쳐들어갈 작정입니다. 꽁초를 주어모아 뒀웅게 디엔에이 검사하문 임자가 안 나오겠습니까."

일전을 불사하겠다는 선전포고문이다.

"⋯⋯."

"어느 눔인지 모르지만 이자 알아서 하겠지요. 이런 거도 일종의 인민재판인데 나도 여기까지 오는 데는 고민 마이 했다, 아입니까."

정중히 사과하시오

"……."

한 소리, 일테면 매일 마주치는 골목 사람들끼리 조용하게 풀어나가는 게 옳지 군이 이럴 필요가 뭐 있느냐고, 건네고 싶지만 마음뿐 입이 안 떨어진다. 골통거리가 또 하나 불거지는 건 아닌지 모르겠다. 그에게 엉뚱한 새 걱정이 하나 더 생긴다.

지내보니 경비원으로 가장 난처한 때가 이런 경우다. 얼른 보기엔 자기네들끼리 일인데 걱정할 게 뭐 있느냐 하지만 천만에 말씀이다. 왜 이런 걸 여기에 붙이도록 그냥 뒀느냐고 물고 늘어질 가능성이 얼마든지 있기 때문이다. 층간 소음 문제로 아래위층이 하는 꼴을 보면 불을 보듯 뻔하다. 천장에 쥐새끼를 키우는 것도 아니고 소음 때문에 잠을 못 자겠어요, 좀 안 나도록 한번 주의를 주세요. 인터폰으로 당부사항이 들어온다. 위층에다 그 사실을 전한다. 애들 키우는 집인데 그 정도 소리도 안 내고 어떻게 키웁니까, 우리보고 감옥살이 하라는 거요. 정 그러면 독채에 살지 왜 아파트에 들어왔대요, 오는 대답은 이 모양이다. 툭 하면 생기는 일이다. 중간에서 어떻게 처신을 한단 말인가. 양쪽 이야기를 곧이곧대로 다 전한다면 육박전이 벌어질 건 뻔한 일. 여간 난처한 게 아니다. 왜 자기네들끼리 만나 해결하면 될 일을 경비원을 가운데 끼워 넣어 이리 치고 저리 쳐 죄인으로 만드는가 말이다.

지난 연말에는 이런 일이 하나 있었다. 아이들이 마당에서 공놀이 하다가 한 녀석 던진 공이 주차해 놓은 승용차 한쪽 백미러를 망가뜨렸다. 가해자는 103동 동 대표 장 사장 아들이다. 마침 현장을 보았으니 그래도 그런 다행이 없다. 아이를 불러 조용히 타일렀다.

"올라가서 아버지한테 말씀드려라이. 차 주인한테는 잘못했다고 사과드리고. 그라문 아버지가 무슨 말씀이 있을 기다. 알았제?"

이내 어른들끼리 만나서 표면상 일은 해결이 잘 되었다. 만약에 현장을 목격하지 못했더라면 난리가 날 건 뻔하다. 바로 눈앞 일인데 그것도 안 보고 뭣 했느냐고 다그치면 입이 열이라도 할 말이 없다. 이래도 탈, 저래도 탈이다. 거기에는 항상 사리보다 고용과 피고용의 관계에서 오는 상황 윤리가 지배하고 있기 때문이다.

그날 뒤로 그는 장 사장의 곱지 못한 시선을 계속 느껴야 했고, 지금까지 그러고 산다. 꼭 찍어 말은 없었지만, 당신만 눈감아줬으면 무사히 넘어갈 수도 얼마든지 있는 일인데 그걸 물게 했다는 것이겠지. 벌써 눈빛 보면 안다. 평생을 눈치로 살아왔고 지금껏 그렇게 살고 있는데 왜 모르겠는가. 떠 있는 달보다도 경우에 따라서는 가리키는 손가락에 더 신경을 써야 하는, 엉뚱한 이율배반의 징검다리를 오락가락하면서 사는 게 경비원이다.

"대갈통이 삐뚤어지게 박힌 눔들은 이런 식으로라도 해 바로 잡아줘야 한다니까요."

자기가 해도 잘한 일이란 듯, 붙여놓은 쪽지를 옹알이하듯 읽어보고 난 뒤 뱉는 차 씨의 말이다. 그러고는 어쩌냔 듯 그를 향해 히쭉 웃는다.

"하긴 꽁초를 아무 데다 버린다 캐가지고야 말이 안 대죠. 여기 살문 그만한 건 다 알 사람들인데."

그가 조심스럽게 한마디 보탠다.

"이래 놨는데도 또 던진다 카문 인간도 아이라고 바야지요. 다른 사람들은 우째 생각할런지 모르지만 내 생각은 그러씸다. ……미안합니다. 이런 지저분한 걸 부쳐놔서."

차 씨가 들어가고 난 뒤 그는 전단지 문안을 한 번 더 읽어본다. 입안이 텁텁하다. 곶감이 접반이라도 쓰다더니만 이런 상황을 두고 하는 말이 아닌가 싶다.

모기향

느지막이 저녁 끼니를 해결한 그는 경비실에 모기향을 피워 놓고는 문을 닫고 밖으로 나온다. 건너쪽 화단 축대에 엉거주춤 걸터앉아 그곳에서 출입자들을 감시한다. 오늘은 그럴 일이 있다.

그의 예상은 적중한다. 좀 있자, 8층의 한 사장이 얼굴을 내놓는다. 현관을 나오면서 한 사장은, 밖에서 봐도 환하게 들여다보이는 경비실 안을 문까지 열어 들여다보곤, 이 양반은 경비실을 비워놓고 어딜 갔지 하는 표정을 짓더니만, 모기향 냄새를 맡았던지 그때서야 얼굴을 찡그리며 얼른 물을 닫고는 못마땅한 듯 계단을 내려선다.

그는 한 사장의 일거일동을 밖에서 지킨다. 분명히 자기를 찾고 있음이다. 노린 일이기는 하나, 근무자가 정위치에 있지 않왔다는 미안함도 조금은 있고 해서 그가 먼저 인사를 건넨다.

"저녁 자셨어요, 한 사장님."

"아, 여기 기셨구만. 그런데 요새도 모기가 있습니까?"

선착순으로 그 이야기가 나올 줄 알았다. 거기엔 계략이 숨어 있다. 하긴 귀신이 아닌 담에야 그런 것까지 눈치챌 수는 없을 것이다.

한 사장은 요새 사람으론 보기 드문 골초다. 저녁 숟가락만 놓으면 누가 부르는 듯 경비실을 들러 꼭 거기서 담배를 빼문다. 어쨌건 경비실은 그가 주인인데, 주인이 담배 안 피운다는 걸 알면 최소한의 예의는 지켜줘야 하는 게 도리다. 머리가 둔한 건지, 이쪽을 무시하는 건지, 그런데 그걸 모른다.

올봄이다. 하루는 저녁 늦게 경비실에 들어오더니 누가 묻기나 한 듯 심각한 표정을 지으며 뇌까렸다.

"아이구, 이자 담배를 끊어야겠습니다. 지금까진 그래도, 눈치 봐가면서 베란다에 나가서라도 한 모금씩 빨고 했는데, 손주 녀석이 나들고 나서부턴 온 식구가 들고일어나 난립니다. 자고로 식후불연이면 소화불량이라 그랬는데, 이거 어디 이래가지고 애연가들이 살겠습니까."

이 말 한마디를 던져놓고는 그때부터 경비실을 자기 흡연실로 알고 드나들었다. 1001호 차 씨가 저주의 대상으로 삼고 있다며 전단을 붙여놓은 그 주인공이다. 하는 짓거리 보면 한번은 임자를 만나야 할 사람이다.

게시판의 전단 문제는 좀 시끄러울 것 같더니만 너무 쉽게, 싱겁게, 조용히 끝났다. 어떻게 해결을 봤는지 모르지만 이틀 만에 전단은 자진 철거되었다. 마음 같아서는 차 씨한테 자초지종을 한번 물어보고 싶지만, 얼마든지 민감할 수도 있는 일이라 짐작만 하고 있다. 모르긴 하지만 떠들어봐야 자기만 당할 것 같고 해서 한 씨가 사과를 한 것으로 보인다.

그렇더라도 경비실에 와서 피우는 것과는 별개의 문제다. 사람 환장할 노릇이다. 담배만 그냥 조용히 피우고 가도 덜할 텐데 들를 때마다 웬 말은 또 그렇게 많은지 모르겠다. 담뱃불이 붙어 있는 한 이야기는 달고 산다.

"오늘 아침 뉴스만 제대로 들었어도 오백쯤 건지는 건 땅 짚고 헤엄치는 건데, 제길헐 이럴 땐 내가 그만 미친다니까."

하나같이 내뱉는 말들이 이렇다. 인터넷인가 뭐로 집에서 주식거래를 좀 하고 있는 모양인데, 실속은 어떤지 모르지만 입으론 하루에도 몇백을 잡았다, 놓았다, 한다.

경비원 월급이 이것저것 떼고 나면 백만 원 안쪽이란 걸 걸모를 턱이 없고 그걸 알고 있다면, 여기 와서만은 그런 말은 삼가는 게 상식이다. 그런데 걸핏하면 그런 식으로 자기 위상을 거들먹댄다.

만나면 사장님, 사장님 그러고, 좋은 게 좋다고 말 떨어지는 대로 예, 예 하니까 경비원들은 사람으로 뵈지도 않는 모양이다. 적어도 그가 느끼는 상대적 기분은 그렇다.

말투로 보아 한창때는 똥깨나 뀌는 자리에 있었던 모양인데, 그렇잖아도 바로 쳐다보기조차 싫은 판에, 말끝마다 이쪽이 주눅이 들도록 으스대는 꼬락서니라니. 한번 밉상으로 보니 끝이 없다.

"뵈지는 안는데 왱왱 소리가 자꾸 납디다. 그래서 한번 뿌려나 봤구만요. 아무래도 절후가 있는데 그러다가 말겠지요, 머."

그가 자리 비운 경위를 설명한다. 위치가 그런 위치라 어쩔 수 없다.

"그럼 처서 절후를 다시 만들어야 된다는 얘기가 되는데. 허허허허."

한 사장이 모처럼 적절한 유머를 썼다는 듯, 자기 말에 감탄한 듯 소리를 크게 내어 웃는다.

"허허허허."

그도 어울리게 같이 웃어준다. 그 웃음 속엔 자기의 얕은수를 한 사장이 모르고 있다는 약간의 통쾌함도 들어 있다.

웃음소리가 끝나자 한 사장은 한사코 담배를 꺼내 불을 붙인다. 첫 모금을 아주 맛있게 빨아들여, 아랫입술을 빼물곤 연기를 하늘로 훅 내뿜는다. 담배 맛을 제대로 알고 피우는 사람만은 분명하다.

그가 조금 떨어져 앉으며 눈치 못 채게 못마땅한 곁눈질을 준다. 밖이니까 실컷 피우시우. 오늘 그의 연극은 제대로 맞아 떨어진 거 같아 그도 좋게 대해준다.

"새 담배가 또 나온다, 그러지요?"

죄밑도 있고 해서 그는 말벗이 되어준다. 며칠 전 신문에서 언뜻 본 게 생각났다.

"아이그, 그런 거, 우리 신경 안 씁니다."

"……"

초점이 빗나간 듯한 느낌을 받는다.

"그거 그 친구들 담뱃값 올리는 수법 아닙니까."

"그래도 다른 물가에 비하믄 덜 오르는 편 아입니까?"

"모르겠습니다. 그런 데는 신경 쓰기가 싫어서."

계속 신경을 안 쓴다는데, 담배 피우는 사람이 담뱃값에 신경을 안 쓰다니, 그만큼 여유가 있다는 것으로밖에 해석이 안 된다.

"옛날 아리랑 담배가 첨 나왔을 땐 그거 한 갑 값만 하문 자장면 두 그릇을 먹었거등요."

"담배도 안 피우는 양반이 그런 건 어떻게……"

"그때는 담배를 피웠다 아입니까."

"모르겠습니다. 그때는 그랬는강. 우리는 그런 일엔 신경을 잘 안 쓰니까요."

한 사장은 또 신경을 들고 나온다.

"그때 잘 끈었제."

"아, 대단합니다. 요새는 쑥 들어갔습디다만, 한때는 왜, 담배 끊는 사람하고 친구도 하지 말라는 말이 있었잖아요. 독종이라고."

이야기 방향이 엉뚱하게 휜다.

"그런 얘기도 있었지예."

"우리는 그런 데 신경을 별로 안 써 그런지 모르지만 못 끊겠습디다. 하긴 또 그럴 생각도 안 해봤고요."

어떤 일에 신경을 쓰는지 모르지만 그는 끝없이 신경을 내세운다. 그는 괜히 상대편 신경이란 말에 자꾸 신경을 쓴다.

"몸에 신양 없으문 무리해 가면서 끊을 필요가 머 있습니까."

듣기 좋도록 말을 만든다. 이날 평생을 그렇게 살아오지 않았던가. 살아보니 그것처럼 편한 게 없다.

"내 생각이 바로 그겁니다. 몸에 이상이 없으면 굳이 끊을 필요가 없지요. 애연가들한테는 못 피우게 하는 거, 그게 스트레스 아닙니까. 시인 오상순 씨 같은 분은 세상에 담배만 한 친구가 없다고 그러잖았어요. 자기 호를 공초로 한 것도 담배꽁초에서 따온 거랍니다. 노상 줄담배로 달고 살았다는데 그런 사람하고 비하면 우리 담배는 담배도 아니죠."

한 사장이 이윽고 이야기에 날개를 달고 비상을 꿈꾼다.

"하긴 담밸 끈어 병 얻는 사람도 있긴 있더구만요. 갑자기 몸이 붓는다든지 해서."

밑천 들 일이 아니어서 장구를 친다.

"죽고 사는 건 팔자 아닙니까. 또 희한한 건 골초들 가운데 의사가 의외로 많다는 사실입니다. 어디 그 사람들이 담배가 나쁘다는 걸 모르고 피우겠어요. 그럼, 이게 뭐예요. 세상일 요상하게 돌아가는 거 아닙니까."

원군을 스스로 만들어 즐거워했다.

"그런 얘기 우리도 한번 들었심다."

"며칠 전, 난 티브이 보고 깜짝 놀란 게 하나 있습니다. 방송국에서 중학교 2학년 교실에 찾아가, 담배 피우는 사람 손 한번 들어보라 그러데요. 물론 비밀 보장을 전제로 하고 물은 거죠. 한 사람도 안 나오더구만. 그런데 혹 친구 가운데 담배 피우는 사람은, 하니까 반이 번쩍 들더라고요."

"……"

"그럼 이게 어떻게 되는 겁니까?"

"그게 좀 그러네요."

"세상이 그렇다니까요. 그날 내용 보니까 어떤 담배회사에서는 초등학생을 고객으로 잡아 홍보 활동을 펴고 있더라고요. 그네들 활동 가운데 슈퍼 같은 데서 애들이 담배를 훔쳐 가면 모른 척하라는 조항도 있고. 아예 담배를 진열할 때 그런 구석

자리에다 둬서 손대는 걸 그냥 두라는데, 그건 애연가들인 우리가 봐도 너무했더구먼. 애들까지 모두 중독자로 만들어라는 건데, 어느 놈 발상인지 세상에 그런 엉터리가 어디 있나 말입니다. 그렇잖아요? 우리는 우리가 담배를 피우지만 또 그런 건 못 봐준단 말입니다."

"⋯⋯."

그는 고개만 끄덕인다. 무슨 뜻으로 그런 얘기를 하는지 감이 잡혔다, 벗어났다, 한다.

"담배 피우지 마라는 공간을 만들어 줬으면 담배 피우는 공간도 만들어 둬야 하는 거 아닙니까. 담배를 기호식품이라 해놓고, 그거 피우는 사람을 문둥이 보듯 몰아붙이는 거, 이건 경우가 아니죠."

갑자기 한 사장이 열을 부쩍 올린다.

"⋯⋯."

그는 계속 고개만 끄덕인다.

"난 담배 배운 거 후회하지 않습니다. 우리는 군대에 가서 안 배웠습니까. 한 달에 열 갑씩 주는 화랑 담배 있잖아요, 내가 담배 안 피운다는 걸 알고는 담배가 나올 때마다 석 하사라고, 우리가 연구자료라고 별명을 단 작업조장이 하나 있었는데, 그 작자가 보자는 거예요. 참 그 친구 되게 무섭더니만, 우리가 각상이라고 안 불렀습니까. 사단장이 각하고, 더 겁이 난다고 해서 그래 불렀지요. 중사 진급을 못해 안달복달하고 있는 사람인데. 담배를 가져오라 이거죠. 지금 생각 같아서는 속 시원하게 줘버리겠는데 그때는 그게 왜 그렇게 아깝던지. 그래서 기침을 콜록콜록 해가면서 배웠다 아닙니까."

"아깝지예. 그걸 모아뒀다가 휴가 때 부모님한테 선물로 가져간 친구들이 얼매나 많았는데. 주보에 가서 건빵하고 바까 묵기도 하고."

그때는 그랬다. 참 옛날이야기다.

"그때 고만 눈 질끈 감고 줘버렸어야 하는 건데."

"……."

이미 한번 들은 이야긴데 못 들은 척 들어준다. 그때 그거 줄강단, 반만 해도 담배를 끊었을 거예요, 란 말이 목구멍까지 나오지만 참는다.

오늘 이야기 풀려나오는 가락이, 좀 있으면 부원군府院君 이야기가 또 나올지 모른다. 자기 막내딸이 탤런트에 미쳐, 다니던 대학도 중도에서 내던지고 연기자 길로 들어갔다면서, 작년 초 방영된 〈장희빈〉에서 단역으로 궁중 무수리가 돼 서너 컷 나왔다고 했다. 대사 한마디 없이 잠깐 나온 거 남한테 떠벌리기도 뭣하고 해서 모른 척했는데, 친구 가운데 하나가 어떻게 알았던지 알고는, 야 이 사람아 술 한잔 사라, 옛날 같으면 자네는 부원군이야, 우리 같은 예사 것들하곤 같이 말도 안 해, 그러면서 내일이라도 임금 눈에 들어, 애야, 오늘 저녁에 나한테 잠깐 들렀다가 가도록 해라 그러면, 바로 임금이 자네 사위고, 자네는 임금님의 장인이 된다나, 어쩐다나. 그래서 그날 자로 얼김에 부원군 호칭을 얻었다는 것이다. 생전 처음 들어보는 명칭에다. 부원군이면 정일품 벼슬아치로 요즘으로 치면 장관 반열이라는 것도 그때 처음 알았다면서, 경비실이 떠나가도록 허허 웃던 일이 있었다. 은근히 딸 자랑을 그런 식으로 했다. 여하튼 좋게 봐서 재미있는 사람이다.

"솔직히 말하지만 나 담배 피우는 거 후회하지 않습니다."

"맞심다. 그 점 우리도 공감합니다."

"세상이 변한다고는 해도 난 또 담배가 하루아침에 이런 푸대접 받을 줄은 정말 몰랐습니다. 우리 한창때만 해도 담배가 인생을 얼마나 멋쟁이로 만들었습니까. 처칠의 시거, 마도로스 파이프, 그거 아무나 하는 게 아니……."

이야기 중간에 집에서 찾는다는 전갈이 왔다. 그러자 한 사장은 거기서 이야기를 아무렇게나 끊고는 허겁지겁 올라가버렸다. 그 사람이 경비실에 와 하는 이야기들은 하나같이 이 모양이다. 시작만 있고 끝은 항상 온 데 간 데가 없다. 이쪽을 이야기상대로 보는 게 아니라, 아무 때나 분출되는 쓰레기감정을 쏟아붓는 하수구쯤으로 보는 건 아닌지 모르겠다.

그는 한 사장이 떠나면서 땅바닥에 아무렇게나 짓이겨 밟아놓은 꽁초를 주워 쓰레기통에 넣는다. 그사이 세 개비나 피웠고, 그중 하나는 불을 붙이다가 말아 아깝다는 생각도 든다.

그리움은 가슴마다

그는 듣고 있던 라디오 볼륨을 좀 더 높이고 귓바퀴를 세운다.

……그때 아홉 살이던 우리 현우가 올해 스물아홉이고, 여섯이었던 현아가 스물여섯이니 당신 가신 지 하마 이십 년 세월이 후딱 흘렀습니다. 강산이 두 번이나 변한 세월이지요. 하룻길을 가도 소도 보고 중도 본다는 우리네 인생살이인데, 왜 아니 고달팠겠습니까. 모처럼 당신 앞에 붓을 들고 앉으니 그동안 혼자 살아온 산전수전 이야기보따리를 어디에서부터 먼저 풀어놓아야 할지 모르겠습니다.

요즘 오후 3시에 방송하는 M방송국의 〈지금은 라디오시대〉 프로그램에서는 '편지 쇼'라는 타이틀을 내걸고 청취자들의 편지글을 공모, 뽑힌 우수한 글들을 내보내고 있다. 2천여 편이 응모된 작품 가운데서 가려진 글들이라. 요란스러운 사고社告로 내보내던 자랑이 아니라도, 실생활에서 얻은 경험을 바탕으로써 그런지 내용들은 모두 들을 만했다. '이 세상에 없는 분들한테 보내는 사연들'이란 단서를 붙여 모집한 글들이어서 더 기구했다. 며칠 전부터 한 편씩 발표하고 있는데 지금 나오는 것도 그 가운데 하나다.

어제는 치매 앓는 시어머니를 봉양한 며느리가 쓴 글이 나왔다. 형편이 자기보다 훨씬 나은 동서 형님이 있는데도, 어디에서 수가 틀어졌던지, 한사코 자기 집에만 와서 있겠다고 떼를 쓴 시어머니를 3년인가 모시다가 끝내 사별로 보낸 둘째 며느리의 이야기였다.

마지막 즈음의 내용에 그는 결국 눈물을 찍어내고 말았다. 장례를 치르고 유품을 정리하면서 못 쓰는 옷가지와 이부자리를 태우는데, 그때 베개 속에서 편지 한 장과 돈다발이 나온 것이다. 그 편지는 시어머니가 제정신이 돌아왔을 때 쓴 것으로, 둘째한테 자기가 못할 짓을 너무 많이 해서 면목이 없다는 것과, 내가 너한테 할 수 있는 일이라고는 이것뿐이라며, 그동안 몰래 모아놓은 걸 너한테 주고 간다는 내용이 들어 있었다. 편지를 쓴 며느리는 또 며느리대로 그런 따뜻한 시어머니를 잘못 모셨다며, 나름대로 회한에 젖은 심금을 천국 시어머니한테 눈물로 털어놓은 내용이었다.

근무 중 책, 신문과 TV 따위는 못 보게 돼 있다. 문화 혜택이라곤 라디오 하나 듣는 게 모두지만, 그러나 그것도 켜놓기만 할 뿐 건성으로 듣는 게 태반이다. 그런데 어제는 모처럼 재미있게 들었다. 물론 그것도 듣다가 보니 우연히 듣게 된 것인데, 더군다나 아내가 저 지경에 놓여 있고 보니 공감이 가서 더했다.

오늘은 일부러 기다렸다가 듣고 있는 참이다. 어제 예고에 '천국에 계신 당신에게'란 제목의, 청상으로 예순 고개에 얹힌 한 미망인의 애틋한 사연이 나간다고 했다.

지금 창밖으로는 겨울을 재촉하는 가을비가 부슬부슬 내리고 있습니다. 나이 때문인지 비바람에 떨어지는 낙엽들이 사람 마음을 울가망하게 만듭니다. 뭐가 그리 급해 마흔 나이를 못 채우고 떠났는지, 당신을 떠올리자 그리움보다 솔직히 미움이 앞섭니다. 같이 있을 때는 태무심했는데, 당신 자리는 산이 있다가 없어진 자리보다 더 허망했습니다. 그런 적막강산에다 혼자 버려두고 훌쩍 떠나간 당신, 말은 간 사람이 불쌍하지 남은 사람은 그냥저냥 사느니라 했지만, 그 산다는 것도 당신 그늘에 있을 때 말이지 갑자기 혼자 된 저한테는 너무 힘들었습니다.

어떻게 보냈는지 모르게 후딱 흘러가버린 세월들, 지내놓고 보니 하나에서 열이 모두 꿈만 같습니다.

우리 현우, 현정이 모두 대학까지 졸업시켜 잘 키워놓았습니다. 지금 제 앞에는 번쩍이는 다이아몬드 계급장을 단 현우 사진이 저를 내려다보고 있답니다. 지금은 제대를 해서 직장생활을 하고 있지만 ROTC 장교로 임관했을 때 찍어놓은 것입니다. 너무 당신을 닮아 거기 걸어두고 당신 보듯 한 번씩 보곤 하지요.

그리고 현정이도 작년에 대학을 졸업해 좋은 신랑감을 만나 약혼까지 해둔 상태입니다.

아마 당신이 아신다면, 저를 꽃가마에 태워 메고 다녀도 부족할 것입니다. 아버지 없이 자란 아이들이란 소리 안 듣게 하려고 백방으로 노력한 보람이 기어이 결실을 거두었다고나 할까요. 물론 거기에는 당신의 음덕도 없지 않았다고 봅니다.

지금 생각해도 당신은 세상에 없는 효자입니다. 퇴근해서 들어오는 초인종 소리가 나면, 어머님이 먼저 내다보는 데에도 까닭은 있지만, 그렇지 않더라도 당신은 항상 어머님 방을 먼저 들렀습니다.

국화빵 하나를 사오더라도 꼭 어머님한테 먼저 들러 보인 다음에야 우리 방을 들른 당신, 나중에는 관습이 돼 안 듯 모른 듯 지냈지만 솔직히 처음엔 그런 당신이 전 얼마나 미웠는지 모릅니다. 할 말은 아니지만 배우자 고르는 데 비호감 0순위가 효자라는 요즘에 당신이 있었더라면, 아마 평생을 홀아비로 지냈을지도 모를 일이지요.

분홍 스웨터를 사오던 그날도 당신은 어김없이 어머님 방을 먼저 들렀습니다. 저는 당신 뒤를 따라 바로 따라 들어갔지요. 이 양반이 또 요량 없이 스웨터까지 들고 들어가 어머니한테 내보이는 건 아닐까 해서 말입니다.

아침에 나가면서 생일 선물로 저한테 한 약속도 약속이지만 그런 것까지 어머님한테 고하고 올까 봐 은근히 걱정이 되었던 거죠. 누구보다도 어머님 앞에 서면 고지식하고 올곧은 당신 성격으로 봐선 충분히 그러고도 남을 사람이거든요.

"오늘 애 엄마 생일이라서 케이크 하나 샀습니다. 아이들도 모두 이리로 부를 테니까 같이 여기서 먹도록 하죠."

"오냐, 알았으니까 됐다. 가지고 나가서 먹어라. 내 몫으로 한 조각만 따로 다오."

제가 들어갔을 때 당신은 어머님과 이런 이야기를 나누고 있었습니다.

저는 케이크보다도 먼저 당신 손부터 보았습니다. 빈손이기에 실망이 무척 컸던 거지요. 그런데 우리 방으로 건너온 당신은 들어서자마자 윗도리를 벗고 와이셔츠를 벗더니만, 어느 틈에 그랬던지 그 속에 입고 있던, 아직 꼬리표도 떼지 않은 스웨터를 벗어주며 제게 이런 말을 했지요.

"어머니 앞에서 당신 거만 달랑 사가지고 들어오기가 좀 그렇더라고. 그래서 밖에서 입고 들어왔지. 좀 죄송스럽긴 하지만 내 아이디어가 괜찮은 거 아냐. 그나저나 늘어진 건 아닌지 모르겠다."

아버지의 시말서

저는 지금도 그날 저녁 어색해하면서도 철부지 아이처럼 자랑스러워하는 당신의 엉거주춤한 웃음을 잊을 수가 없습니다.

어머니와 아내 사이에서 자식과 남편 노릇 하기가 저렇게 힘들구나, 나중에 우리 현우도 저런 생활을 할 것이 아닌가, 생각하니 당신이 안쓰럽고 가엾기까지 했던 것입니다. 그러나 당신은 고부간의 갈등을 언제나 그런 식으로 혼자 감당하면서 이 사람의 미운 투정을 하나도 저버리지 않고 곱게 받아주었습니다.

여보, 이렇게 불러보니 비록 편지 속이지만 눈물이 핑 돕니다. 20여 년 만에 불러보는 호칭인데도 문밖에서 응, 하고 들어올 것만 같아서 말입니다.

다음, 다음 달이면 우리 현정이 결혼을 합니다. 어느 틈에 당신 딸이 숙녀로 자라, 당신이 아침저녁으로 끌어안고 넌 시집가지 말고 아버지랑 오래오래 같이 사는 거다, 알았지, 하며 응석을 부리던 그 개구쟁이 현정이가, 좋아하는 남자를 만나 시집을 간답니다.

"엄마, 결혼식 날 눈물 보이면 안 돼. 그럼 딸이 못산대. 알았지, 꼭이야."

"눈물은 왜 보이니. 내가 싫어 혼자 먼저 갔는데 뭐가 곱다고 울겠니. 그런 걱정은 아예 말아라."

미리 약속은 해놓았지만, 그리고 당신이 앉아야 할 자리에 현우가 대신 앉아 자리를 메워주기는 하겠지만, 그날 정말 눈물을 안 보일지 그건 저도 모르겠습니다. 그날은 당신도 축하해 주시는 거죠. 사위는 백

점짜리 사위를 얻었으니 큰 걱정은 안 해도 될 줄 압니다. 신혼여행을 다녀오는 대로 바로 당신을 찾아뵙도록 하겠습니다.

교통사고로 먼저 세상을 떠난 남편한테 아내가 쓴 편지로 원망과 그리움이 교차되는 내용이다. 탤런트인 진행자의 울먹이는 음색이 연기로 곁들여 청취자들을 편지 속에서 못 헤어나게 만들어놓는다.

이제는, 어느 틈에 저도 거울 앞에 서기가 겁나는 나이가 되었습니다. 귀밑머리 색깔이 옅어지며 꼭 새치라고만 볼 수 없는 흰 올이 여기저기 보이고, 얼굴은 이미 화장의 도움 없이는 나서기가 민망할 만큼 쭈그렁이가 되었답니다.

또 당신을 들먹입니다만, 그냥 모른 척 지나가주어도 괜찮을 세월이, 내 옆에 당신이 없음을 알고 더 만만하고 쉽게 나를 괴롭힌 건 아닌지 모르겠습니다. 아마 이제는 당신을 만나더라도 제가 먼저 누구란 걸 밝히지 않으면 모를 만큼 할망구가 돼 있답니다.

그런 일을 대비해서 저는 그날 당신이 생일 선물로 사온 그 분홍 스웨터를 소중히 간직하고 있습니다. 이승에서 제가 할 일을 다 하고 당신 곁에 갈 땐, 그 스웨터를 그날 생일날 저녁처럼 입고 갈 것입니다. 얼굴만 보고 내 아내는 이런 할망구가 아닌데 하지 말고 그 스웨터를 보고 반갑게 맞아주길 바랍니다. 당신이 산 물건이니까 어렵지 않을 겁니다.

 "여보, 참 고생 많았소. 모든 걸 당신한테만 맡기고 혼자 떠나온 나를 용서해 주구려. 내가 이 보답을 어떻게 해야 하지."

저를 보면 분명히 당신 입에서는 이런 얘기가 나올 것입니다.

고생은 했지만 부끄럽지 않게 살았고, 두 남매를 자랑스럽게 키워놓았으니, 옆구리를 찔러서라도 저는 꼭 그 말을 듣고 싶답니다.

이제 당신 곁에 갈 날도 멀지 않았습니다. 할 일도 다 했으니까 남은 일이라곤 당신 찾아갈 일뿐이죠. 한동안 참 당신 꿈도 많이 꾸었는데, 너무 오래돼 기억에서조차 멀어진 건지, 요즘은 꿈에도 잘 안 보입니다. 만날 날이 가까워지면 꿈에서 멀어진다는데 혹 그래서 그런 건 아닌지 모르겠습니다.

우리가 다시 만날 그날까지 편안히 지내시길 바라면서 오늘 편지는 여기서 마치겠습니다. 사랑하는 당신의 아내가 씁니다.

편지 뒤에 공백을 만들어놓고, 아슴푸레 깔려오던 음악이 점점 커지면서 그곳을 채운다. 편지 속 세상에서 헤어나지 못한 청취자들의 감정이 그 속에서 같이 허우적거리도록 내버려둔다. 그도 한통속이 돼 편지의 여운과 가라앉은 멜로디가 만들어놓은 분위기에 고즈넉이 빠진다.

 비록 고인한테 쓰는 편지지만 구구절절이 애절하고, 아름답고, 웅숭깊은 사랑으로 넘쳐흐른다. 그는 편지를 듣는 동안 가슴을 흥건히 적셨다. 혼자 된 며느리 생각에 더 그랬다. 세월이 흘러, 나중에 혹 며느리가 가슴에 쌓아놓은 한을 풀어놓는다면 저런 편지글이 나오지 않을까 싶은 게, 끝난 뒤에도 울먹한 마음을 쉽게 못 추슬러 애를 먹는다.

인터폰이 울었다. 그는 혼비백산으로 움찔한다. 나쁜 일 하다가 들킨 것도 아닌데 인터폰 소리는 곧잘 그를 한 번씩 놀라게 만든다. 〈관리실〉이 뜬다. 조금 전 가슴을 죄던 감정은 언제 그런 일이 있었느냐는 듯 산산조각으로 흩어진다.

"예, 103동 1문입니다."

목소리를 가다듬어 받는다.

"저 소장입니다. 바쁜 일 없거든 잠깐 좀……"

그는 또 한 번 움찔한다. 아까 화장실 앞에서 잠깐 스쳤는데, 그때 박 소장이 시간 나는 대로 잠깐 관리실에 들러달라고 했던 말이 그때서야 떠오른 것이다. 라디오에 빠져 있다가 깜박했던 것이다.

"아, 참. 죄송합니다. 지금 바로 갈게요."

안 그렇더니만 요즘 와선 자기가 생각해도 이상할 만큼 건망증이 부쩍 잦다. 며칠 전에는 골목 사람한테 바로 전해줘야 할 예비군 소집통지서를 집에까지 가지고 가, 옷을 갈아입으면서 발견하고는 다시 나온 소동도 피웠다.

바로 관리실에 들른다. 경로당, 독서실이 모두 아래위층으로 한 건물에 들어 있기 때문에 사무실엔 객군들이 서넛은 늘 살았는데 오늘은 조용했다. 아마 그 조용함이 그를 찾게 한 모양 같았다.

"드시죠. 저는 방금 먹었습니다."

박 소장이 자판기 커피를 한 잔 뽑아 와선 그의 앞에 놓는다.

"……"

대수롭잖은 것이지만 평소에는 잘 없던 격식이 괜히 사람을 불편하게 만든다. 소장이 불러서 왔고, 앉으라고 해서 앉아 있는 것이지만 이상하게 자꾸 어색했다. 사람을 불러내면 경비실을 비워놓아야 하기 때문에 할 이야기가 있으면 서로가 인터폰으로 했고, 일지 결재를 한다든지 해서 꼭 관리실에 들러야 할 일이 있더라도 선 채로 일을 보곤 바로 돌아가는 게 버릇이 돼, 더 그렇다.

"바로 말씀드리겠습니다. 드시면서 들으시죠. 저어, 그 뒤로 강 회장을 따로 만나본 일은 없었죠?"

짐작한 대로 그 이야기가 나왔다. 보자고 할 때 왜 찾을까에 대해 몇 가지를 생각해 보았지만 그것 말고는 없었다.

"……"

얼른 입이 떨어지질 않는다. 한번 부탁한 걸 외면했기 때문이다.

"한번 만나보시도록 하세요. 너무 늦어도 안 좋습니다."

박 소장의 통사정이다.

"……예, 알겠심더."

마지못한 듯 한참 뒤에서야 박 소장의 말을 받아들인다. 그러나 뜨직한 대답은 자신이 들어도 신빙성이 없어 보인다.

"꼭 제가 만나보라고 해서 만난다고는 생각하지 마시고 좋은 마음으로, 긍정적으로 만나보십쇼."

"……."

그는 대답 대신 놓았던 커피가 든 종이컵을 다시 거머쥔다.

"일에는 시기가 있습니다. 늦어 좋을 게 하나도 없습니다. 며칠 전에도 잠깐 말씀드렸지만, 늦을수록 골만 깊이 파이고 앙금만 쌓일 뿐입니다. 우리끼리 얘깁니다만, 똥이 무서워 피하는 건 아니잖아요. 그래 생각하면 만사가 형통인데……. 강 회장이 어떤 사람이란 건 오 씨도 잘 안 압니까. 그 양반 쪽에다 입떼기가 좀 그렇더라고요. 그래서 한 번 더 보자고 했습니다. 그렇게 아시고……."

"……."

그는 숨소리까지 잘게 부수며 조용히 듣고만 있다. 박 소장의 이야기에 일리가 있음을 그는 인정한다.

"꼭 사과를 하라는 건 아닙니다. 그냥, 그날 어쩌다가 보니 그렇게 됐다고, 그런 쪽으로 한마디만 던져놓으면, 될 겁니다. 자기도 한 일이 있는데……."

사과는 아니라지만 그 소리가 그 소리 아닌가. 먼저 찾아간다는 것 자체가 무릎을 꿇으라는 이야기다.

"……."

종이컵에 시선을 빠뜨린 채, 그의 마음은 심산유곡을 헤맨다. 만나볼 것 같았으면 벌써 만났다. 똥끝이 타 들어와도 사과만은 못 한다는 건 이미 못박아놓고 있는 상태다. 꼭 자존심 때문만은 아니다.

"……."

박 소장도 설득에 한계가 보였던지 말을 아낀다.

그럭저럭 달포가 넘는다. 103동 앞에서 난리가 났었다. 전 부녀회 강송자 회장과 오 씨가 걸쭉한 육두문자를 쏟아놓으며 한판 전쟁을 치렀다. 단지 내에서는 썩 드문, 구경꾼들 말을 빌린다면 돈 주고도 좀처럼 구경하기 힘든, 장미촌이 들어선 이래 엄지에 꼽힐 사건이 그날 일어났었던 것이다. 신문 날 일에다가 해외토픽감이라는 말도 나왔는데, 그 시말은 이렇다.

장미촌 단지 정문 건너쪽에 무슨 생명보험회사 지사가 하나 있다. 거기 외무사원으로 있는 한 사람이 단지 안에 주차해 놓은 자기 차를 빼러 와서 보니 이리저리 얽혀 있었다. 그때 그 사람 눈에 오 씨가 띄었다.

"아저씨, 차 좀 빼야 하는데, 도와주세요."

1가구 1차량 기준으로 지은 아파트여서, 요즘은 주민들끼리도 주정차에 애로가 많은 데다가, 외부 차량이 드나드는 걸 허용한 뒤부터 이런 일은 어느 틈에 다반사가 됐다.

차를 앞으로 빼자니 두 대를 움직여야만 될 것 같고, 뒤로 빼면 한 대만 움직여도 될 것 같아 쉬운 쪽을 택해, 그는 뒤에 있는 차 전화번호에다 연락을 했다. 해놓고 보니 차주는 건너편 104동의 강 회장이었다. 그는 마침 잘됐다고 생각했다. 평일 주차 공간이 비어 있을 때 주변 사람들이 이용해도 좋다는 개방안을 주장한 사람이 바로 강 회장이었기 때문이다. 물론 처음엔 굳이 주민들이 불편을 감수해 가면서 개방할 필요가 있느냐는 반대 의견이 나와 논란도 좀 있었다. 그러나 일부러 자기 주머니를 헐어 남을 돕는 사람들도 많은데, 있는 여유 공간을, 그것도 낮 시간만 허용하는 일인 데다가, 강 회장이 이웃 사랑이란 대의명분을 들고 나오자 그만 조용했던 것이다. 지금 그가 강 회장을 불러놓고 마침 잘됐다고 생각한 건 그 점 때문이다.

연락을 하자 강 회장은 알았다고는 바로 내려와서 차를 빼주었고, 서로 고맙다고는 웃는 얼굴로 인사까지 나누며 헤어졌다. 그런데 생각지도 않은 데서 일이 불거진 것이다.

빼내었던 차를 다시 제자리에다 주차해 놓은 강 회장이 주차장 사정을 이리저리 훑어보더니만, 103동 〈1문〉을 찾았다.

"저, 오 씨요. 나 좀 봅시다."

태무심하게 앉아 있는 그를 불러냈다. 상대가 상대인 만큼 그는 벌떡 일어나 내다보았다.

"……."

"지금 저기 한번 보세요. 이왕 한 일 그냥 올라가려다가 들렀는데, 저런 경우, 앞 차를 빼달라고 하는 게 원칙입니다. 그러니까 담부터는 그렇게 하세요."

"……."

할 말이 없다. 일의 잘잘못을 떠나 강 회장이 저렇게 나오리라는 건 생각 밖이었다.

"나는 차를 정상적으로 대놨단 말입니다. 저기, 앞에 있는 차들이 주차를 저래 해선 안 되거든요. 주차에도 예의가 있고 원칙이 있단 말입니다."

말은 옳은 건지 모르지만 그로선 듣기가 영 그만 불편했다.

"그건 우리도 아는데요. 앞 차를 빼믄 두 대가 움직여야 델 거 같고, 그래서 쉽게 한다고……."

"그래도 일은 그래 해서 안 됩니다. 잘못된 건 바루도록 해야지 무조건 쉬운 쪽만 찾아가곤 안 된다, 그 말입니다. 이런 것도 일종의 관행인데, 나쁜 관행은 고쳐야 합니다. 안 그러면 저 사람들은 자꾸 저렇게 댄다고요."

"그래도 두 대보다 한 대 움직이는 게……."

"참 오 씨도 고집스럽긴. 그러니까 지금 내가 바로 가르쳐드리잖아요. 그대로 받아들이면 되는데 왜 자꾸 엉뚱한 소리를 합니까. 나 일하기 수월하다고 만만한 사람들만 골라 괴롭혀서야 그게 말이 되나요."

"……"

그로서는 좀처럼 받아들이기가 난감했다. 잘잘못을 떠나 그일로 일부러 찾아와, 사람까지 불러내어 이러쿵저러쿵한다는 건 더군다나 아니라는 게 그의 생각이다.

"두 사람 아니라 열 사람을 불러내더라도 일은 바로 처리해야 합니다. 담부터는 앞에 댄 차를 빼달라고 하세요. 한 번 더 말씀드리지만, 벌써 저 사람들은 정신이 틀려먹었단 말입니다."

경우를 잘 찾는다는 이야기는 들었지만 이런 일에까지 따져드는 사람인 줄은 몰랐다. 더군다나 지금 일은 자기가 큰소리칠 일은 천만에 아닌 것이다. 장미촌 건너쪽의 보험회사 지사장이 강 회장의 대학 동창이라는 건 세상 사람이 다 아는 일이다. 거기에다가 무게중심을 두다가 보니 그렇게 된 것이다.

"……"

그는 계속 조용히 듣고만 있다.

"그래도 이해가 안 됩니까."

조용함을 거부감으로 받아들인 모양이다.

"무신 말씀인지 알기는 알겠는데……"

"한번 생각해 보세요. 잘못이 있는 사람한테 잘못을 고치라고 그래야지, 잘한 사람한테 그걸 뒤집어씌워서야 세상이 제대로 돌아가겠어요. 그래도 이해가 안 됩니까?"

"그래도 이번 경우는……."

그는 더 말을 못 잇는다. 시작하려고 입은 뗐으나 감정이 앞선 나머지 뒷말이 얼른 풀리질 않았다.

"아시면 알았다고. 담부터 고치면 되는 건데 말꼬리는 왜 자꾸 붙듭니까?"

시작할 때와는 달리 억양에 억하심정이 많이 실렸다.

"허허 참, 말꼬리 붓더는 기 아닙니다."

"지금 말씀하시는 게 그렇잖아요."

"……."

"잘못이 있으면 잘못을 인정할 줄 알아야죠. 우리 조선 사람들은 그런 게 문제라니까요."

"참 또. 이자 빌소릴 다 듣겠네. 그게 조선 사람들이……."

강 회장이 그의 말을 삭둑 자른다.

"별소릴 다 듣다니. 그럼 내가 잘못했단 거요. 모르면 시킨 대로 하세요. 질서라는 건 서로가 다 편한 건데, 개뿔도 모르면서 우겨대긴."

강 회장은 더 상대해 봐야 골치만 아프다는 듯 이쪽을 평가절하해 몰아붙이곤 돌아섰다. 좀 귀에 거슬리더라도 여기까지 듣고 그냥 넘겼으면 그야말로 아무 탈이 없었을 터인데, 그의 다음 행동이 그만 화근을 만들었다.

강 회장이 돌아서는 걸 보고 경비실 안으로 들어오면서 그가 "제미럴, 원인 제공을 한 게 누군데, 그런 건 하나도 안 생각하고……" 어쩌고 하며 혼자 중얼거린 걸, 그만 강 회장이 들어버린 것이다. 강 회장이 서릿바람을 일으키며 획 돌아섰다. 성격상 그냥 넘어갈 사람이 아니다.

"좀 보입시다. 방금 머라고 씨부렁댔어요?"

벌써 말투가 달랐다. 강 회장의 양쪽 눈꼬리가 날개로 섰다.

"……"

아차 이거 큰 실수를 했구나, 그러나 이미 밭아놓은 말인데 주워 담을 수는 없는 노릇. 마음 같아서는 사실 그대로, 당신이 외부 사람들의 차를 집어넣어 어렵게 만들어놓은 거 아니냐고 되받고 싶지만, 그러나 인간적으로 그 소리만은 입에 담을 수가 없어 꾸물대고 있는데, 다음 말이 덮었다.

"씨부렁대면 다 말인 줄 아나. 모른 걸 가르쳐주는데 고마운 줄은 모르고 언감생심 얻다 대고 지랄이야. 그래, 원인 제공을 누가 어째 했는데?"

입술이 푸르죽죽하게 변하더니 바르르 떨었다. 말꼬리는 모두 잘려나갔다. 주변에서 불뚱이 성질이라고 해도 그는 이런 건 처음 본다. 강 회장 본능에 시동이 걸린 것이다.

"고만 됐구만요. 들어가이소."

엉거주춤 그가 뒤늦은 수습을 해본다.

"씨팔, 머 이런 영감탱이가 다 있어. 병 주고, 약 주고, 사람을 아주 제멋대로 가지고 노는구만."

"……."

모르고 벌집을 밟은 듯한 느낌이다.

"당신이 그런 사고방식으로 사니까 환갑, 진갑 다 먹도록 평생 경비원 노릇밖에 못 해먹는 거여. 알기를 그렇게 알란 말야."

쭉 펴 내민 여자의 집게손가락이 금세라도 가슴팍을 찌를 기세다. 순간 뇌관에 충격이 간 듯 가슴속에서 벌겋게 단 불덩이 하나가 푹 솟아올랐다. 그야말로 환갑 진갑을 다 지내도 아직 그런 말은 못 들었다. 이런 이야기가 불쑥 나오자면 평소에도 저 여자의 눈엔 자기가, 아니 모든 경비원들이 어떻게 비쳤다는 건 충분히 알조다.

"뭐 이런 쌍년이 다 있어. 그래 이년아, 나는 못 배워 처묵었다. 마이 배운 년은 그따우로 씨부려도 대나. 째진 아가리라고 나오는 대로 쳐바르구 있어."

악다구니로 한 수 더 떠 쏴붙였다.

"머, 쌍년?"

"그래, 이 쌍년아."

"이제 보니 이 영감탱이가 아주 죽을라고 환장을 했구만."

"그래, 이년아. 죽을라고 환장했다. 도대체 늬가 밋 살이냐?"

"아이, 썩어 자빠질 영감이. 나이가 무슨 벼슬인 줄 아나. 개만도 못한 짓거리를 해놓고선."

"개라이. 머 이런 씨팔년이 다 있어. 경비실에 들이박혀 시키는 거나 예예 하고 죽어 지내이까 누깔에 뵈는 기 읍는 모양이제. 고만 아가리를 꽉 찢어나뿔라."

"아이구우—. 이 영감탱이가 사람 잡겠네."

강 회장이 벌겋게 단 얼굴로 제 몸을 가누지 못해 팔팔 뛴다.

"야, 이년아. 늬가 돌대가리가 아닌 담에야 나한테 그런 소리는 못해. 머라고 캤노. 그러이까 환갑, 진갑 다 지내도록 경비원밖에 못해 묵는다고. 길을 막고 물어바라. 그게 인두껍을 쓰고 할 소린강. 대학 나왔다 카더이만. 그노무 대학 인재 하나 크기 맹글어났구마."

"참 살다가, 살다가 별 미친놈을 다 보겠네. 어데 저런 개빽다구 같은 인간이 들어와 가지고……."

참으로 개판이 따로 없었다. 어느 틈에 모여들었던지 아파트 마당은 금세 구경꾼들로 넘실거렸다. 박 소장도, 고 반장도 나타났다. 이제 그로서도 더 참고 말고 할 것도 없었다. 일은 갈 데까지 간 것 같고, 판도 깨진 것 같은 느낌이 들었다.

"그래, 마츰 잘 댔다. 아까 날 보고 원인 제공 누가 한 거냐고 물었제. 모두 늬가 한 거 아이가. 돈을 얼매나 받아 처먹었는지 모르지만, 늬가 보험회사 사람들 차를 여기에다 들여논 거 아이냐구. 늬가 아이믄 이런 일이 일어날 택이 읎다 말이다. 잘한다, 잘한다 카이 누깔에 뵈는 기 읎는 모양이제."

돈을 대로 돋은 성질이라 찢어진 상처에다 소금을 뿌린다.

"아니 머, 저런 육시랄 영감탱이가 다 있나."

쌍소리는 그 뒤로도 계속 오고 갔다. 조선천지 욕이란 욕은 다 쏟아져 나와 뒹굴고 날뛰었다. 서로 손만 안 올라갔다 뿐이지 갈 데까지 간 듯 서로 물고, 찢고, 뜯었다. 아파트 생기고는 이런 꼴은 처음이라는 듯 구경꾼들은 모두 혀를 내두르며 한번 벌린 입을 못 다문다.

고 반장이 그를 끌어안아 경비실에 가두다시피 몰아넣고, 박 소장이 강 회장을 잡아당기고 해서야 싸움판이 조금 수그러들었다. 그들 싸움이 왜 터졌다는 것도, 누가 잘했고 누가 못했다는 것도 알 만한 사람들은 다 알게 되었다. 익모초 씹은 상판을 한 사람도, 허허 웃는 사람도, 혀를 끌끌 차는 사람도, 구경꾼도 형형색색이다.

"용이 개천에 누웠으니까 지나가는 거지새끼가 오줌을 싸고 간다더니만, 참 살다가 별 꼬락서니를 다 보는구마. 무식해 빠져도 제 분수는 알아야지. 세상이 아무리 막돼먹었기로서니 이게 무슨 꼴이야. 누가 미친개한테 물렸다더니만 이게 그거 아냐. 에잇, 몰상식한 것들."

104동 아파트 계단으로 떠밀려 올라가면서, 강 회장이 쏟아놓는 분통이다. 그는 그 소리를 그쪽 경비원을 통해 이미 다 들었다.

그런 사고방식으로 사니까 환갑, 진갑 다 지내도록 경비원 노릇밖에 못한다는 이야기만으로도 속에서 천불이 나는데, 개천에 누운 용한테 오줌까지 갈기는 거지새끼가 되었으니, 하늘 아래 이런 수모가 있는가.

"하나 물어봅시다. 혹 강 회장이 우리 소장님한테 무슨 말을 합디까?"

무척 참았던, 가급적이면 끝까지는 참고 넘기려 했던 말인데 기어이 꺼내놓는다. 들은 귀는 천년이고 말한 입은 사흘이라는데 그 천년이 사흘에 시달린다.

"아닙니다. 그런 건 절대 없습니다."

박 소장이 왕방울 눈을 만들어 펄쩍 뛴다. 너무 펄쩍 하니까 오히려 모양이 이상하다.

"……"

"성질은 불뚱이라도 그 양반이 뒤는 없습니다."

평소 처신으로 봐 느낌으로는 반반인데, 그런데 왜 그렇게 애면글면하는지 모르겠다. 그는 다시 자신을 타이르고 타이른다.

"아까 슈퍼 들렀다가 오늘도 그 양반을 만났심다. 그냥 눈인사만 하고 지냈습니다만, 그래 지내다 보믄 묵은 맘이 있다 그러더라도 차차 안 풀리겠심니까. 무슨 부모 직인 원수도 아니고 하이 말입니다."

"……."

"저쪽에서는 그래 만나는 기 어떤지 모르겠심다만, 한 울타리 안에 살문서 안 부닥치고는 몬 지낼 거고……. 그러다 보믄 갠찮을 거 아이겠어요."

"……."

듣는지 마는지 박 소장 표정이 시무룩하다.

"우째다가 아파트 경비실이 실패한 남정네들의 종착역이 대가꼬 이런 소리, 저런 소리 안 듣는 소리가 읍는데, 그래도 그건 너무했다 말임다. 내가 사과를 한다 카믄 모든 걸 다 잘몬했다고 시인하는 긴데 좀 안 그릇심니까. 조금만 더 기다리보입시다. 내가 알아서 할께요. 무슨 일이 있더라도 우리 박 소장님, 입장이 난처하도록은 안 만들께요. 그라문 댈 거 아입니까."

그가 중재안을 내놓는다. 무조건 항복도 싫지만, 처지가 있는데 대안 없이 버티는 것도 좋은 모양은 아니다.

"……."

계속 묵묵부답인 박 소장. 선입견 때문인지 그의 눈에는 박 소장의 행신까지 자꾸만 고깝게 보인다.

"울 소장님도 그날 다 들었잖아요. 환갑, 진갑 다 지내도록 경

비 노릇밖에 못한다이. 그게 사람 입으로 할 소립니까. 더군다
나 아버지뻘 사람한테. 그건 개인한테 하는 욕이 아이라……"

박 소장이 그의 말을 끊었다.

"알았습니다."

그러고는 엉거주춤 일어나면서 말했다.

"서로 마음은 다 알았으니까 됐습니다. 불러서 미안합니다.
그만 가보시죠."

"죄송합니다, 자꾸 시끄럽게 해서. 중간에서 소장님이 욕본
다는 거 나도 잘 알고 있심다."

탁자 위에 놓인 빈 종이컵을 구겨 들고는 그도 따라 일어난
다. 사무실 밖을 나오면서 생각해 보니, 마지막에 꺼낸 환갑, 진
갑 이야기는 안 할 건데 괜히 했다, 싶었다.

소주 회식

빌리리, 빌리리. 인터폰이 운다. 전화기 창에 〈정문〉이 뜬다. 수화기를 드는데 저쪽 말이 튀어나온다.

"지금 바로 오라구."

그는 이미 저쪽이 누구란 걸, 왜 걸었다는 걸 알고 있다. 고 반장이다. 조금 전 순찰 돌면서, 가서 전화할게, 그러고 갔었다.

"알았습니다아."

그의 대답이 리듬을 탄다.

103동 〈1문〉과 정문 경비실은 4, 50미터 떨어진 직선 거리여서 고개만 돌리면 이쪽저쪽이 서로 빤히 보인다. 창에 그려진 그림만으로도 상대방 상황을 짐작할 수 있다. 단지 내에서는 정문과 동 경비실이 직통으로 뵈는 곳은 그곳뿐, 그런 관계가 두 사람 사이를 남다르게 만든 셈이다.

그는 〈순찰중〉 팻말을 문고리에다 걸어놓고, 주변을 한번 돌아보곤 그쪽으로 향한다. 고 반장은 술상을 봐놓고 기다리고 있었다. 술상이라야 경비실 바닥에다 신문지 한 장 깔아놓으면 된다. 밖에서는 일부러 창을 열고 고개를 들이밀어 보지 않는 한 화투판을 펴도 모를 만큼 움푹 빠진 곳이다.

술상 위에 차려진 건 소주 한 병과 삶은 달걀 두 개. 소주 1000원, 달걀 300원. 든 비용은 모두 1300원이다. 이들 두 사람이 이맘때쯤 한 번씩 갖는 그들만의 새참이다. 작년까지만 해도 천 원짜리 한 장으로 해결되었다. 정문 건너쪽이 매점이기 때문에 그 덕을 톡톡히 보고 있는 셈이다.

2홉 한 병이면 작은 잔으로 일곱 잔이 나온다. 고 반장이 네 잔, 그가 세 잔을 마신다. 한 사람이 달걀 하나씩 들고 잔에 맞춰 알뜰살뜰 뜯어 먹는다. 딱 맞는 양이다. 그건 공식이다. 더 마셔도 안 되고, 그럴 필요도 없다. 출출한 속을 달래는데 그 이상이 없다. 요즘 소주는 도수가 낮아 취기가 전만큼 못하지만 그쪽으로 길이 들어 그런지 그들한테는 이전이나 똑같다.

그들은 근무 중이고, 근무 중에는 이유여하를 불문하고 근무수칙에 금주령이 시퍼렇게 살아 있지만, 사람 사는 곳엔 구멍이 다 있고 그들은 그 구멍을 요령껏 이용하고 있는 것이다.

고 반장이 잔을 채워 놓은 뒤 달걀 하나를 그에게 건네주고, 하나는 자기가 까면서 말한다.

"비디오 그거 한번 봤어요?"

일전에 구 씨 주라면서 건네준 걸, 혹 돌려가면서 보지 않았는가를 묻고 있다. 아내가 치매 환자라는 걸 까맣게 모르는 반장으로서는 성격상 충분히 할 수 있는 이야기다.

"아즉 몬 봤는데 시간 나는 대로 한번 바야죠."

말은 그렇게 받아도 사실 그는 별 관심이 없다. 그 일은 그날로 다 잊은 터다. 동료들한테 집안일까지 다 밝히고 싶진 않아 적당히 받아준 것뿐이다.

"그거 가지고 가서 조용할 때 한번 보라카이. 사람들은 그거 보는 걸 대갈통 돈 놈 보듯 하는데, 그런 사람들 얘기 들을 거웁고. 와, 유행가에 사랑이 불로초라고 그러잖어. 보약이 따로 필요 읍다이까. 색쇠애이色鎖愛弛란 말 들어밨어. 그날도 내가 잠깐 얘기했지만 우리 인생에 그거 끝나면 종치는 거 아이라요. 우쩨든지 사는 날까지는 점게, 신나게 살아야지. 남이사 머라든 난 그래 생각하고 산다이까. 사람이 동물하고 다르다는 것도 다 그런 데 까달이 있는 거고."

고 반장 이야기는 자못 심각하고 진지했다. 마냥 흘려들을 이야기만은 아닌, 소신이 박힌, 받아들이기에 따라 삶을 한 단계 승화시킨 듯한 고단수의 말을 늘어놓아, 그런 거 들으려고 온 건 아닌데도 외면할 수가 없어 진지하게 들어준다.

"그건 나도 인정합니다."

맞장구를 친다.

어쨌건 고 반장은 세상을 긍정적으로 사는 사람만은 분명하다. 경비원 처지라면 저쪽이나 이쪽이나 오십보백보일 터인데 생각은 하늘과 땅이다. 깜냥이, 그리고 나이가 있는데 어떻게 저런 천연덕스러움으로 세상을 사는지 모르겠다. 지금 하는 이야기는 아무리 좋게 듣는다 해도 한량들이나 할 소리지, 경비원 주제에 할 소리는 아닌 것이다.

그는 고 반장의 이야기를 들을 만큼 다 들어주고, 공감한다면서 장단까지 쳐주고 난 뒤, 짬을 봐서 이야기 방향을 조심스레 튼다. 단지 내 분위기가 요즘 계속 어수선한데다가 아무래도 반장이 들은 게 있어도 더 있지 않겠나 싶어서다.

"저어, 생각난 짐에 하나 물어봅시다. 우리, 조합 만든다 카는 거, 그거 그 뒤로 다른 얘기는 더 읍던가요?"

"머한다고 그런 데 자꾸 신경을 쓰제. 골치 아프게."

고 반장이 뚱한 표정을 짓는다. 무슨 배짱인지 모르지만 자기는 그런 데 일체 관심을 없다는 듯한 말투다.

"그래도 그게 우리 일 아입니까. 개 닭 보듯 할 수만은 읍는 거 아이라요."

"난 그냥 굿이나 보고 떡이나 먹을 거여."

이야기가 점점 어긋난다. 도무지 가리새가 잡히질 않는다. 자기도 조직의 일원이고, 대단한 자리는 아니지만 거기에다 반장 아닌가. 그런데 강 건너 불구경이라니. 그가 갸우뚱하면서 계속 묻는다.

"지난번 발기문에 도장은 찍어줬지예?"

"찍었지. 찍어달라는데 안 찍을 수 있어. 그래 찍은 거지."

여전히 〈뉘 집 개가 짖느냐〉다.

"그래도 갠찬은 거요?"

"그러다가 말겠지, 머. 오늘 오후 박 소장이 좀 보재서 갔더이만 그 양반도 다 알고 있더라고."

"그게 가능은 한 일인가요?"

"그러다가 만다이까. 시상이 민주화 시상 아이야. ……나도 한번 알아봤는데 경비원들이 노조 맨들었다 카는 데는 전국에서도 두 군덴가 뿐이더구마. 그거도 일반 아파트가 아이고 무슨 연구단지 아파튼가 그렇다 카지 아마. 그러이까 금세도 얘기했지만 우린 굿이나 보고 떡이나 먹으믄 대이까 신경 쓰지 말라구."

무슨 배짱으로 저런 천하태평일까. 사람이 쑥떡이라고 해도 저런 쑥떡은 처음 본다. 더 묻기가 뭣했다. 묻는 자기가 오히려 무색할 판이다. 그럼에도 그는 또 묻는다.

"그라고 하나만 더 물어봅시다. 울 반장님 말고는 물을 만한 데가 웁더라고요."

"또 뭔데?"

"소장이 자꾸 오천평한데 사과를 하라 카는데 이거 우째야 조겠심니까?"

그네들끼리는 강 회장보다 〈오천평〉 호칭이 더 편하고 인지에 좋았다.

"사과라이?"

"아이 지난번에 나랑 한바탕 한 거 안 있심니까. 그거 말임다."

"그거 다 끝난 거 아이라요. 난 그래 아는데."

그게 언제 적 일인데 아직 그러고 있느냐는 표정이다.

"나 참, 사람 미치겠다카이."

"사과를 하라이. 머라고 사괄 하라 카능공?"

"꼭 사과를 하라는 건 아이지만, 자꾸 한번 만나보라는구만."

"그 뒤로 한 번도 안 만났어요? 수태 여러 날이 지냈는데……."

"부닥뜨리긴 몇 번 했지요. 정식으로 말을 걸고 한 건 아즉읍지만."

"부닥뜨맀다문?"

"앙이, 빤히 보고 사는데 안 부닥뜨리고 지낼 수는 읍는 거 아이라요. 그때마다 본 이긴 척하고 고개는 꼽뻑했지. 자기도 우물우물하기는 하더라만, 어떤 생각을 하고 있는지 그런 거까진 모르는 거고……."

아버지의 시말서

"……."

고 반장이 잠시 조용했다. 상황을 머릿속에 한번 그려보는 듯했다.

"오천평이 자꾸 물고 늘어지는가 바요."

"물고 늘어지다이. 그라믄 임자를 내보내라, 그 말인강?"

"꼭 그런 거는 아인 거 같고."

"그라믄?"

"글씨 말임다."

"이해가 안 대는데. 소장도 임자한테 사과를 하라 캐가지곤 안 대지. 그건 사과할 성질이 아이잖아. 그런 거까지 다 사과한다 카믄 앞으로 경비 할 사람 아무도 읍다 아이라. 그건 말도 안 댄다."

"바로 내 생각이 그거라카이요."

역시 잘 왔다 싶고, 지음知音이 따로 없다 싶은 생각이 든다.

"나도 그날 다 밨는데, 사과를 한다 카문 그쪽에서 먼저 하든지, 그게 싫으문 양쪽에서 같이 해야제."

팔이 안으로 굽어서일까, 한 나이라도 더한 사람이 세상을 옳게 보는 것일까. 그렇게 흐뭇할 수가 없다.

"그게 맞죠?"

"묻고 자시고 할 기 머 있어. 말도 안 대는 소린데……. 그건 그거고, 자, 박치기……."

고 반장이 앞에 놓인 잔을 들고 건배를 제의한다. 이럴 때 고 반장 표정은 언제 봐도 일품이다. 아직 일 때문에 사람 면전에서 인상 구기는 걸 한 번도 못 보았다. 남자 배포가 꼭 됐다. 다른 건 몰라도 그거 하난 배우고 싶었고, 노력하고 있다. 그는 같이 잔을 부닥뜨리며 홀짝 비운다.

"그래서 우째야 좋을지 몰라 한번 물어보는 겁니다. 울 사정은 누구보다 반장님이 잘 알고 하이까."

"우리 소장이 그카는 심정을 나도 이해는 해요. 말 부치기 좋은 쪽으로 설득을 시켜 문제를 해결해 보자, 이거 같은데⋯⋯. 그래도 그거는 방법이 아이지."

"내 생각도 그런데⋯⋯."

"가마이 보문 우리 아파트 사람들이 그 여잘 너무 키와났어요. 오천평을 만평으로 만들어났다이까. 여기 위원장도 오천평 이야기라 카문 깝뿍 안 합니까. 그라이까 그 밑에 매달린 소장이사 말할 거도 읍는 거지."

내가 할 말 사돈이 한다더니 관리소장의 눈비음이라는 걸 고 반장도 정확하게 알고 있다.

"나도 솔직히, 내 입으로다 사과는 몬합니다."

천만 원군을 얻은 듯 말에 힘이 담긴다.

"소장한테도 그래 얘기했어요?"

"아즉 안 했지요. 기냥 알았다고만 해났는데."

"지금 공기로 바선 연말 선거에 오천평이 나올 거란 말야. 답은 뻔한 거 아녀. 투표할 사람들이래야 모두 여자들뿐일 테고, 결국은 오천평이 위원장이 대는 건 뻔하잖아. 소장이 그걸 모를 턱이 있겠어. 모르긴 해도 그래서 사전 포석으로 그러는 건 아인지 모르지. 소장 목줄을 쥔 사람이 위원장인데 좀 잘 뵈어야 할 거 아인가베."

"나도 그런 짐작은 하고 있심다."

술잔을 서로 바꿔가며 한 잔씩 더 비운다.

"소장 그 사람도 그럴 사람은 아이지 시푼데……. 좀 이상하구만. 자기가 와 감 나라, 대추 나라야."

"오천평이 뒤에서 자꾸 씹는 거 아인지 몰라. 종놈들이 상전한테 대든다고 말야. 혹 자질 문제 같은 걸 들고 이러쿵저러쿵하는지도 모르겠고. 몰라, 내 생각은 그런데."

주정酒精이 온몸 구석구석을 뛰어다니며 감정을 들쑤셔 놓는다.

"종놈이라이, 무슨 그런……."

"앙이 꼭 그런 거는 아이지만, 자꾸 날 보고 사괄 하라이까 혼자 한번 생각해 본 거라고요."

"상전은 무슨 개나발이 상전이야. 문제를 와 자꾸 어렵기 만들라 카는지 모르겠네. 사과란 건 말도 안 대고 기냥 조용히 지내보라고. 세월이 약이라고 그러다 보믄 수그러들겠지."

"나도 생각은 그래 하고 있는데……."

"우리 오 형도 가마이 보문 너무 소심해. 사람이 너무 착하단 말여. 착하다고 그게 다 존 건 아이거등."

반장 입에서 오 형이란 말까지 나오자 괜히 기분은 하늘을 난다.

그쯤에서 그는 일어났다. 자리가 자리인 만큼 이런 이야기는 더 길어도 안 좋다. 힐금힐금, 계속 103동 쪽을 건너다보고는 있지만, 명색이 직장인데 너무 비워놓아도 좋은 모양은 아니다.

"난, 울 반장님만 믿습니다. 그만 가볼라요. 잘 먹었심다."

경비실을 나오면서 그는 손을 번쩍 들어 보인다.

아버지의 시말서

갑과 을

경비실 안이 너무 밝다. 안이 너무 밝으면 바깥의 움직임을 잘 볼 수가 없다고 건의를 몇 번 했지만, 죽어도 그건 안 된다고 했다. 경비가 바깥을 감시하는 건지, 바깥에서 경비를 감시하겠다는 건지 알 수가 없다. 어두울수록 더 그렇고, 오늘 저녁 같은 날은 몰래 술을 한잔 들이켠 끝이라 죄의식이 작용해 더 그렇다.

고 반장은 언제 봐도 재미있는 사람이다. 그 나이에 무엇보다 긍정이 놀랍다. 말 들어보면 배울 만큼 배운 사람인데 그 표를 하나도 안 낸다. 본인한테 직접 들은 건 아니지만 사범학교를 나왔다는데 혹 학력과 경비원이 만들어낸 괴리에 원인이 있는 건 아닌지 모르겠다. 그렇더라도 그게 쉬운 건 아니다. 천성도 천성이지만 노력도 따라야 한다.

한잔 들이켠 알코올의 도움을 받아 '재미있게 사는 사람'의 재미를 나름대로 연구하고 있는데 인터폰이 방해를 놓는다.

〈1301〉.

전화기 창에 뜨는 번호다. 13층 사람한테서 온 전화다. 술 냄새가 선을 타고 저쪽까지 갈 일은 없겠지만, 그는 목소리를 한껏 가다듬어 받는다.

"경비실입니다."

"여게 1301혼데요. 아저씨, 오늘 죄송합니데이."

아닌 밤중에 홍두깨다.

"예? 무슨……."

"아까 우리 애 때문에 지가 너무 소란스럽게 해서…… 가마이 생각해 보이까 우리가 잘한 기 하나도 없는데, 그래서 사과할라고 전화 냈심니다."

그때서야 13층 아주머니 얼굴이 떠오른다. 눈썹 문신이 모르는 사람이 봐도 표가 나는 얼굴이다.

오늘 아침나절이다. 택배 물건을 정리하고 있는데 1301호 아주머니가 문을 불쑥 밀고 들어섰다. 기분 나쁜 눈으로 사람을 아래위로 훑더니만 탁 쏘듯 말을 뱉았다.

"아자씨요, 난 사람을 그래 안 봤는데, 그라믄 몬써요."

먼눈팔다가 오물 바가지를 덮어쓴 기분이었다. 용수철에 튀듯 벌떡 일어났다.

"앙이, 무신 일인데 그랍니까?"

"무슨 일이라이? 몰라서 묻습니까?"

"……."

이런 황당한 일이 없다. 분명히 뭔가를 따지러 온 사람인데 도무지 감이 안 잡힌다.

"아츰에 우리 아이를 기냥 돌려보냈잖아요. 그래도 모르겠습니까?"

그는 잠깐 머릿속을 더듬는다. 그때서야 기억이 난다.

"아, 학생근로봉사 그거……."

아침에 골목의 한 학생이 등교하면서 구겨진 종이쪽지를 들이밀고는 급하게 졸라댔다.

"아저씨 급해서 그라는데, 여게 도장 좀 찍어주이소."

마치 맡겨둔 물건 달라는 식이다.

"뭐냐, 그게?"

"도장만 찍으문 대는데요."

"머냐니깐. 알고나 찍어야 할 거 아냐."

"이거요."

들이미는데 보니 학생근로봉사확인증서다.

"이 녀석 바라. 일도 안 하고 찍어달라 그 말이구나."

녀석이 씨익 웃었다.

"웃긴, 이 녀석이. 및 시간짜리고?"

"다섯 시간요."

"임마, 그냥은 안 댄다. 내가 비닐봉투 하나를 줄 터이까 아파트 한 바쿠만 돌고 오너라. 거짓말을 해도 정도껏 해야제. 일했다는 걸 내가 구경이라도 해야 찍어줄 거 아이가."

"……."

학생은 꿈쩍도 않고 빤히 쳐다보기만 했다.

"쓰레기를 안 주어도 조니께 흉내라도 내라, 그 말이다. 사람들 눈이 안 있나. 10분만 하믄 댄다. 내 말 무신 말인지 알겠제."

그쯤 해두면 받아들일 것 같아, 그것도 웃는 낯으로 말했다.

학생들한테 생활근평의 하나로 사회봉사활동이 들어 있었고, 사실 확인은 아파트의 경우 관리소장이 해주게 돼 있는데 그게 어떻게 돌아 경비원한테 떨어졌다. 그걸 알고는 학생들이 무시로 와서 찍어달라고 했다. 지난 여름방학 때는 개학날 아침 수십 명의 학생들이 경비실 입구에 줄을 서기도 했고, 심지어는 학부모가 대신 들고 와 찍어달라고도 했다. 그런데 그게 말썽이 되었다. 무조건 찍어주는 것만이 능사가 아니라는 운영위원회의 당부가 있고부터는 최소한 형식은 갖추어야만 들어주었고, 지금 그렇게 실천하고 있다. 그래서 오늘 아침에도 그렇게 타이른 것이다.

샐쭉하며 돌아가기에 시키는 대로 하느니라, 그러고는 잊고 있는데 생각지도 않은 아주머니가 새치름한 얼굴로 나타난 것이다.

"도장 하나 찍어주는 거 그게 그러큼 유셉니까. 입때까지 다 그냥 찍어줬잖아요. 우리랑 무슨 원수진 일 있는 것도 아이고 정말 섭섭합니다."

뒷말이 따발총으로 쏟아진다. 그때서야 그는 학생이 새로 나타나지 않았다는 사실과 샐쭉하던 표정을 떠올린다.

"앙이 그게 아이고, 학생이 온다고 카더이만 안 오대요. 그래서 난 급한 기 아인갑다. 언지든지 찍어가믄 대는갑다. 그래 생각하고 있었는데……."

"그때가 시간이 몇 신데 또 새로 와요. 학교 갈 학생이."

"죄송하게 댔심다. 지금이라도 보내주이소, 바로 찍어드릴께요."

그는 바로 항복을 했다. 마음 같아서는 잘잘못을 따져 사리판단을 분명히 해주고 싶지만 그럴 경우 누가 손해란 건 이미 답이 나와 있기 때문이다. 그러잖아도 요즘 〈오천평〉 때문에 골머리를 싸매고 있잖은가 말이다.

"이거는 엎드려 절 받는 것도 아이고……. 앞으로는 그라지 맙시다요."

그러고는 벌세운 아이 노려보듯 한참 째려보더니 바람을 쌩 일으키며 돌아섰다. 시상에 또 별노무 꼬라질 다 보는구마, 투덜대는 말도 영 듣기가 거북했다. 할 말이 없다. 더군다나 그걸 유세로 몰아붙이다니, 이런 참담함이 있는가.

그러나 가끔 있는 일이라 말끔히 잊고 있는데 뒤퉁스레 지금 전화가 온 것이다. 놀랍기도, 고맙기도 했다.

"아이구 그거, 다 끝난 일인데 머 새삼스리 전화꺼정 하고 그러십니까. 예, 잘 알겠심니다."

그는 저쪽이 덜 미안하게 마음에 없는 너스레를 보탠다. 어쨌거나 오해가 풀렸다는 점에서는 고마운 일이다.

"정말 미안하기 댔습니대이. 교육적으로나, 이치적으로나 지가 그래 얘기해서는 안 대는데, 아자씨 말씀이 백번 올은데, 부끄럽기 댔습니다. 이해 좀 주이소"

"허허허. 예, 예, 고맙습니다."

그는 저쪽에서 먼저 끊도록 기다려 수화기를 놓는다. 그의 얼굴에 엉거주춤한 미소가 그늘로 묻는다.

동병상련

박 소장이 103동 〈1문〉 경비실을 찾았다.

〈14 : 20〉

이 시각에 놀러온 사람은 아닐 테고, 그가 어인 행차난 듯 치떠 본다. 혹 또 강 회장 일로 찾은 건 아닌가 해서 내심 신경을 곤두세우고 있는데, 들어서자마자 툭 던지는 말은 그게 아니었다.

"오 씨요. 이번에 자리 한번 안 옮겨볼랍니까?"

"예?"

제대로 못 들어서 물은 게 아니다. 그런 내용이라면 인터폰으로 해도 얼마든지 될 이야기다.

"자리 한번 바꿔보시라고……."

"……"

"강요하는 건 아니구요. 생각이 있으면 한번 옮겨보시라, 그 말입니다."

그때서야 언뜻 떠오르는 게 하나 있다.

"혹 108동 아입니까?"

"맞습니다."

"그럼 3문이겠네요."

"예. 거깁니다."

그만하면 알겠다는 듯 그가 사람 좋게 웃자, 박 소장도 따라 웃는다. 그들 웃음 속엔 현재 그곳에 골치 아픈 문제가 하나 있는데, 그것을 그런 식으로 땜질해 넘기려는 술책을 내놓고 해답을 같이 찾아보자는 것 같아서다.

올 추석 밑이다. 108동 〈3문〉 골목 어느 집에 절도가 들어와 귀금속을 몽땅 털어갔는데, 그 방법이 묘했다.

토요일 오후, 절도범이 놀이터에 놀고 있는 한 아이한테 접근, 무사히 경비실을 통과했다. 네가 동민이구나, 나 외삼촌이야, 벌써 네가 이렇게 컸구나, 하긴 두 살 때 보고 첨이니까 넌 알 수가 없겠지, 엄마는 지금 집에 있냐, 친척 결혼식에 갔어, 그럼 들어가서 기다려야 하겠구나, 그렇게 해서 경비실은 물론 안방까지 일사천리로 들어갈 수 있었다. 오랜만에 외삼촌을 만났는데 절부터 먼저 해야지, 이놈 도방에 나와 살더니 상놈이 다 됐구나, 어쩌고 해서 큰절까지 받아먹은 절도범은 너 아직 점심 못 먹었지, 들어오면서 보니까 요 앞 네거리의 찐빵이 맛

있겠더라, 김이 모락모락 나는 게. 그러면서 만 원짜리 두 장을 꺼내 하나는 너 하고 하나는 빵을 사오라곤 아이를 내보냈다. 그 틈을 이용, 장롱을 몽땅 뒤져 달아난 사건이다.

경찰도 나오고 했지만 절도범의 출입 경위에 대한 책임 소재를 가린다는 건 쉽지 않았다. 도대체 경비는 뭐하는 사람이냐며 피해자는 경비원을 몰아 변상하라며 들볶았고, 경비원은 주인집 아이가 제 외삼촌이라며 같이 들어가는데 누가 무슨 재주로 막겠느냐며 맞섰다. 범인은 이미 오리무중이었다.

해결책이 안 나왔다. 지금까지 서로 눈치만 보며 스스로 수그러들기만 기다리는 걸로 알고 있는데, 며칠 전 피해자가 관리사무소를 찾아와 새로 그 일을 꺼내놓으며 미지근한 사후처리를 질타한 것이다.

"왜 주인이 내보내라는데 안 내보내죠. 경비 하나 내보내는 게 그렇게 힘들어요. 잘못이 있으면 응분의 책임은 져야 하는 거 아니에요. 난 그 영감탱이 꼬라지도 보기 싫어요. 아침저녁으로 마주쳐야 하는데 세상에 이런 고역이 어디 있나 말야. 자식이 도둑놈한테 큰절까지 해서 보냈다니, 대명천지에 이게 말이나 되는 얘기우. 정 안 내보내려거든 우리가 나갈 테니까, 우리 사는 집이라도 팔아달라구."

피해자는 자기가 나가겠다는 얼음장을 배수진으로 쳐놓고 닦달을 한 모양이다. 곤경에 빠진 소장이 이러지도 저러지도 못

하고 가슴앓이를 하고 있다는 건, 이미 소문이 날 대로 나 경비원들도 소상하게 알고 있는 일이다.

사람을 내보낸다는 게 쉬운 일도 아닐뿐더러 잘못을 무조건 경비원에게만 덮어씌울 수만도 없는 일이다. 지금 소장 이야기를 들어보면 사람만을 교체해서 적당히 해결 보려는 눈치 같았다. 서로가 부닥뜨리지 않으면 조용해지리라는 데 초점을 맞춘 모양이다.

107동, 108동은 장미촌에서도 큰 평수가 든 동이다. 큰 평수에 산다는 건 그만큼 경제적 여유가 있는 사람들임을 말하고, 따라서 그쪽 근무자들은 명절 때 양말 한 켤레를 얻어 신어도 낫다는 이점이 있음으로, 근무자에 따라서는 이왕에 하는 일, 은근히 그쪽을 선호하는 사람도 있다. 지금 소장이 경비실을 선별해서 찾은 데엔 문제점 해소가 우선이긴 하지만 이면엔 그런 배려도 전혀 없지는 않다고 봐야 한다.

"울 소장님 얘기는 고맙기도 하고 잘 알겠는데요, 그래도 난 고만 그대로 여게 눌러 있을랍니다."

그는 정중히 사양한다. 자리를 옮겨 새로 골목 사람들을 알고 어쩌고 하는 것도 그렇지만 시끄러운 일에 싸잡힌다는 게 싫었다.

"오 씨는 저보다 여기 먼저 들어오셨죠?"

그런 건 물을 일도 아닌데 소장이 묻는다.

"아마 그럴걸요. 연말이믄 3년이 꽉 차는데."

"그만 이번에 한번 옮기시죠. 한곳에 너무 오래 있으면 지루하기도 할 텐데……."

박 소장의 간곡한 요청이다. 그는 고개부터 완강히 흔들고 난 뒤 말했다.

"그쪽으론 안 갈랍니다. 여기서 있는 대로 있다가 그만둬야지, 시방 새로 옴기가지고 머 우짤라고요."

아직 그만둬서는 안 될 일이지만 거절하는 데 무게를 두다가 보니 마음에 없는 말이 자발없이 끼어든다. 거절한다는 게, 그것도 생각해서 찾아온 사람한테는 부담이다.

박 소장은 빈 입맛만 쩝쩝 다신다. 무엇을 생각했던지 잠시 창밖으로 던졌던 시선을 거두어들이며 말한다.

"아이그, 이거도 못 해먹겠습니다."

히죽이 웃음을 단 채 고개를 설레설레 흔든다. 답답함이 잔뜩 묻은 얼굴이다.

"시상에 시운 일이 있나요."

"요즘 같으면 골통이 빠개지는 같습니다. 갈수록 지내기가 좀 수월해야 할 건데 이건 점점 더 힘이 드니, 원."

그때 그의 머리에 떠오르는 게 하나 있었다. 빠개진다는 골통 속에는 분명히 자신의 문제도 들어 있을 것 같아서다.

"참, 지난번 삐라 문제는 우째 댔심니까?"

"그것도 그냥 그러고 있습니다. 그게 쉽게 해결 날 문제가 아니잖아요. 요새는 골칫거리만 툭툭 불거지니까 사람이 정말 미치겠다니까요."

얼마 전 각 문 경비실 게시판에 노란색 전단지가 한 장씩 붙었다. 금년 봄 아파트 도색을 하면서 운영위원들이 업자로부터 뇌물을 받아먹었는데, 동 대표 전원이 명품 핸드백을 하나씩 챙겼고 위원장은 별도로 2백만 원을 더 먹었다는 내용이다. 그 사실을 일찍 알고 관리소장이 얼른 거두어들여 직접 읽어본 주민들은 몇 안 되지만, 그러나 알 만한 사람들은 다 알고 있다. 한동안은 장미촌이 오물을 덮어쓴 듯 시끄러웠다. 쉼터에서도, 미장원에서도, 경로당에서도 사람들이 모였다 하면 그 이야기로 시간을 보냈다.

그런 일은 있지도 않을뿐더러 있을 수도 없는 일이라며, 운영위원 연명으로 된 해명과, 연초부터 나돌기 시작한 의장 직선제 선출이 담긴, 운영회칙을 이번 회기에 개정하겠다는 약속을 제시한 문서가 집집마다 나가, 좀 조용해지기는 했지만, 그러나 한번 나돈 여파는 쉽게 삭지 않았다. 아니 땐 굴뚝에 연기 날 턱이 없다는 게 주민들 시각이었다. 준 사람, 받은 사람만 입 싹 닫으면 누가 무슨 재주로 알 거냐며, 소문은 그냥 살아 흉흉하게 돌아다녔다.

관리비 사용내역 감사를 세무사들한테만 맡길 게 아니라 주민들도 직접 참여해야 한다는 사람, 동 대표들을 연임으로 둔 게 잘못이라는 사람, 손에 고물 안 묻히고 떡 만드는 사람 봤느냐며 누가 해도 그 소리는 듣게 돼 있다는 사람, 별의별 이야기가 다 돌아다녔다.

"뉘 소행머리라는 거도 아직 모르고요?"

"아주 모를 턱이사 있겠습니까. 짐작 가는 사람들이야 있지요. 그러나 그게 꺼내기가 쉬운 건 아니잖습니까."

"……."

그가 조심스럽게 고개를 끄덕인다.

"저도 운영위원회에는 매번 참석 안 합니까. 저 모르는 회의를 별도로 한다면 또 모르겠어요. 그 양반들이 모두 받았다면 당연히 저한테도 하나 돌아올 건데, 모든 경비 지출은 제가 하잖아요. 그런데 저는 모르는 일이거든요. 참, 귀신 곡할 노릇 아닙니까. 하긴 그런 거 붙인 사람들이 제 말을 믿겠습니까만, 세상이 모두 그렇습니다."

박 소장은 두 번 생각하기도 싫다는 듯 고개를 몸서리치며 흔들어댔다.

그도 들은 이야기가 있다. 누가 옳고 그름을 떠나 금년 말 직선제로 실시되는 선거를 앞두고 현 집행부를 공략하기 위한 비방의 하나로 보고 있다.

공동주택관리법의 등장에 따라 지금까지 추대 형식으로 해

오던 아파트의 대표자 선정을 주민 직선제로 뽑게 된다. 봉사하는 자리로, 단순한 명예직으로만 보아오던 자리가 내년부터 달라진 것이다. 아직 구체적으로 책정된 보수는 없다고 하지만 흐름으로 봐서 충분히 가능한 일이고, 그게 아니라도 머리를 잘만 굴리면 자리를 이용해 얼마든지 재미와 실속도 챙길 수 있다는 시각이 그것이다. 이미 직선제에 선착한 단지에서 비리와 불협화음이 끊이지 않고 있다는 점과, 그럼에도 불구하고 그 자리를 노리는 사람들이 의외로 많다는 사실이 그것을 잘 설명해주고 있음이다. 명칭도 〈운영위원회〉에서 〈대표자회의〉로, 〈위원장〉에서 〈의장〉으로 바뀔 모양이다.

소문에 따르면 올 연말 선거에도 4, 5명의 후보가 거론되고 있다. 현재 송 위원장은 자기가 깨끗하다는 걸 확인시켜주기 위해서라도 그냥 안 있을 거라고 했으며, 동 대표 가운데 지난번 추대에서 밀려난 107동 대표 김 아무개, 요즘 단지 내의 문화강좌를 개설해서 운영하고 있는 기업체 간부 출신 최 아무개, 그리고 지난날 부녀회를 이끌었던 강 회장 등이 그들이다. 그 가운데서도 가장 유력하다는 이는 강 회장이다. 그동안 다져놓은 인기도 무시 못하지만, 세대당 한 표라는 제도에다 투표하는 사람들이 대부분 주부이기 때문에 그럴 수밖에 없다는 논리가 지배적이다. 여자가 남자보다는 깨끗하다는 것도 통념으로 작용하는 듯했다.

"연말 선거엔 어느 양반이 유력하다고 봅니까?"

그가 호기심이 발동, 넌지시 한번 던져본다.

"그런 거, 저한테 묻지 마십쇼. 그런 일에는 전혀 관심이 없습니다. 그거 아이라도 일이 태산 같은데……."

딱 잡아뗀다.

"울 소장님 고생 많은 거 우리도 알고 있심니다. 고생한 사람이 있으믄 그만큼 수월한 사람이 안 있겠습니까. 조은 일 한다고 생각하이소."

"108동 문제만 해도 그렇잖아요. 저는 그래도 이쪽저쪽이 모두 좋도록 해보겠다고, 서로 안 부닥뜨리면 좀 안 낫겠나 싶어 발버둥을 쳐보는데, 그게 잘 안 됩니다. 말이 좋아 사람을 내보내라지만 그 양반도 지금 그만둘 형편이 아니거든요. 자식 가운데 하나가 뇌성마비 장애자랍니다. 거기다가 본인도 우리가 보기엔 멀쩡해도 당뇨 때문에 애를 먹고 있고요. 모두 딱한 사람들인데…… 아이구, 모르겠습니다. 돼가는 대로 해야죠. 어쩝니까."

박 소장은 또 한 번 고개를 대구 흔들며 진저리를 친다.

"그건 그렇고 이왕 만난 김에 하나만 더 물어봅시다. 노동조합 카는 거 그거 우리 송 위원장님도 알고 기십니까?"

"알죠, 모를 턱이 있습니까."

"반응은요?"

"그런 데 신경 안 씁니다. 내년엔 출입구마다 전자문 만들고, 경비실을 밖으로 빼내 한 동에 하나씩으로 만들면 사람이 반으로 팍 주는데 조합이 됩니까. 시운 게 아일 깁니다."

"경비원이 줄면 우리도 반이 나가야 한다는 이야긴데."

"그런 거는 걱정 안 해도 됩니다."

"아이, 걱정이 안 댈 수가 있나요? 실은 그래서 물어보는 건데."

그는 솔직히 묻는 의도를 밝힌다.

"여기 경비원 평균수명이, 수명이란 말이 좀 이상합니다만, 근무하는 기간을 평균 내보면 1년이 채 안 됩니다. 2, 3년씩 근무하시는 분도 있지만 어떤 분은 한 달도 안 있어보고 나가는 이도 있다니까요. 잘 아시잖아요. 그러니까 자연감소되는 숫자만 해도 충분하거든요. 또, 부근에도 아파트가 안 많습니까. 거기 가서 근무할 수 있도록 조치하면 되니까. 그런 거 가지곤 걱정할 게 하나도 없습니다."

"……."

그에게는 어려운 문제인데 박 소장은 너무 쉽게 풀어준다. 그의 얼굴에 자신도 모르게 웃음이 발린다.

"가만있자, 내가 이러구 있을 때가 아닌데, 그럼 오 씨가 안 가신다면 누구 하나 추천할 분은 없습니까. 가급적 103동과 거리가 떨어진 데 사람으로."

"그거도 좀 그러네요."

그의 대답이 자못 조심스럽다.

"됐습니다. 제가 더 알아보지요."

빈 입맛만 쩝쩝 다시던 박 소장은 새삼스레 난해한 웃음은 만들어 물고는 획 나간다. 소득 없는 소장의 행신이. 그럴 필요는 없지만 오늘따라 괜스레 딱해 보인다. 그는 출입구 계단까지 따라 나가 소장을 침묵으로 배웅한다.

박 소장한테는 주택관리사자격증 외에 공인중개사자격증도 있어, 여기 들어오기 직전엔 복덕방 일도 했다는 이야기를 언뜻 들었다. 10여 년 전, 쉽다는 이야기만 듣고 두 번이나 응시했다가 보기 좋게 낙방한 경험이 있는 그로선 그것 하나만으로도 소장이 만만한 사람은 아니다. 자기 머리로는 근방에 얼씬하지도 못할 시험 문제였다. 다 그만한 드레는 되기 때문에 그 자리에 붙어 있을 터다.

박 소장이 104동 모퉁이를 꺾는 걸 보고 돌아서는데 〈2문〉 조 씨 얼굴이 앞을 막는다. 아마 박 소장이 여기 있는 걸 알고 계속 신경을 쓰고 있었던 게 분명했다.

"소장하고 무신 얘기했노?"

"와, 그게 그러큼 궁금해?"

"수태 오래 얘기하던데……."

"그러케 궁금하믄 들어올 거 아이라, 같이 얘기하게."

그런 쪽으론 나잇값을 못하는 사람인데 오늘도 예외는 아니다. 비밀 이야기도 아니고 해서 나눈 이야기를 다 털어놓는다.

"왜 나한테는 한번 안 물어보지?"

"그것도 샘이야. 거기 가고 싶어? 내가 얘기해 줄까."

"앙이 꼭 가고 시퍼 그러는 게 아이고 이치가 안 그래. 직접 듣는 거하곤 다르제. 사람 차별하는 거도 아이고."

"또 별걸 가지고 그런다. 나 같음 차라리 안 들은 기 낫겠다."

"찬물에도 순서가 있는데, 내가 임재보다 더 고참 아이야."

"고참은 무슨 고참. 6개월 쉬었는 거 빼고 나면 내가 더 묵었제. 씰데읎는 소릴랑 말고, 정말 한번 옴기볼 거여?"

"앙 가. 내라고 자존심이 읎나. 그런 식으로 가긴 실타니께."

꿍치는 말투 보니 그냥 해본 소리일 뿐 맘에 두어 한 말은 아니다.

"사람 실읍긴. 난 다 알어. 님자는 와리바시 때문에도 여길 몬 떠날 거로구만."

"고만 댔다."

"와리바시가 나오니까 신경이 씌는 모양이제."

〈2문〉 골목 11층에 초등학교 다니는 딸 하나만 데리고 사는 혼자 된 여인이 있는데, 그 여자한테 가끔 은밀하게 드나드는 기둥서방이 하나 있다. 시내에서 양주 대리점을 운영하는 사람이라는데, 초저녁에 들렀다가는 11시에는 꼭 나가는 철두철미

한 사람이란 얘기를 듣고, 11이 두 번 겹쳤다고 우리가 붙여준 별명이 와리바시(젓가락)다. 조 씨는 그 양반한테 얻었다며 짝퉁 명품 손목시계도 하나 차고 다니는데, 그런 인간관계 형성도 무시할 수 없는 게 경비원이다.

하루는 이런 일도 있었다. 밤 11시쯤 돼 이 친구가 뭘 하는가 싶어 들여다봤더니 정신없이 시계를 들여다보고 있었다.

"지금 멀 하는 거여. 사람이 코밑에 와도 모르고."

"그런 게 있다."

"그런 게 있다이?"

"오늘 와리바시가 들어갔거등. 제 시간이 대믄 나오나, 안 나오나 그걸 한번 재보는 거야."

"자알 헌다. 회갑 진갑 다 넘긴 허연 머리로 남 오입하는 시간이나 재고. 에라이, 이 얼뜨기 사람아."

"허허허허."

"하하하하."

그날 둘은 실성한 사람들이 되어 한바탕 경비실 앞이 떠나가도록 웃어젖혔다.

또 있다. 뒷날 〈3문〉의 박 씨, 〈4문〉의 허 씨랑 같이 와리바시를 도마 위에 올려놓고 칼질을 해댄 것이 그것이다.

두 패가 나뉘어 거들먹거렸는데 먼저 초를 친 사람은 박이었다. 와리바시를 가리켜 저런 인간들이 세상을 시끄럽게 만드는

암적 존재라고 포문을 열었다. 그도 그쪽으로 붙어 연합을 취했다. 그런데 조와 허는 확연히 달랐다. 돈 벌어 뭣할 거냐며, 사내자식이 정당하게 벌어 남까지 도와가며 즐겁게 사는데 그런 걸 왜 색안경 쓰고 보느냐며 핏대를 올린 것이다. 그런 걸 못한 놈이 바보천치라는 말까지 쏟아놓았다. 듣자하니 그로선 기똥찰 논조였다. 그러나 그런 세상이 보란 듯 활개를 치는 데야 어쩌랴. 그야말로 내가 하면 로맨스요. 네가 하면 불륜이란 차이다. 결국은 남 제사에 감 놔라, 배 놔라가 되고 말아 끝에 가선 서로 허허 웃고는 말았지만, 지금도 그들 생각은 여전히 유효하다.

말은 안 해도 와리바시는 요즘도 가끔 입막음 조로 상품권 같은 걸 하나씩 찔러주고 가는 모양이다. 벌써 쉬쉬하며 그 사람을 감싸고도는 걸 보면 다 안다. 지금 그는 그걸 은근슬쩍 한 번 물고 늘어져보는 것이다.

"하여튼 님자는 명당 썼다이까. 귀싸대기를 맞아도 금가락지 낀 손에 마자라고, 그게 어데 보통 운이여. 그 존 데를 두고 가긴 어델 간다고. 그저 욕심은 있어가꼬."

"허허허허. 또 웃자. 오늘 신문에 보이까 15초 웃는데 이틀을 더 산다고 써났더라. 허허허허."

와리바시 이야기가 나오자 조 씨는 공허한 웃음을 흘려놓고는 얼른 돌아간다. 혹 물어낼 말이라도 튈까 봐 내심 경계하는 눈치가 분명하다.

봄날은 간다

수요장이 들어서는 매주 수요일은 아파트 마당 구석구석은 저잣거리가 된다. 신발, 의류 따위도 없는 건 아니지만 주로 먹을거리가 판을 치고 그 가운데서도 소채류가 인기품목이다. 싱싱하다는 것과 마트보다 싸다는 게 그 이유다. 속속들이 알 수는 없지만, 말은 생산지에서 직접 가져오기 때문에 그렇다고 했다. 유기농이란 말도 열심히 돌아다녀 양념을 친다.

그는 미나리, 열무, 양파, 당근을 한 무더기씩 사고 자리를 옮겨 고등어도 한 손 보탠다. 아내의 일주일 치 식단이다. 장이 서는 날마다 그는 첫 번째 고객으로 시장을 한 바퀴 돈다. 육류보다는 생선이 낫지요. 그리고 야채를 많이 드십시오. 야채도 온상에서 나는 것보다는 햇살을 많이 받은 제 계절 채소가 좋습니다. 아내 주치의의 주문을 따른 것이다. 가족들의 각별한 관심과 협조가 무엇보다 중요하다고 해서 그는 자기로선 최선의 방법에 매달리고 있다.

"할아부지—."

일을 보고 경비실로 발걸음을 옮기는데 낯익은 목소리가 그의 덜미를 잡는다. 분명히 방아 목소린데 아이는 보이질 않는다. 눈등을 쓱 훔치고 소리 나는 쪽을 열심히 찾는다.

"할아부지—."

또 부른다. 사방을 열심히 헤집는다. 시력이 안 좋다는 건 진작부터 아는 일이지만 주변 사람을 분간 못할 정도는 아닌데, 서둘러 그런지 보이는 것들이 자꾸 헷갈린다.

과일가게 옆에서 꼬마 하나가 쪼르르 달려와 가랑이에 매달린다. 그때서야 눈이 번쩍한다. 방아다. 이게 어떻게 된 일인가. 뜻밖 일이다.

"이거 누기야. 우리 방아 아이가."

"할아부지— 할아부지—."

녀석 웃음은 보고, 또 봐도 앙증맞고 사람을 녹인다. 통째로 눈에 넣어도 아프지 않을 내 새끼.

"그런데 늬가 웬일이고, 누구랑 왔노?"

방아를 덥석 끌어안고는 사방을 돌아본다. 혼자는 올 수도 없고, 올 턱도 없는데 동행자가 보이질 않는다.

"나, 혼자 왔다."

"혼자 오다이. 야가 이기 무신 소리고."

"버스 타고 왔다."

"증말 혼자 왔어?"

"응. 혼자다. 바라, 아모도 읍다 아이가."

확인해 보란 듯 방아는 주변을 돌아본다.

"참, 별일을 다 본다. 여게가 어딘데, 늬가 우째 온다고……."

방아 어깨에 걸린 〈샛별어린이집〉 가방이 그의 눈에 든다. 방아의 일정으로 보면 지금쯤 유아원에 가 있어야 한다.

"너 오늘 어린이집에 안 갔구나."

"응. 안 갔다. 어제 할아부지가 보고 싶걸랑 언지든지 오라 안 캤나. 그래 왔다."

어제 오후 그는 모처럼 방아랑 한나절을 주변 거리를 돌아다니며 같이 놀아주었다. 그때 그는 갖고 싶다는 장난감 하나를 사주면서 말했다. 할아버지가 보고 싶을 땐 언제든지 좋으니 오라고. 평소 자주 같이 못 놀아준 죄밑이 돼 녀석이 하자는 대로 흥흥 한 것인데, 그걸 곧이곧대로 받아들여 실행한 모양이다. 그러나 오더라도 누구랑 동행해서 오는 거 말이지 혼자 온다는 건 상상도 안 해본 일이다.

그는 방아를 데리고 경비실로 들어오면서 생각해 본다. 하긴 그러고 보니 그럴 나이도 된 거 같다. 요새 아이들이 얼마나 영악한가. 옛날하곤 다르다. 진작부터 안 일이고 설마 했었던 것뿐인데, 그러나 하마터면 큰일 날 뻔했다는 생각도 못 버린다.

"나, 우리 할아부지 보고 싶어 왔는데……."

방아는 옹알이하듯 계속 종알댄다.

"이눔이사 큰일 내겠네. 꼭 오고 싶으믄 고모한테 데려다달라고 그래야지, 우짤라고 혼자 달랑 오냐. 겁도 읍시."

정임이랑 다녀간 일이 몇 번 있긴 있었다. 그전 일이긴 하지만 제 할머니와 다녀간 일도 있다. 버스길로 세 코스나 된다. 크게 복잡한 구간은 아니지만, 그래도 여섯 살한테는 쉬운 길이 아니다.

"고모는 안 올라 칸다. 나, 혼자 올 수 있다."

"이눔이 머라 그라노. 그래도 혼자 오믄 못 써."

"개한타."

경비실에 들어서자마자 방아는 사방을 주욱 훑어보더니만 냉장고 문부터 먼저 열어본다. 무엇인가를 찾는 눈치다.

"멀 찾노?"

"읍다. 참외 읍다."

허탕을 친 데 대한 실망이 얼굴에 귀여움으로 발린다.

"허허허. 이눔이사, 거기는 아무것도 읍다. 된장 냄새밖에는. 있다가 맛있는 거 사주마. 여게 앉거라."

접어놓았던 보조의자를 꺼내놓는다. 지난번 왔을 때 골목 사람들이 사가지고 들어가면서 맛보라고 준 참외를 안 먹고 둔

게 있어, 갈 때 싸줬더니 그게 생각났던가 보다.

그는 먼저 집에 전화부터 해본다.

"방아가 여게 와 있는데 이거 우째 댄 일이고?"

"머라꼬예. 걔가 왜 거기 가 있대요. 유아원에 안 가고."

"여기 와 있으니께 하는 얘기 아이가."

그가 버럭 역정을 낸다.

"참 희한한 일도 다 보겠네. 유아원 차 타는 거까지 보고 들어왔는데 무신 말씀을 하시는지 모르겠구만요."

정임의 말투가 오히려 이쪽을 못 믿겠다는 듯 들린다.

"허허. 그라믄 내가 거짓뿌렁이를 하냐."

"아츰에 할아버지를 찾아싸킬래, 지금 일하기 때문에 안 댄다고, 담에 가자 그랬더이 알았다고 그라더이만. 이노무 기집애가 이거 큰일 내겠네. 우쨌거나 알았심다. 지가 바로 데리러 갈게요."

"그래. 이왕 온 거, 천처이 오너라."

"그거 버릇대믄 큰일이구마. 바로 가겠심다."

"버릇은 무슨 버릇. 할애비가 보고 싶어 온 걸 가지고."

그는 전화를 끊고 방아한테 이른다.

"좀 있으믄 고모 데리러 올 기다. 할아부지랑 놀다가 고모 오거등 먼저 들어가거래이. 어린이집부터 댕겨오너라. 알았제."

"……"

제 고모가 온다는 말에 시무룩하니 주눅이 든다.

정임이 방아 대하는 태도는 냉정하고 단호하다. 부모 없이 자란 표 안 내고, 사람을 제대로 만들려면 으르기만 하고, 오냐오냐 해서 키우면 안 된다는 게 지론이다. 잘못이 있을 땐 눈물이 쏙 빠지도록 혼찌검을 내줘야 한다면서 때론 큰애 대하듯 매몰찰 때가 있다.

한 열흘쯤 됐지 싶다. 낮잠을 자고 있는 방아를 무심코 한참 들여다본 일이 있었다. 한창 엄마 아빠 밑에서 미운 짓 하며 놀 나이에 외톨이로 아무 데나 뒹굴어져 자는 모습은 볼 때마다 그의 가슴을 저민다. 그런데 이날은 눈물자국까지 달고 있었다. 말을 잘 안 들어 정임이 한 대 쥐어박았다는 것이다. 얼마나 속이 상하던지 그 자리에서, 손댈 데가 어디 있다고 손질이냐며 당최 그러지 말라고 호되게 나무란 적이 있다.

그날 방아 때문에 정임이랑 나누었던 이야기는 마지못한 충격으로 가슴에 알뜰하게 남아 있다.

"아버지예. 방아 에미 너무 기대하지 마이소. 엄마는 반반으로 본다 그러는데, 더 맘을 비워야 합니데이. 죽자고 붙들 필요도 읍고, 붙들어서 델 일도 아이다. 그 말입니다. 나이가 있는데, 시상이 옛날하곤 다르다카이요. 지 핏줄인데 가믄서 델고 갈지, 그냥 두고 갈지 그런 거까진 모르겠어요. 두고 가도 구처 읍는 일 아입니까. 그라이까 그런 걸 염두에 두고 앨 키워야 한다, 그 말입니다."

"야가 이기 무신 소리고. 입만 떼믄 다 말인 줄 알고. 지 새낄 냅두고 가긴 어델 간다 말이고. 씰데읍는 소리는……"

"아버지도 참. 그라믄 저보구는 와 딴 데 한번 알아보라 그랍니까. 요새 재혼 그게 무신 숭이냐고, 아버지 입으로 밭아놓고요. 똑같은 거 아입니까."

"그래도 말은 그래 하는 기 아이여. 이것아, 너랑은 달라. 지 새끼가 있는데……"

"하이구, 아버지도 참."

"그러다가 말이 씨가 대능구마."

"한 사나흘은 됐겠다. 아버지 근무하실 때 올케한테서 전화 한번 온 일 있지예. 밤이 한참 대서 말입니다."

"그래 왔더라."

"그때 올케가 머랍디까?"

"머라긴, 기냥 안부 전화지. 내복 한 벌 사 보냈다 그라고, 건강 조심하라 그라고, 그게 모두지."

"다른 얘긴 읍고예?"

"있을 기 머 있노. 그런데 와?"

"전화 받고 머 느끼신 기 있을 긴데예?"

"느끼다이. 멀?"

"그날 저녁, 저하고도 전화를 했걸랑요. 벌써 목소리 들어본

게로 다릅다. 자기 입으로 고모, 나 오늘 술 한잔 했다. 그러 데예."

"운 술은?"

"언니 술 마시는 건 아버지도 잘 아시잖아요. 여자 술치고 적은 술은 아입니데이. 나 우째든 조흐냐고 수화기에다 대고 엉엉 우는데, 아이구, 참 사람 미치겠데예. 짐작만 했제, 정말 울 올케가 저래 나올 줄은 몰랐거등요."

"울다이? 울기는 와 우는데."

"아버지도 참. 그거 와 우는지, 정말로 몰라서 묻는 기라요?"

"……"

"바로 얘기했심니다. 언니야, 남 눈 볼 거 읍다, 방아 걱정을랑 말고, 언니 조토록 해라. 아무도 언니 인생 대신 안 살아준다, 자꾸 재지만 말고 조흔 사람 있거등 한번 알아바래이. 언니 욕할 사람 아무도 읍다고, 말임다."

"허허. 야가 말을 해도 무슨……"

"아버지예, 올케 풀어줘야 합니데이. 물은 흘러가는 대로 둬야 하지 막으믄 탈난다 아이라요. 올케 가슴에 대못 박지 말고, 고마운 시아버지로 남는 기 서로가 조타, 그 말입니다. 길은 그거 하나뿐입니다."

"나두 맹탕은 아이다. 그만 시끄럽다."

더 이러쿵저러쿵하기가 싫어 말은 좋게 쓰다듬었으나 입은 소태로 가득했다. 정임의 입에서 저런 말이 나오자면, 저네들끼리는 이미 무슨 이야기가 있어도 있었을 것이다. 더군다나 둘은 동병상련으로 같은 처지에 있다. 과부 마음은 과부가 안다는 이야기다.

이야기를 듣고 보니 그때서야 그날 전화 속 말투가 좀 다른 감으로 잡힌다. 말은 환절기에 건강 조심하라느니, 내복을 사 보냈느니, 어제 방아의 편지를 받았는데 글씨를 보니 아버님 공이 얼마나 들어갔다는 걸 짐작하겠다느니, 어쩌니 해도 말끝에 묻어나오는 어물쩍거림과 무거움에는 전화를 끊고 난 뒤까지 사람을 어수선하게 만든 것으로 기억에 남아 있다. 밤샘 근무라는 걸 알고 한 전화이긴 하지만 자정이 넘어 전화했다는 사실 자체가 벌써 그냥 해본 전화는 아닐 테다.

내 집 사람이라곤 하지만, 밥상머리 같이 앉아본 날이 손가락으로 곱아도 곱을 판인데, 더군다나 남편 없는 시집, 정을 붙인다 한들 얼마나 깊이 들었겠는가. 정임의 말에 충분히 이해가 간다. 늙은이 무르팍 세우듯 우겨서 될 일만은 천만에 아니다.

작년 봄이다. 날을 잡아 하루는 서울 며느리가 일 보는 곳을 몰래 다녀온 적이 있다. 뭘 염탐하겠다고 간 것이 아니라, 필시 고생길일 텐데 어떻게 지내고 있나, 윗사람으로 생판 모르고 지낸다는 것도 사람 도리가 아니고 해서, 처지나 알아본다고 잠간 들러봤던 것이다. 아직 그건 아내도 모르고 있다.

자식이 7년여를 근무했던 10층 건물 지하 식당 옆에 들어앉은 서너 평쯤은 됨직한 잡화 가게인데, 며느리는 거기서 회사원과 똑같은 사무복 차림으로 근무하고 있었다. 우선 보기엔 혼자 된 여자가 있어도 무난할 곳으로 보였다. 시간 반이 좋도록 몰래 지켜보았는데, 얼굴이나 진하게 고치고 남정네들 틈에서 히히거리며 지내지나 않을까, 올라오면서 노심초사했던 걱정은 안 해도 좋았다.

잠깐 본 거, 그것 하나만 믿고 태평으로 지내는 건 아니지만, 정임의 이야기도 허투루 들을 일만은 아니고, 그렇다고 아직 실체도 안 나온 걸 지레짐작만으로 앞서가서도 될 일은 아니어서 두고 보는 쪽인데, 혼자 고집으로 몰고 갈 일이 아니란 건 진작부터, 답을 얼른 못 내 그렇지, 계산은 하고 있다.

"자, 우리 방아, 할아버지하고 나가볼까. 내가 맛있는 거 사줄게."

〈2문〉 조 씨한테 잠깐 자리 비운다는 걸 얘기하고 방아와 같이 매점을 들른다. 모처럼 할아버지를 찾았는데도 방아는 초콜릿 하나만 달랑 들고는 됐다고 나가자고 했다. 가지고 싶은 건 더 가져도 된다며 풀어놓았는데도 한사코 그것만 하면 된다고는 돌아섰는데, 정임이 너무 닦달로 키운 끝이 아닌가 싶어, 애어른이 된 방아가 장해 보이다가도 한편으로 안쓰럽기도 하다.

그러나 그럼에도 이제 다 키웠다는 생각도 같이 한다.

둘은 마당 가운데 놀이터로 가 가지런히 앉는다. 〈1문〉이 바로 보이는 곳이다. 방아도 소중하지만 그에게는 임무도 소중하다.

"할아부지, 나 여게 와봤다."

사방을 두리번거리던 방아의 입에서 나온 말이다.

"참, 우리 방아도 여게 더러 와봤제."

"할무니하고 왔다."

"맞다. 할무니하고 왔었다."

작년 초까지만 해도 아내는 그의 도시락을 싸서 한번씩 나들었고, 방아가 노는 날엔 방아를 데리고 왔었다. 도시락을 비우는 동안 아내는 방아랑 여기에서 그네랑 미끄럼을 타면서 시간을 보내곤 했다. 그러다간 눈이 마주치면 방아는 손을 대구 흔들면서 〈할아부지─〉를 큰 소리로 외쳤다. 아따, 그림이 너무 좋구만, 손자 없는 사람 어디 서러워 살겠나, 어느 틈엔가 은근슬쩍 끼어들어 분위기를 어우르는 〈2문〉 조 씨 얼굴도 볼만했다.

경비원 일 하면서 그런 모습을 보이는 게 처음엔 어줍고 괜한 짓 같더니만, 지내면서 생각해 보니 사람 산다는 게 다 그런 것 아니겠느냐 싶은 게, 입으론 말려도 아내가 찾아오는 걸 은근히 기다리기도 했다.

얼마 전에도 그는 아내한테 도시락 싸서 방아 데리고 안 올 거냐며 우격다짐 반, 답답한 마음 반으로, 그렇게라도 한번 자극을 주면 어떨까 싶어, 잔뜩 인상을 구겨 다그친 일이 있다. 하찮은 거지만, 지금 생각해 보니 그게 그렇게 소중했고 고마웠으며, 앞으로 그럴 일은 없을 거라고 생각하니 가슴이 천근만근 무겁다. 〈아아, 옛날이여〉 싶은 게, 새삼스레 그립기도 하다.

"할무니가 어서 나아야 방아랑 또 여길 올 긴데."

자신도 모르게 나온 말이다.

"할무니가 왜?"

방아가 무슨 얘기냔 듯 힐끔 돌아본다.

"할무니가 요새 좀 아프거등. 그래서……."

"할무니 안 아프다."

"……."

"아침에 나랑 쌈질도 했다."

"……."

말이 막힌다. 어떻게 설명해야 여섯 살짜리한테 치매를 이해시킬까. 만감이 엉키지만 그는 그냥 고개만 끄덕인다.

"와 그라는데? 할아부지."

그가 뒷말이 없자 뭘 안다는 건지 방아의 표정이 금세 어둡다.

"아니다. 그래, 곧 개한을 거야. 이래 이쁜 우리 방아를 두고 아프다 캐서야 말이 안 대지. 그제, 방아야."

그는 방아를 으스러지도록 끌어안고 오래오래 뽀뽀를 한다.

수화기를 놓자마자 바로 출발했던지 어느 틈에 정임이 나타나 경비실 밖에서 그들을 지켜보고 있다. 일부러 천천히 오라고 했는데 어지간히 서둘러 온 모양이다.

"방아야. 너 어린이집엔 안 가고……."

정임이 왕방울 눈을 만들어 방아를 쏴본다.

"할아부지—."

방아가 솔개 쳐다보는 병아리 눈으로 그의 품에 얼굴을 파묻는다.

월남 후유증

햇살이 경비실 안으로 깊숙이 든 걸 보면 계절이 가을 한가운데 들어선 모양이다. 그는 임시방편으로 신문지 커튼을 만들어 창틀에 붙인다. 어둑한 실내가 밝고 따스해서 좋기는 한데 눈이 부셔서 싫다. 내년 3월까지는 오후만 되면 계속 이러고 살아야 한다. 근무에 지장이 있다고 해서 경비실 커튼은 처음부터 없었다.

직사광선이 찾아드니 눈에 자꾸 신경이 쓰인다. 의사가 시키는 대로 옅은 색안경을 쓰면 보안도 되고, 하나 준비해 둔 것도 있지만, 실내에서 시커멓게 쓰고 앉았으니 남 보기가 흉물스러워 좀 불편하더라도 그냥 지내고 있다. 안약도 한동안은 부지런히 넣었는데, 하나마나여서 요즘은 책상 서랍에 두고 생각이 나면 한 번씩 넣곤 할 뿐이다.

아무래도 눈이 조금씩 안 좋아지고 있는 것만은 사실이다. 나이가 있는 데다가 퇴행성 시력과 겹쳐 더 그렇고, 그중에도 오른쪽이 더 했다.

세상에 공짜는 없다고 했는데 괜히 쓸데없는 짓을 해서 안질만 얻은 걸 생각하면 지금도 속이 상한다. 창피스러워 뭣한 자리에서는 입에 담기조차 그렇다.

경비원으로 들어오기 직전의 일이다. 아들을 잃은 끝이라 하루하루를 상심으로 보내고 있던 어느 날, 그는 일자리를 하나 알아본다고 친구를 찾아 나섰다. 같이 월남 파병에 참여했던 친구인데, 뚜렷한 일자리 하나 없으면서도 의식주 걱정 안 한다는 소문을 들었기 때문에 무슨 뾰족한 수라도 있는지 한번 알아나 볼 셈에서다.

"저런 노무 일이 있나. 약삭빠른 개가 밤눈 어둡다 카더이만 자네가 우째 그걸 몰랐을꼬. 그때 우리는 다 신청해서 지금 혜택을 보고 있다 아이가. 그게 말야……"

이렇게 시작된 친구의 이야긴즉, 너덧 해 전 보훈청에서, 파월제대장병 가운데 고엽제 후유증으로 고생하는 사람들한테 보상금을 지급하니 해당되는 사람들은 신청해달라고 공고를 냈는데, 밑져봐야 본전 아니냐며 대든 것이 성공했다는 것이다.

심사를 해서 1급 대상자는 월 70만 원, 2급 대상자는 40만 원을 매월 연금으로 받는다고 했다. 뿐만 아니라 투병 중인 사람은 계속해서 무상치료는 물론, 장애가 있는 사람들한텐 각종 시설을 무료로 이용할 수 있고, 또 경중을 가려 자녀들한테 학자금도 지급하며, 거기다가 또 자동차 같은 교통수단을 구입할 땐 각종 세금 혜택까지 받을 수도 있다고 했다.

월남 전쟁 끝난 지 30년이 넘도록 꿀 먹은 벙어리로 조용히 지내다가 갑자기 정부가 그런 선심 정책을 내놓은 데에는, 알고 봤더니 그럴 만한 이유가 있었다. 민주화를 부르짖다가 피해를 입은 사람들한테, 그들 덕으로 정권을 잡은 위정자들이 여러 모양으로 보상을 해주자, 어디 그 사람들만 구국운동을 한 거냐 우리도 결국은 나라를 위해 이런 꼴이 됐다고 들고일어나자, 마침내 보훈 정책이 그쪽으로도 팔을 내밀어 끌어안은 것이다.

선심 행정에다 그해 선거가 있었던 것도 큰 역할을 해, 신청자의 십중팔구는 혜택을 받게 되었는데, 그런 세상이 다 아는 사실을 자기 혼자만 까맣게 모르고 있었던 것이다.

이야기 끝에 친구의 말이 걸작이다.

"시상에, 각설이가 대목장을 이자뿌린다 캐서야 그게 말이나 대나 말여. 더군다나 자네는 전투부대에 있었잖아. 안 죽고 돌아온 걸 정부에서 바준다는데 그걸 까먹다이. 쯔쯔쯔."

혀를 차며 대갈일성이다.

"난 신청했다 그라더라도 어려울 거야. 고엽제가 아이거등."

"이런 꿍생원. 그라믄 나는 병이 있어 돈을 받나. 난 비둘기부

대 출신이라 총 한번 지대로 쏴보지도 않고 귀국한 사람 아이가. 그동안 더운 나라 가서 애먹었다고 준다는 건데 그걸 왜 안받아. 그런 건 안 받는 게 되려 죄가 댄다고."

"……"

이야기를 들으니 혼자만 바보천치가 된 느낌이다.

"이왕 이렇게 댄 거 우짤 수 읍구만. 차선책을 한번 찾아바야제."

"차선책이라이?"

"아마 곧 2차가 있을 거로구만. 자네같이 그때 몬한 사람이 더러 있걸랑. 그 사람들이 그냥 안 있을 거 같더라고. 그때는 체면 불구하고 대갈통을 들이밀어란 말야. 무슨 말인지 알겠제. 그때는 한잔 사야 한다."

친구는 자기 손에 든 것을 쥐어줄듯 큰 소리다.

"한잔 사는 거야 어렵잔치만……."

"이 사람이 운 겁이 이러큼 만노. 월남 갔다 온 놈치고 눈꼽 안 낀 놈은 다 받는다이까. 그라고 좀 통을 크게 잡으란 말야. 월남 갔다는 거, 그 사실 하나만으로도 충분히 자격이 있단 말이다. 꼭 죽고, 병든 놈만이 해당이 댄다는 거, 거기에도 엄청난 잘못이 있는 거라고. 말이 바로 댈라 카믄 건강하게 살아온 사람한테다 더 보상을 해야 한다, 난 그레 생각한다고. 데모한 사람들 꽁무니 따라댕기다가 사진 한번 잘 찍혀 돈 받아먹는 놈들도 있는데, 거기다 비하문 이건 고생바가지를 더퍼쓴 거 아냐. 난 조금도 부끄럽기 생각 안 한다."

"……."

지금까지 그가 살아온 세계로는 좀처럼 감이 안 잡힌다. 그렇다고 허무맹랑한 이야기만은 아니다.

"그래도 우쨌거나 무에서 유를 창조하는 거 아이가. 그러이까 정신을 바짝 채리고 대들란 말야. 알았제."

"그래, 시킨 대로 열심히 해볼게."

그날 저녁 그는 늦게까지 친구한테 붙어 살았다. 있는 소리, 없는 소리 다 들어가며 공부를 한 것이다.

흥분이 안 될 수가 없다. 소는 꿈적하면 똥 싸고, 사람은 꿈적하면 돈이라는데, 땡전 한 닢이라도 나올 구멍이 없는 마당에 잘만 하면 연금을 받을 수 있다니, 세상에 이런 고마울 데가 있는가.

이튿날 그는 바로 친구가 시키는 대로 병원에 들러 몸에 지병이 있나, 없나 그거부터 알아보았다. 개똥도 약에 쓰려면 귀하다더니, 내일모레면 예순인데도 그 나이에 안 가진 사람이 없다는 고혈압, 당뇨, 관절염, 전립선 등 어느 것도 하나 나오지 않았다. 사람 속도 모르고 찾아간 병원마다 몸 관리를 참 잘하셨다고 엉뚱한 칭찬만 늘어놓았다. 무병이 또 이렇게 사람을 곤혹스럽게 만들 줄이야, 그만 맥이 탁 풀어졌다.

"할 수 읍구마. 작전에 들어가는 수밖에는."

그의 종합검사 내역을 훑어보고 난 뒤 친구의 입에서 나온 말이다.

"작전이라이?"

"글쎄 눈 딱 감고 시킨 대로만 하라카이."

그날부터는 그가 하는 일은 몸에 없는 병을 하나 만들어, 그 걸 고엽제와 무관하지 않는 경지에 올려놓는 일이다. 근본적으로 궤도를 수정하지 않는 이상 불가능했다고 보고 수정 작업에 들어간 것이다.

"피대기라고 들어밨나?"

"피대기라이?"

생전 첨 듣는 소리다.

"오징어는 알지. 그거 덜 말린 걸 피대기라 안 카나. 우선 피대기 다리를 좀 묵어라. 바짝 서둘러야 하이까 하루 여나문 마리는 묵어야 할 기다. 물렁해서 묵기는 시울 거야."

"그건 와 묵는데?"

"일단 혈압하고 당을 기준치 이상으로 올려놔야 하걸랑."

"시운 기 아이구마."

"야, 이 친구야. 돈이 한 달에 수십만 원씩 통장에 착착 들어오는데, 그런 거에다 비하면 이건 아무것도 아이지."

"또 다른 거는?"

"달걀도 좀 묵어야 한다. 한두 개 묵어가지고는 안 대고 판으로 묵어야 하는데, 쉽게 묵는 방법은 아리켜주께. 한 판을 홀라당 다 까선 노른자만 빼담아 으깨놓고, 펄펄 끓는 냄비에다 채를 걸쳐 그걸 걸러 내린다 말이다. 그라믄 달걀이 잔치국수 모양으로 빠져나와 엉키게 대거등. 찬물로 한번 행거내고 거기에 소금 쳐 묵으면 묵기도 좋고, 물리지도 안는다카이. 한 번에 서른 개쯤 묵는 거는 일도 아이다."

"서른 개나."

"어허, 이 사람 보래. 또 저런다."

"……오냐, 알았다. 하는 데까지 해볼게."

일주일을 해보았다. 아내 모르도록 할 수는 없는 일이어서 자초지종을 털어놓고 도움까지 받았다. 하지만 혈압도, 당도 하나 변화가 없었다. 사실을 증명할 이상증후가 몸에 나타나야 하는데, 외형만 부지깽이처럼 비쩍 말랐지, 혹 새로 무슨 소리라도 한번 들어보겠다고 병원에 들러보면, 변비도 하나 말썽이 없는 건강 체질로 나왔다.

친구의 작전은 다시 수정되었다. 이번은 그냥 수정이 아니라 방향을 완전히 바꾼 것이다. 친구의 친척이 용원으로 일하고 있다는 철공소를 찾아갔다. 물론 수소문해서 백방으로 알아보고 공부한 끝이다. 이번 일은 완성도가 높은 반면에 다소 위험이 따르는 방법이었다.

산소 용접 과정에서 튀는 강한 불빛을 이용, 없는 안질을 만들어 밀어붙일 계획인 것이다. 가리개 없이 30분만 쳐다보고 있으면 망막에 손상이 생겨, 벌겋게 눈이 충혈돼 보기에도 흉스러울 뿐 아니라, 실제 시력도 오락가락한다는 데 착안한 것이다. 고엽제 후유증 가운데 가장 무서운 게 시력장애임으로, 성공률도 높으며 이로 성공하면 대부분 높은 등급을 받는다는 이점도 있다고 했다.

"여기에서 주의할 점은, 이건 어디까지나 쇼인데 잘못대문 정말 실명되는 수가 있다이. 위험부담을 안고 하는 거니 만큼 조심해야 댄다. 쇠 뿔 고칠라 카다가 소 죽으믄 큰일이제. 그러이까 한쪽은 기술적으로 가리는 게 졸 기다."

꼭 자기가 그렇게 한 듯, 성공한 유경험자의 사실을 늘어놓았다.

그런데 그 일을 시작한 지 사흘 만에, 아직 병원에 가서 제대로 검사도 한번 받지 못하고 낭패에 부닥쳤다. 어떻게 알았던지 아내가 알고는 펄쩍 뛴 것이다. 잘못되면 여생을 장님하고 살아야 하는데 그런 그림을 그려보자 끔찍했던 건 아닌지 모르겠다. 달걀을 먹을 때만 해도 당신 몸 당신이 마음대로 하는데 내가 뭐라겠소 하고 히쭉, 일소에 붙이고 말더니만 이번엔 딴사람으로 대들었다.

"당최 꿈도 꾸지 마소. 쌀독을 겨누고는 쥐도 안 잡는다 안

카요. 내가 이러큼 말리는데도 자꾸 그라믄 이젠 내가 가마이
안 있을 거로구마."

"가마이 안 있으믄?"

"뒤따라 가 거짓부렁한다고 일러바치지."

"이거, 구데기 무서워 어디 장 담그겠나."

"당신 천 년, 만 년, 살 거 같제. 사람 한평생 그거 잠깐이구
마. 알기를 그래 알고 고만 어지간하믄 생긴 팔자대로 사시오
잉. 적기 묵고, 적기 쓰믄 델 거 아이라. 설마, 산 입에 거미줄 칠
라고."

"매월 70만 원 나오는 거하고 눈 한 짝하고 바꾸는 건데, 아
이 바꾸는 기 아이라, 나중에 치료하믄 다시 돌아온다 카는데
와 자꾸 그라노. 아모리 생각해도 손해 보는 장사는 아이지 시
픈데."

그가 한번 구슬려보았다.

"이자, 사람이 아주 미쳤구마."

"미치다이?"

"떡 팔아 눈 고칠라 카는 사람은 바도 자기 눈깔 빼다가 떡
사 먹을라 카는 사람은 시상에 이녁밖에 읎다 아이라. 그게 미
친 짓 아이고 머꼬."

아내가 핏대를 세우고 대들었다. 그의 작전은 보훈청 문 앞
에, 아니 철공소 졸업도 못하고 사달이 나고 말았다. 말이 좋아

남이 장에 가니까 거름 지고 따라가는 거지. 그것도 하는 사람이나 할 일이지 아무나 하는 건 아니었다.

"당신 맘 나도 다 아요. 수명은 자꾸 는다 카지, 수중에 쥔 건 읎지, 그 심이라도 있을 때 꿈적거려 보겠다 카는 건데 그걸 내가 와 모르겠노. 그래도 자리 바가믄서 똥 싼다고, 대들 데를 대들어야제. 몬 올라갈 나무는 쳐다보지도 마라 안 카요."

듣고 보니 아내의 말이 백번 옳았다. 괜히 고생만 했고, 더군다나 눈 고생은 안 할 걸 하고 있다. 잘못되면 실명할 수 있다고 얼버무려도 설마 했었는데, 땜질하는 데서 튀는 불빛이 그렇게 독할 줄은 몰랐다.

그는 안약을 넣고 눈을 감는다. 안약을 넣을 때마다 느끼는 일이지만 그만해도 다행이란 생각이 든다.

감은 눈 속으로 아까 제 고모를 따라가면서 울먹울먹한 얼굴로 뒤를 자꾸 돌아보던 방아 얼굴이 자꾸 밟힌다.

그는 휴대폰을 꺼내 들었다. 아무래도 마음이 안 놓인다. 집에다 단추를 누른다.

"예. 아버지."

정임이 받는다.

"방아는?"

"유아원에 댈다났는데 아직 안 왔습니다."

"알았다. 애한테 너무 야단치지 마래이. 너는 꼭 큰애 잡듯

하는데, 아즉 철도 안 든 놈, 그래 몰아선 안 댄다."

"참 아버지도. 거기 기시문서 조선 걱정은 다 하시네. 지가 알아서 한다카이요."

"오냐, 오냐."

그는 휴대폰을 접는다.

인생유전

저녁 먹고 벌써 세 번째 화장실을 다녀온다. 변의만 사람을 못 견디게 괴롭혔지 변기에 앉아 있어봐야 개운한 구석은 하나도 없다. 복부만 자꾸 뒤틀리고 쓰라렸다.

두 번째 다녀 나올 때 그는 이미 몸뚱이가 자신의 성깔에 거부반응을 보인다는 걸 알았다. 유순한 척만 했지 결코 자기가 유순한 사람이 못 된다는 것도, 자신과의 타협에서 승부가 나지 않을 때 나타나는 심인성 설사라는 것도 그는 정확하게 알고 있다.

점심나절 조금 지나서 그는 박 소장과 강 회장이 관리사무소 모퉁이에서 귓속말 나누는 걸 보았다. 화장실 다녀오다가 먼발치에서 잠깐 본 것으로 그때 그들 표정이 몹시 어두워 보였다. 강 회장이 열어놓은 자기 승용차 문손잡이를 잡고 있는 것으로 봐, 마주친 김에 나누는 이야기 같았는데, 그게 이상하게 신경을 건드리더니만 그때부터 그만 속이 울렁거리고 곧장 아랫배에 통증으로 붙었다.

벌써 여남은 번도 더 해본 거지만, 박 소장의 주문은 아무리 좋게 받아들이려 해도 이해가 안 된다. 오후 내내 그 일로 시난고난 시달려야 했다. 잘못이 없는데도 사과를 한다는 건 굴욕이고 천박함이다. 조직사회에는 호불호를 떠나 체제가 보호받아야 하는 미덕이 있다. 그런 쪽으로 여러 번 생각해 보았지만 이건 아닌 것이다. 주종관계에서 오는 상전의식이 작용하는 것 같아 안타까움에다 괴롭기까지 했다. 삭지 않은 그 분통이 설사로 배설되는 듯 보인다. 거기에다 난데없는 큰조카한데서 걸려왔다는 전화까지 끼어들어 더했다.

그는 생각난 김에 조카 번호를 한 번 더 눌러본다. 수첩을 펴놓고, 돋보기까지 꺼내 쓰고는 한 자, 한 자 확인해 가며 누른다. 그거라도 뚫어지면 좀 나을까 싶어서다. 벌써 네 번째다.

〈수신자 사정에 의하여 전화를 받을 수 없습니다.〉

또 그 소리가 나온다. 수신자의 사정에 의해 전화를 받지 않는다면, 전화 가진 사람이 안 받겠다거나 못 받을 형편이라는 뜻인데, 도대체 그렇다면 전화는 왜 가지고 다니는 걸까. 휴대폰 창에 이쪽 번호가 뜰 것 아닌가. 제대로 지 삼촌 전화번호를 알고 있기나 한 건지 모르겠다. 알 수야 없지만 일부러 안 받는지도 모를 일이다. 지금까지 처신하는 것 보면 충분히 그럴 수도 있는 인물이다.

그렇지 않아도 설사로 시난고난하는 참인데 저물녘이 다 돼서 정임한테서 전화가 왔다. 큰집 오빠가 아버지를 찾더라고 했다. 근무하러 나갔다니까 알았다고는 아버지한테 바로 말씀드리겠다면서 전화를 끊더라는데, 그래서 전화를 받았는지, 받았으면 무슨 일인지 궁금해서 전화를 냈다는 것이다.

집안에 남세스러운 일이 하나 있다는 건 정임이도 다 알고 있고, 그게 걱정돼 건 모양이다.

그 전화가 있고 한 시간을 더 기다려도 기척이 없어, 그가 먼저 조카한테 전화를 내보았다. 그런데 어디에서 전화를 했던지 그가 알고 있는 조카의 번호로는 엉뚱한 소리만 자꾸 나왔다.

큰집 조카니까 명색 장손이고, 따라서 잘나나 못나나 집안에선 축이고 대들보다. 거기에다 지금 간곡히 기다리는 것도 하나 있다. 그래서 더 궁금한 것이다.

처신을 어떻게 하면서 사는지 모르지만 하는 일마다 가탈이라, 그쪽 전화는 와도 겁나고 조용해도 겁이 나, 근간에 와선 안 듯 모른 듯 무소식이 희소식으로 적당히 지내고 있는 참인데, 오늘 전화가 왔다는 것이다. 안 들었으면 모르지만 들은 이상 신경을 안 쓸 수가 없다.

큰아이가 죽고 다음 해다. 모처럼 선산을 다녀왔다. 제 부모

산소를 모처럼 갔으니 그것부터가 생각해 보면 부끄럽기 짝이 없는 일이다. 산다는 게 삼시 세 때 입 건사하는 게 모두인데, 거기 매달려 헉헉하다 보니 선산 못 찾은 지가 몇 년을 건너뛰었는지 아득한데다가, 그러나 그런 불효막심함보다 아내의 성화를 더 이상 버틸 수가 없어 찾은 것이다.

하는 일마다 꼬이고, 제대로 풀어지는 게 없자 죽어도 점은 안 본다던 아내가 어디 가서 한번 물어본 모양이다. 둘 있는 자식이 하나도 제대로 풀리지 않자 지푸라기라도 잡는 심정으로 한번 알아본 것 같았다. 남편 형제 가운데 회갑 앞에 죽은 이가 있어 그 양반 원귀가 자꾸 괴롭히고 있다. 그 귀신의 함원을 풀어주지 않으면 앞으로 더 어떤 험한 꼴을 볼지 모른다는 괘가 나왔다고 했다. 무슨 일이 있더라도 그건 풀어야 하는데, 그 방법으로 고인의 한복 한 벌을, 두루마기와 조끼에 대님까지 마련해서 그분 산소 앞에 들고 가 사르고 제를 올리라는 것이다.

그에게는 위로 형과 아래로 누이가 하나씩 있다. 형은 회갑 나이를 못 채우고 세상을 떴다. 벌써 십수 년이 넘는다. 누이는 결혼하자마자 남편과 사별했고, 이내 재혼은 했으나 재혼한 남편도 중병을 앓아 요즘도 사는 게 말이 아니다. 제매弟妹 만나본 지도 언제 적 일인지 아득하다. 해서는 안 될 말인 줄 알면서도, 저래 살 바에야 하루라도 빨리 죽는 게 본인한테는 말할 것도 없고, 가족한테도 편하다는 말을 툭 던지고 온 뒤로 발걸음을 끊다시피 하고 있다. 아직 아무런 연락이 없는 걸 보면 그냥 그대로 살고 있는 모양이긴 한데, 그러자니 그 삶이 오죽하랴.

처음엔 객쩍은 소리라곤 한쪽 귀로 듣고, 한쪽 귀로 흘렸으나 일이 이 지경에 놓이고 보니, 안 들었으면 모르지만 들은 이상 조용히 있을 수만은 없는 노릇, 결국 그는 좋은 게 좋다고, 당장 대들었던 것이다. 액땜만 하고 나면 순풍에 돛 단 배라는데 가만히 있을 사람이 누가 있겠는가.

그런데, 이런 놈의 해괴망측한 꼴을 보았는가. 거기 형님 무덤 윗자리에 있어야 할 아버지 묘소가 온 데 간 데 없었다. 자드락으로 봉분이 있던 자리가 포탄 떨어졌던 자리처럼 움푹 파여 구덩이로 변해 있었고, 그 위를 칡이 쑥대머리로 얽혀 뒤덮고 있었다. 묘비도 해두었다는데 그것도 보이질 않았다. 하도 어처구니없는 일이어서 처음엔 혹 잘못 찾은 줄 알고 주변을 한참 헤매기까지 했다. 언덕배기 너설을 피한 자리가 분명한데 그 모양이 돼 있었다.

"도대체 이기 우째 댄 일이고?"

동행한 조카를 보며 물었다.

"……"

놀란 건 조카도 마찬가지다. 백짓장 얼굴로 빈 구덩이만 하염없이 내려다보고 있었다.

얼른 짐작에, 어떤 정신 나간 놈이 면례細禮를 하면서 자기네

산소로 잘못 알고 이장한 모양 같았다. 그렇지 않고서야 그런 꼴이 벌어질 수가 없다.

"작년에 왔을 적에도 이래 대 있더나?"

"……."

묵묵부답. 조카는 고개를 있는 대로 빼서는 이번엔 먼데 하늘만 멀거니 쳐다보았다.

"와, 말을 안 하노."

그가 역정을 낸다.

"……."

"안 왔던 갑구나."

"……작년엔 좀 그런 일이 있어 몬 와봤심다."

"……."

이제 그가 말을 못했다. 억장이 와르르 무너진다. 벌써 구덩이 보니까 어제 오늘 일이 아니었다. 괭이자루로 써도 될 굵직한 잡목이 그 속에서 크고 있는 걸 보면 이미 여러 해 전에 만들어진 일이다.

텅 빈 구덩이로 둔갑을 한 아버지의 무덤을 한참 내려다보고 있자니 누가 목을 죄듯 숨통이 막힌다. 아내가 물어봤다는 그 점쟁이가 귀신인가 싶기도 하고, 일이 이 지경에 이르렀으니 우환이 안 끊기는구나 싶은 생각에다. 영혼이 있는지 없는지 모르지만 나중에 하늘나라에서 만난다면 어떤 말로 변명을 늘어놓아야 좋을지 모를 송구함과 서러움하며, 온갖 잡동사니 불안들이 머리통을 어지럽게 뒤집어 놓았다. 어쨌거나 오긴 잘 왔다 싶다. 안 왔으면 이런 상황까지 모르고 그냥 지냈을 것 아닌가.

"……죄송합니다, 작은아버지. 작년에도 몬 왔고 그 전해도 몬 와봤심다."

"머라꼬?"

듣자니 기도 안 찼다.

"할 말이 읍심다."

"그라믄 그동안 벌초도 안 하고, 묘사도 안 지냈겠네."

"……"

계속 꿀 삼킨 벙어리다. 고개를 있는 대로 빼서는 떨어뜨리고 있는 꼴이라니, 응분의 처분만 기다리는 대역죄인 따로 없다.

"그때 상석床石은 해났다 카더이만 우째 댔노? 그거도 안 보이네."

상석만 붙어 있다면야, 거기엔 최소한 직계비속의 이름이 들어 있기에 남이 손을 댈 턱은 천만에 없다.

"……몬 했심더."

"나한테 해났다고 안 캤나. 난 그래 들었는데."

"거짓말했심다."

이제 노골적으로 꺼내놓는다.

"야, 이눔아. 그때 그거라도 하나 해났더라믄 이런 꼬라지는 안 볼 거 아이가. 시상에 이런 남사서른 꼬라지가 어데 있노."

"우째다 보이……. 입이 열이라도 할 말이 읍십다. 죄송합다."

"후우—."

나오는 건 한숨뿐이었다. 말본새 돌아가는 것 면 요새만 못 와본 게 아니라 근년에 와선 아예 거들떠보지도 않았음이 분명했다.

큰아이 결혼하던 해 일이니까 7, 8년 전 일이다. 고향 떠났다고 집안 경조사를 무작정 큰집 조카한테만 맡겨놓고 돌아다닌 잘못도 있고 해서, 아버지 산소에 상석 하나만이라도 내 힘으로 해놓는 게 짐을 더는 것 같아. 그러나 그것도 여윳돈이 있어 한 게 아니라, 변통으로 마련해서 부쳐주었다. 그해에는 아이가 백 대 일이니 어쩌니 하는 취업 관문을 뚫은 데다 혼사까지 치른 겹경사 끝이라, 윗대의 영검을 입지 않았다고도 볼 수 없어, 보은을 겸해 큰맘 먹고 한 것이다. 세상에 부모 없는 자식이 있는가, 음덕을 안 생각할 수가 없었다. 그런데 이게 무슨 꼴인가.

표 나게 도와준 건 없지만 그래도 믿고 의지했던 장손이다. 없이 살아도 장손에 거는 기대는 남달랐는데 일이 이 지경에 이르고 보니 너무 허망했다. 그는 그 자리에 엉거주춤 주저앉았다. 다리가 풀려 서 있을 힘조차 없다.

조카는 산꼭대기에 걸려 있는 구름장을, 그는 계곡 건너 〈산

불조심〉을 하염없이 바라보다가 이윽고 그가 입을 열었다. 이왕 지사 그렇게 된 거 자꾸 토닥거려 될 일이 아님을 알고 스스로 문제를 푼 것이다.

"……죄송할 거사 머가 있노. 한 다리가 천 리라 캤는데 자식 도 안 와보는 걸 손자가 머가 답답해서 매달리겠노. 너한테도 그런 사정이 안 있었겠나. 이왕지사 이래 댄 거 아이가. 무신 방 법이 안 있겠나. 가마이 보이, 어떤 사람인지는 모르지만 멀 잘 몬 알고 남 산소에다 손을 댄 거 갓다. 일이 꼬이느라고 그런데 우짜겠노. ……에잇, 미친눔들."

미친눔들이라고 욕감태기를 토해 놓긴 해도 누가 누구를 나 무라고 있는지도 모를 판이다.

원래 무지렁이로 살아온 착한 사람인데, 삼촌을 속이고 선산 이 저 모양이 되도록 두자면 제 삶이 얼마나 핍박했을까. 지차之 次가 무슨 유세인가, 이런저런 구실을 달아 와보지 못한 자기한 테는 과연 면죄부가 성립될까 하는 자책감이 죄의식으로 전신 을 휘감았다.

"작은아버지. 할 말이 읍심다. 올부터는 지 형편도 쪼금씩 나 아지고 하이. 천지개벽을 해도 할아버지 유해는 지가 책임지고 찾겠심다."

기가 팍 죽은 조카의 뉘우침이다. 자격지심으로 죄밑이 돼 하는 말이지 벌써 그사이 세월이 얼마나 흘렀는데 찾기는 무슨 재주로 찾는다는 건가. 액땜이고 뭐고 아무것도 못한 채 종일 장탄식만 쏟아놓고 돌아와야 했다.

그날 뒤로 조카한테서는 잊을 만하면 한 번씩 안부 전화만 있다가, 요새 와선 그것도 뜸했었는데 오늘 전화가 왔다는 것이다.

하소연

⟨23 : 00⟩

그때까지도 조카한테서는 기척이 없다. 계속 전화도 받지 않았고, 집으로도 더 이상 연락이 없다고 했다. 또 희한한 꼴을 다 본다. 분명히 무슨 곡절이 있을 텐데…….

그는 휴대폰을 한 번 더 눌러보곤 또 먹통이자 이윽고 생각을 접는다. 포기를 한 것이다. 짬짬으로 대여섯 번도 더 두드린 끝이다.

수그러든 건지, 속에 든 것이 다 나와 조용한 건지 자정이 가까워서야 복부 고통은 좀 덜했다. 그는 그때서야 시장기를 느낀다. 일부러 안 먹은 거지만 저녁을 먹지 않았다는 사실이 조붓이 켱긴다. 성한 정신에 아내가 알았다면 무슨 소리가 나올지 모를 일이다. 아내가 가장 싫어하는 소리 가운데 하나가 끼니

놓쳤다는 이야기다.

벌떡, 의자에서 일어난다. 오랫동안 중병을 앓아누웠다가 일어난 끝처럼 조금은 개운한 기분이다. 창밖으로 정문 경비실이 눈에 들어왔다. 아니, 그쪽을 찍어 본 것이다.

경비실 통유리창에 고 반장의 상체 그림자가 어른거린다. 흡사 그려 붙여놓은 그림 형국이다. 한참을 지켰는데도 꿈쩍도 않는다. 혼자 있고, 정 위치에 앉아 있을 땐 항상 저런 그림이 나온다. 오뚝이처럼 꼿꼿하게 앉아 있는 그림은 사람을 고지식하게도, 쓸쓸하게도 만들어 그에게 보여주곤 했다.

매점으로 향했다. 소주 한 병과 달걀 두 개를 달라고는 둘둘 말아 싸들고 바로 정문을 들른다. 일쑤 있는 일이다. 근무 중 유일하게 스스로를 위로하는 방법이다.

"어, 꿀꿀하던 차에 마침 잘 왔네."

언제나 그렇듯 고 반장은 바보 같은 헤픈 웃음으로 그를 맞아준다.

"……."

그는 따라 웃는 것으로 대답을 대신한다. 순간 과부 마음은 과부가 안다는 느낌을 받는다. 고 반장은 바닥에다 신문지를 펴 술상을 본다. 술병만 보면 선착순으로 나오는 솜씨다. 커피포트에다 달걀을 받아 넣고 코드를 꽂으면서 묻는다.

"무슨 바람이 불었어? 소문도 읍시."

보통 인터폰으로 사전 이쪽 분위기를 파악하고 오는데 그것도 없이 불쑥 들이닥쳤더니 이상했던 모양이다. 그는 컵에다 소주를 따르면서 대답을 질문으로 받는다.

"무신 생각을 그러큼 골똘하게 하고 있는 거요?"

"생각은 무슨 생각?"

"앙이, 아무 생각도 읍시 그래 곳곳 앉아 있단 말요."

"그라믄 춤이라도 추까. 빌소릴 다 듣겠네."

"그래 말하문 이야기는 다 끝난 거고요."

옹이가 없는 대화에 두 사람 특유의 친밀감이 흐른다. 반장이 첫잔을 들이켜고는 말했다.

"주차 문제 저거 참 보통 문제가 아냐. 차는 자꾸 불어나지, 갈수록 점점 더 심하다카이. 그렇다고 무슨 대책이 있는 거도 아이고."

말투로 봐서 꼿꼿한 유리창 그림이 그 문제 때문인 듯 들린다.

"그야 어쩔 수가 읍는 거 아이라요. 천지개벽이라도 하문 모르지만."

"우리헌테 자꾸 피해가 돌아오니까 하는 얘기 아니우. 그게 어디 우리가 덮어쓸 일은 아이잖아."

"와 또, 무슨 일이 있었어요?"

주차 문제라면 언제 어디서 나와도 그에게는 민감하게 작용한다.

"어제 109동에서 또 한번 난리를 쳤등가 바."

"······?"

그는 일단정지 상태로 고 반장 입을 쳐다본다. 어제 일이라면 갑반 사람들한테 벌어진 일일 테다.

오늘 아침 인계인수를 하면서 들었다는 고 반장의 이야기는 이러했다.

각 동마다 지상에 장애인 표시 주차장이 두 면씩 있는데, 그동에 장애인이 있고 없고는 무관하게, 그곳은 항상 비워두게 돼 있다. 그건 상식이고, 여기에서는 생활수칙이며, 지키지 않는 사람들은 제재를 받는다. 경비원의 임무 가운데에 그 제재가 들어 있다.

주민 한 사람이 그걸 무시하고 장애인 표시 위에다 차를 댔고, 경비가 주의를 주자 오히려 큰소리로 대받았던 모양이다. 충분히 그림이 그려지는 일이다. 시작은 주차 문제였지만 감정 문제로 비화, 마침내는 욕설까지 오고갔다는 것이다.

가끔, 잊을 만하면 한 번씩 불거지는 일이다. 십중팔구는 그러다가 경비원 쪽에서 시무룩이 주저앉아주는 게 보통 나오는 연출인데, 아마 이야기 나오는 가락이 끝장을 본 모양이다.

"젊은 놈이 경비원 멱살을 잡았던가 바. 그게 말이 되나 말여, 애비 같은 사람한테. 나중에는 순경이 오고 그랬던 모양인데……."

"109동이라믄 그 양반, 문 씨 아이라?"

퍼뜩 떠오르는 사람이 하나 있다.

"아마 그럴 거구만."

"나도 그 양반을 조금은 아는데, 말하는 거 들어보이까 직책이 경비지 보통 영감 아이겠던데."

"임자가 그 사람을 우째 안다고?"

"노조 문제로 우리 구 씨랑 그런 게 좀 있었거등요. 소문 들어보이까 버스 안에서도 애들이 얼른 안 일어나고 조는 척 꾸무적거리문 그 자리에서 일으켜 세운다는 사람 아녀."

"아, 그래. 그러이까 그런 난리를 쳤구만."

"순경까지 왔다문 좀 시끄러웠겠는데요."

"같이 파출소까지 갔다 그러지, 아마."

"저런 노무 일이 있나. 인생말년에 모두 욕보는구만."

그가 황소 얼음 밟은 눈을 만든다. 동병상련에서일까, 한숨이 샌다.

"지는 게 이기는 건데, 그 나이가 대자문 그런 건 충분히 알 사람들이……. 그리고 힘읎는 사람이 져조야지."

"……."

"힘읎는 사람이 이길려고 하이까, 일이 크게 벌어지는 거 아이라."

처음엔 그냥 들어 넘겼는데 두 번째 이야기에 그는 들고 있던 잔을 놓았다. 그냥 들으려니까 좀 그랬다.

"반장님도 참, 지금 누구 편을 드는 거요. 그건 그래 얘기해선 안 대죠. 힘읎는 놈이 대들자면 그게 오죽했겠수."

말에 감정이 담긴다. 고 반장이 허허허, 한참 웃고는 말한다.

"꼭 제압으로 이기는 거만이 능사가 아이라카이. 손자병법 한번 봐요. 그게 보문 쌈 안 하고 이기는 게 상책으로 나와 있다구. 그러이까, 남 뵈기엔 진 거 같지만 그게 진 기 아이라니까."

"……"

할 말이 없다. 지는 것도 이겼다는 사람 앞에 무슨 할 말이 있는가.

그는 고 반장의 이야기를 들으면서 머릿속으로는 얼마 전 103동 지하주차장에서 있었던 일을 하나 떠올리고 있었다. 그 일도 참 묘했다.

아침 일찍 707호 아주머니가 짜증이 잔뜩 묻은 얼굴로 경비실을 찾았다. 지금 자기네 차가 움직여야 하는데 907호 차가 앞을 가로막고 있어 꿈쩍할 수가 없으니 연락을 해서 좀 빼달라는 것이다. 바로 연락을 했다. 아주머니가 내려왔다. 이야긴즉, 조금 전 남편이 목욕탕에 가면서 열쇠꾸러미를 들고 나갔다는 것.

같이 주차장으로 내려갔다. 707호가 딸아이 아침 학원 보내려고 내려와 보니 907호 차가 막고 있어 연락했다는 것이다. 딸아이는 승용차 안에서 시간 없다고 발을 동동 굴렀다.

"나오지도 않는 전화기만 자꾸 누르면 어떡해요. 얼굴 보자고 부른 것도 아닌데……. 가부간 무슨 대책을 내놔야죠."

707호는 계속 인상을 그으며 역정을 냈다. 옆에서 보자니 기도 안 찼다. 못마땅한 얼굴로 당하고만 있던 907호가 무슨 생각을 했던지 스웨터 주머니를 뒤적거리더니만 만 원짜리 한 장을 꺼내 들고 학생한테 가서 타일러 학원을 보냈다.

그날은 그렇게 얼버무려 넘어갔는데 일주일쯤 뒤 907호가 707호를 찾아간 것이다. 학원까지 15분 거리밖에 안 되는데, 거스름돈은 어찌 됐느냐며 이번엔 역으로 907호가 모질게 따져 707호를 홍당무로 만들어놓았다. 거스름돈을 받아오면서 일부러 들렀다고는 그에게 이런 말을 했다.

"저런 인간은 똑같이 대해줄 필요가 있다고요. 한 골목에 산다면 서로가 편리도 봐줄 줄 알아야 하는데, 그날 내가 당한 거 봤지요. 그게 이웃한테 할 짓인가요. 그날 일만 생각하면……."

아무런 관계가 없는 제3자가 들어도 그런 어처구니없고 딱한 일이 없다. 자고 새면 부딪힐 사람들인데 앞으로 어떻게 낯을 들고 만나려는지 그가 걱정이 더 됐던 일이다.

하소연

"모두 얌똥머리가 읎서 그런 거라고."

괜히 고 반장이 열불을 올린다.

"얌똥머리요?"

"그렇제. 그게 얌똥머리 읎는 짓 아이가. 장애인 표시를 해났으문 거기는 당연히 비워놔야지. 남이 만든 것도 아이고, 저네들이 만들어논 거잖아."

"……."

그는 듣고만 있다. 그게 말처럼 그렇게 딱 부러지는 게 아니기에 말이다.

"한 사람, 한 사람은 모두 똑똑한데, 똑똑한 사람들을 모아노니까 저런 일이 생기는 거야. 분리수거 해논 거 한번 보라구. 그 사람들이 몰라 그래 한 건 아이잖아."

"댔습니다. 우리 고만 일장만 하입시다."

안 그런 사람인데 어디서 수가 틀어졌는지 오늘따라 수다가 제법이다. 그는 좋게 받아들인다. 가급적이면 남은 시간만이라도 신경을 덜 쓰고 지냈으면 싶다. 여길 찾은 것도 그래서 찾은 것이다.

고 반장이 자기에게 주어진 정량, 네 번째 잔을 마저 비우며 이른다.

"자, 들어요. 그런데 오늘은 임자 술잔이 와 이카노?"

사실 그는 그때까지 한 잔만 비우고 속을 달래고 있던 참이다. 이상하게 더 이상 받아들이질 않았다. 주차 문제가 자기도 모르는 틈에 〈오천평〉을 건드린 건 아닌지 모르겠다.

"오늘은 좀 그러네요."

"그럼 머 한다고 술은 가지고 왔어요?"

"갠찮을 줄 알았더이만……."

그런데 갑자기 변의가 새로 꿈틀한다. 참으려니 절로 인상이 구겨진다. 몸도 뒤틀린다. 고 반장이 뚱한 눈으로 보며 이른다.

"앙이 오늘은 와 이러지."

"안 대겠습니다. 그만 가야대겠……."

이야기 중간에서 밑도 끝도 없이 이 말 한마디를 흘려놓고는 그는 벌떡 일어난다. 허리춤을 싸잡아 쥐고는 바로 화장실로 향했다.

"사람 또……."

고 반장의 어물쩍하는 소리가 뒷덜미에 감긴다.

아름다운 흉터

승강기 앞에 사람들이 잔뜩 밀려 있는 것을 보고 그는 계단 길로 들었다. 아내를 앞세우고 오른다. 신경계통 질환의 진료실은 모두 3층에 있다. 오늘같이 복잡할 땐 걷는 게 오히려 편하다.

"자빠질라. 난간을 꼭 잡고 천처이 걸어라."

힐끔 돌아보는 아내의 안색이, 말참견이 귀찮아 보인다.

"이녁도 참 말 만타. 나도 그런 요랑은 있구마."

"요랑이 있다 카문서 와 자꾸 사람을 시껍시키노."

"고만 듣기 실타카이."

"그래, 그래, 내가 잘몬했다. 이녁 조흘 대로 해라."

안 그렇더니만 요샌 말만 붙이면 꼬리를 잡는다. 신경을 건드려 그런지 오늘따라 동작이 되게 굼뜨고 뒤퉁스럽다. 정신이 흐리면 동작은 오히려 재바르지 싶은데 아닌 모양이다. 하긴 한 나이라도 더 보태졌으니 못하면 못했지 나을 턱은 없을 것이다.

아직 진료 시각은 멀었는데 3, 40명은 충분히 앉을 수 있는 대기실 의자는 벌써 빼곡하다. 사이사이 드러누운 환자들이 있어 더했다.

올 때마다 느끼는 일이지만 여기 환자들한테서는 웃는 꼴을 못 본다. 웃는 건 고사하고 제대로 편 얼굴도 찾기가 힘들다. 하나같이 체한 사람 얼굴에, 우거지상들이다. 하긴 종착역이 멀지 않은 곳에서 기다리고 있고, 그나마 신양으로 허덕이는 판인데 뭐가 좋아 웃음이 나오겠는가. 허물거릴 수밖에 없을 것이다. 행색이 그렇고, 표정이 그렇고, 눈빛이 그렇다.

잠시를 못 있고 사지를 흔들어대는 사람, 끙끙 앓는 사람, 혼자 힘으로는 가만히 앉아 있기도 힘이 들어 흐느적거리는 사람, 아예 휠체어에 맡겨놓은 사람, 기껏 성한 사람이 지팡이에 의지한 사람이다. 할 말은 아니지만 집에 있으나 산에 있으나 마찬가지인 살 만큼 산 사람들, 오늘 세상을 떠난다 해도 누구 하나 슬퍼해 줄 이도 못 둔 듯한 사람들, 할 수만 있다면 당장이라도 생명줄을 스스로 놓고 싶은 사람들…….

내 힘으로 사는 데까지 살다가, 굴신이 어렵고 남 도움 없이 움직이지 못할 처지에 놓이면, 쥐도 새도 몰래 하늘나라로 가는 방법이 없을까. 조물주가 조금만 더 신경을 써 그런 장치까지 만들어놓았다면 정말 칭송을 받을 텐데, 돼먹잖은 생각들이지만 주변 환자들을 돌아보자 오늘도 또 그런 생각이 든다.

언젠가 그걸 이야기라고 〈2문〉 조 씨한테 슬쩍 한번 던져봤더니, 풀쩍 뛰면서 대받는 소리가 걸작이다.

"나는 아이라고 생각한다. 누구 조라꼬. 자식놈들도 부모 병수발로 최소한 5, 6개월은 고생시켜야 대능구마. 우리가 뼛골이 빠지도록 키워논 게 있는데, 다는 몰라도 반은 보상받아야제."

그것도 번듯하게 키워놓은 자식이 있을 때 하는 얘기지 누구한테나 다 해당되는 건 아닐 테다.

그런 생각들을 하며 두리번거리는데, 구석자리에서 보호자로 따라온 듯한 사람이 자기 자리를 내주며 일어난다. 고맙다는 인사를 하고 아내를 앉힌다.

입원실 회진을 마친 의사들이 각자 자기 진료실에 들어온 건 10시가 조금 지나서다.

아내는 안내 모니터 화면에 뜬 대로, 여섯 개 진료실 가운데 세 번째 방에 네 번째 환자로 들어갔다. 입구에 사진과 함께 붙은 팻말에 의하면 주치의는 박사에다 과장, 미국에서 교환교수 2년, 독일에서 연구과정 1년 등 든든한 실력을 갖춘 사람이다.

아내를 의사 앞에 앉히고 그는 옆으로 붙어 서서, 조금 전 밖에서 기다리는 동안 뽑아놓은 혈압 체크 쪽지를 내놓는다. 의사는 책상 위에 두툼하게 쌓인 카드와 PC 화면에 뜬 자료, 혈압 체크 쪽지 따위를 훑어보면서 그에게 묻는다.

"좀 어떻습니까?"

들를 때마다 첫 질문은 똑 같았다. 어떠냐고 묻고 싶은 건 자기 쪽인데 의사가 먼저 물으니 별로 할 말도 없다.

"자앙 그러습니다. 차도가 좀 있는 거 같기도 하고, 기냥 그런 거 같기도 하고⋯⋯."

그의 대답도 매번 비슷했다. 그건 사실이다. 병원을 계속 다녔기 때문에 그 정도 선에서 묶여 있는 건지, 그로선 알 수가 없다. 어찌 보면 그냥 내버려두어도 더 이상 변화는 없을 것 같은 생각도 한 번씩 들었다.

"특이한 증세는 없었고요?"

아내는 멀뚱한 눈으로 계속 듣고만 있고 대답은 그가 한다.

"긴가민가해서 알 수가 있어야지요. 뒤퉁스러운 짓을 곧장 하다가도 멀쩡할 땐 거짓부렁같이 멀쩡하이까요."

"음식 드시는 건?"

"묵는 거 하나는 여전합니다."

"더 나쁘지 않다는 건 좋아지고 있다는 걸 의미하거든요. 지금 조금씩 좋아지고 있는 겁니다. 혈압은 계속 떨어지고 있는데 이것도 좋은 현상이고⋯⋯."

"⋯⋯."

그는 고개를 끄덕인다. 그렇다니까 그렇게 받아들일 수밖에.

"주무시는 건 어떻습니까?"

"잠 하난 한도, 원도 읍시 실컨 자는구마."

조용히 듣고 있던 아내의 대답이다. 예상 못했던 반응이었던 지 의사가 움찔하며 시선을 아내한테 던진다.

"아, 그래요. 밤중에 깨는 일은 없고요?"

직접 아내한테 묻는다.

"깰 때도 있지예. 볼일을 바야 하이까."

아주 천연덕스럽다. 이럴 때는 누가 봐도 환자는 아니다.

"……"

의사가 히죽이 웃으며 알겠다는 듯 고개를 끄덕인다. 그가 의사한테 묻는다.

"그런데 무게는 묵는 양치고 좀 줄었거등요. 밖에서 혈압 재 며 한번 달아봤습니다. 첨보다 4키로가 더 빠졌네요. 누가 그러 는데, 이런 병은 살이 붓는다고 그라던데, 그렁 거하곤 관계가 읍심니까?"

"누가 그럽디까?"

의사가 웃는다.

"그냥, 소문에."

"조금 빠지는 게 낫습니다. 나이 든 분한테 살이 올라 좋을 건 하나도 없습니다."

"……"

또 그가 고개를 끄덕인다. 카드를 한참 뒤적거리고 나서 의사가 말했다.

"다른 건 그냥 지켜보기로 하고 혈액 검사만 한 번 더 하겠습니다. 언제든지 시간 날 때 병원에 와서, 하고 가시면 됩니다. 그날은 공복으로 오셔야 합니다. 자세한 건 나가셔서 간호사한테 물어서……."

"알겠심니다."

"제약은 지난번하고 똑같이 했으니까 그렇게 아시고. 운동을 많이 시키세요. 연세가 있고 하니까, 유산소운동으로 자꾸 걸으면 됩니다. 그게 큰 치룝니다. 정신질환에 운동은 다 보약이니까요."

"예."

그는 아내를 일으킨다. 그동안 경험으로 약 이야기가 나오면 진료는 끝났으니 나가도 좋다는 걸 의미한다. 수납창구를 들러 현관문을 나오는데, 그때까지 조용히 따라 나오던 아내가 묻는다.

"우리 여게는 와 왔노. 여게 병원 아이가?"

"……?"

"나 때매 온 거가, 이녁이 아파 온 거가?"

그새 또 정신이 곤두박질을 치는 모양이다. 내처 자기가 혈압을 재고 의사한테 잠은 한도, 원도 없이 잔다고 그래놓고 아직

10분도 안 지났는데 엉뚱한 소리라니. 그러나 그는 이따금씩 있는 일이라 좋게 대수롭잖게 생각하고 평상심으로 받는다.

"왜 왔는지 모르겠어?"

"응."

아내가 진지한 표정을 짓는다.

"내가 아픈 게 아이고 당신이 아파서 온 거 아이가."

"내가 와?"

"……."

이걸 어떻게 설명해야 하지, 그는 잠시 골몰한다. 병원에 올 때 자기 몸에 이상이 있다는 걸 알고 온 게 분명한데 어느 틈에 까먹은 것이다. 하루에도 몇 번씩 오락가락해서 이럴 때는 어디까지가 본정신인지 알 수가 없다.

"내가 어데가 아프냐이까?"

도리어 아내가 다그친다.

"……."

"죽을 빙이라도 들었대?"

"이 사람이……."

그는 눈을 흘기며, 아랫입술을 깨물어 아내를 나무란다.

"하하하하."

아내가 헤벌쭉 사방이 울리도록 크게 웃는다. 놀란 남편 꼴이 재미난 모양인데, 이럴 때 누가 봐도 맛이 간 사람이다.

아버지의 시말서

그는 아내의 손을 잡고 신관 옆 정원 쪽으로 방향을 틀었다. 조경으로 잘 꾸며진 공간이 거기 있었다. 진작 알고 있으면서도, 그전부터 아내랑 같이 한번 들러야겠다는 마음을 먹고 있으면서도 못 들렀던 곳인데, 오늘은 시간도 많고 해서 한번 들러볼 참에서다.

샛노랗게 물든 은행나무, 구석구석으로 새빨갛게 옷을 갈아입은 단풍, 한창 기운이 붙은 한나절 햇살에다. 돌무더기 틈으로는 들녘에서나 볼 수 있는 쑥부쟁이까지 하얀 이빨을 내놓고 웃고 있다. 세상 가을이 온통 거기 와서 잔치판을 벌여놓은 듯 고왔다. 많은 환자들이 쏟아져 나와 시간을 보내고 있었다. 목발에 의지한 사람, 휠체어를 탄 사람, 링거병을 주렁주렁 달고 나온 사람, 팔을 목에 맨 사람 등등, 행색은 환자지만 표정은 하나같이 밝았다. 약물 치료보다도 이런 자연의 치유가 환자들한테는 더 필요하겠다는 생각이 들 만큼 그곳은 별천지였다.

"우리도 여게 조금 쉬었다 가재이."

그는 은행나무 밑 빈 의자를 찾아 아내와 가지런히 앉는다. 의자 주변이 떨어진 은행나무 잎들로 노란 카펫을 깔아놓은 것 같다.

건너쪽에 분수가 있고, 분수 옆에 기도하는 성모 마리아 상이 너무 숙연하고 애틋해 보인다. 이 병원이 천주교재단으로 운영되고 있다는 유일한 상징물이다. 저 마리아의 간절한 기구 속에 이 병원의 모든 환자들이 쾌유를 꿈꾸고 있으리라.

아내의 동자 속에 박힌 눈부처를 보며 나긋이 묻는다.

"여게 단풍이 너무 곱다. 그지?"

"……"

그가 느끼는 기분을 못 받아들이는 듯, 아내는 오히려 따스한 햇살이 귀찮은 듯 결막염 환자의 눈을 만들어 잔뜩 찌푸릴 뿐 말이 없다.

"안 조하? 이런 데 모처럼 나왔는데도."

"저게 누구고?"

뒤퉁스럽게도 아내가 마리아상을 보더니만 움찔 하며 묻는다. 어처구니가 없다.

"한번 알아마쳐 보래. 누구겠노?"

"무섭다."

아내가 정말 겁먹은 아이처럼 눈을 질끈 감고 몸을 사린다.

"잘 바라. 무서운 기 아이다."

"시끄럽다. 무섭다."

"빌 꼬라지를 다 본다. 같은 사람인데, 여자끼리 무섭긴 머가 무섭다고 그라노."

"가시나가 몬됐다. 어데 사람을 빠이 처다보노. 잘났구마."

"호호호호"

그가 기도 안 찬다는 듯 맥없이 웃는다.

"와 웃노? 난 무서버 죽겠는데."

"개한타. 무서우믄 안 보믄 델 거 아이가."

예사로 받아준다.

"……."

아내가 팩 화난 사람이 돼 돌아앉는다. 멍청히 토라진 사람으로 한참을 그러고 있더니만, 무슨 생각을 했던지 가부좌의 자세를 만들어 눈을 감는다. 숫제 남편도 상대하기가 싫다는 듯한 짜증 밸린 얼굴이다. 천진난만해 보이다가도 엉뚱해 보이는, 그런 아내의 모습을 그는 안쓰러운 듯 하염없이 바라본다.

그가 아내를 데리고 갑자기 이쪽으로 온 건, 잠시나마 아내의 기분을 전환시키기 위해서다. 정신질환을 치료하는 데는 무엇보다 친환경 생활이 필요하다는 의사의 권유도 있고 해서, 아내의 먹먹한 가슴에다 흠뻑 가을 물이 든 감흥을 쏟아부어, 심성의 변화를 일깨워보고자 함이다.

뒤뿔치기로 살아오면서도 이날 입때까지 남 눈에 누추하지 않게 보인 것은 하나에서 열이 모두 아내의 규모 있는 살림솜씨, 티 내지 않는 후덕한 입심 덕이라는 걸 알고 있기 때문에 그는, 모난 투정까지도 모두 필요한 사람 냄새로 싸안아 둥기둥기 살아왔다. 빛 든 곳을 찾아보겠노라 인욕과 골몰을 바가지로 덮어쓴 채 살아온 지난날들이 너무 야속하다. 마음 씀씀이를 돌아보면 하나 버릴 것 없이 고맙고 안쓰러운 것들뿐이다. 이제 어쩔 수 없는 잘못 든 길이, 새삼스레 아내의 존재를 절감하게 만든다.

어쩌다가 저런 병을 앓게 되었을까. 누구한테 들으니, 골탕거리 많은 사람들은 그런 걱정을 덜 하고 살게 조물주가 베푼 마지막 은총이란 말을 하는데, 어찌 보면 그게 빈말이 아니게 들릴 때가 있다.

아내의 어깨 위에 노란 은행잎 하나가 뱅글뱅글 돌며 떨어져 앉는다. 그는 은행잎을 털어주며 가만히 아내의 목에 걸려 있는 명패를 벗긴다.

정명순(62세), 연락처: 053) 8765-3314

아까 대기실에 있을 때 그가 화장실 가면서 걸어둔 것이다.

귓등으로 끈을 빼면서 들어 올린 머리채 밑으로 덜미 쪽에 나 있는 흉터를 발견하고 그는 움찔한다. 오랫동안, 아니 그동안 까맣게 잊고 있었던 흉터다. 많이 좋아지긴 했지만 검불이 붙은 형상은 아직 옛날 그대로다. 정말 모처럼 보는 흉터다. 거기 흉터가 있다는 걸 아는 사람은 세상에 아내와 자기 둘뿐이다.

그 흉터 때문에 아내는 평생 귀를 머리채 속에 묻고 살았다. 유행은 뒷전이고 항상 다른 사람들보다 치렁치렁 긴 머리를 했다. 어느 핸가 40도를 넘보던 그 몸서리치던 여름에도 땀띠를

온 목에 덮어쓰고 그냥 지내게 했던 흉터. 그 흉터가 그들을 만나게 했고, 그들의 오늘을 있게 했다.

그가 육군하사관으로 6년 반 군복무를 마치고 제대하던 해일이다. 우선 의식주나 해결하면서 안정된 일자리를 알아본다고 일당을 받는 토건회사 잡역부로 잠깐 붙어 있었다. 하루는 땀투성이 속옷을 빨아 널고 있는데 생면부지의 웬 처녀가 찾아왔다. 회색 마직 스커트에 같은 소재의 민소매 블라우스에다가 통굽 구두를 신은, 얼른 봐도 세련된, 초여름 차림새로는 보기 드문 자태의 여자였다. 손에는 케이크 상자도 하나 들려 있었다.

"실례합니대이. 오종환 씨?"

이름을 정확하게 대는 것으로 봐 저쪽은 그를 아는 모양인데, 그러나 그는 생판 모르는 사람이다. 사람이 띵할 수밖에 없다.

"예. 사람은 맞는데, 그런데 댁은 뉘긴데요?"

"저, 기억 안 납니까?"

여자는 방글방글 웃었다. 그 연배의 아는 여자라곤 한 사람도 없었다. 면만 있다 하더라도 한번쯤 기억 속을 더듬어보기나 할 텐데, 전혀 감이 안 잡혔다.

"난, 잘 모르겠는데예."

천성 그대로 바로 털어놓았다.

"지난달 춥니다. 은하수 컨트리 7번 홀에서 캐디 아가씨를 업고 병원에 간 일이 있지예?"

"······."

그는 지난달에 있었던 일들을 잠시 더듬어본다.

"날라오는 골프공한테 다친······. 그래도 생각 안 납니까?"

"아, 예. 그런 일이 있기는 한번 있었지요."

그때서야 기억이 난다. 그때 그는 골프장 모퉁이에서 조경으로 들여온 나무를 심고 있었는데, 골프채를 든 한 사람이 허겁지겁 달려오더니만 그의 팔을 낚아채듯 잡고는 급한 일이 생겼으니 같이 좀 가자고 윽박질렀다. 차림으로 봐 골프를 치다가 온 사람이다. 얼떨결에 정신없이 따라갔다. 잔디밭 한가운데 얼굴이 온통 피투성이가 된 여자가 쓰러져 신음을 하고 있었다. 그들의 간곡하면서도 위압적인 요구에 못 이겨, 그는 그 여자를 업고 골프장을 빠져나와, 동행해서 병원 응급실까지 따라가 옮겨놓은 일이 있다. 언뜻 들리는 말에 의하면 잘못 날아간 골프공에 맞아 그런 변을 당했다는 것이다. 그러나 그는, 세상에는 희한한 일도 다 일어나고 있구나, 그런 생각만 잠깐 했을 뿐 바로 돌아와 하던 일에 매달렸기 때문에, 이내 잊고 지냈다. 지금도 그렇지만, 그때는 더군다나 골프란 자기한테 별천지 일이 아니었던가. 굳이 기억에 남는 게 있다면 그런 사실보다 윗도리 등짝에 묻은 여자의 핏자국으로 해서 좀 기분이 나빴다는 정도다. 피 묻은 옷은 결국 못 입고 버렸던 것이다.

"그때 종환 씨 등에 업혀간 사람이 바로 접니다. 너무 고맙고 해서 인사드릴라고, 그래 물어물어 왔습니다."

"……."

그러나 좀처럼 이해가 안 갔다. 당시 수고비로, 가해잔지는 모르지만 그들로부터 비밀로 붙여달라는 이야기와 함께 약간의 금전도 받았다. 그날로 모든 게 다 끝난 것으로만 알았다. 뒷날 피해자가 자기한테 인사하러 오리라는 건 상상도 못했던 일이다.

"그날 고생 참 많았지예."

"고생이사 머……."

"너무 고맙고 해서."

"나는 다 이자뿌리고 있었는데요."

아무리 생각해도 이건 뜻밖 일이다.

"우쨋거나 저한테는 은인 아입니까. 은인을 모른다 캐가지고야 사람이 아니지예. 어제 퇴원했습니다."

쉽지가 않을 터인데 이름 주소까지 알아, 거기에다 어제 퇴원했다면 다른 일에 우선해서 온 모양이고, 마음에 새겨 한 일 같은데, 그로선 아무리 꿍쳐 생각해 봐도 신기하고 어리둥절하기만 했다.

"우리 사는 기 이러씸니다. 이왕 오신 거이까, 좀 들어 오이소."

찾아온 사람을 무작정 세워놓을 수만은 없어 맞아들였다.

아름다운 흉터

방에 들어와 마주 앉긴 해도 어정쩡한 만남이 돼 모든 게 어색할 수밖에 없다. 최소한 커피 한잔이라도 내놓을 게 있어야 하는데 그것마저 못한 빈 입으로 앉아 있자니 그런 쑥스러움도 없었다.

"난 그 뒤로 한번 들여다보지도 몬했는데, 송구스럽구만요."

이 말 한마디 받은 게 모두였다. 이렇게 은인이란 말까지 써가며 찾아올 사람일 줄 알았더라면 어렵지도 않은 일, 당시 있는 거라곤 시간뿐인데 한번쯤 병문안도 했을 터인데, 자꾸 미안했다.

"운 별 말씀을……."

"낫기는 완전히 다 나았심니까?"

새삼스레 걱정이 되었다.

"한번 보실래요. 여나믄 바늘을 조케 꿰맸는데, 흉터는 아즉 기냥 있을 깁니다. 이래가지고는 시집 몬 간다이까, 수술해서 깨끗하기 만들어준다 캤는데 좀 지나믄 개한치 싶구만요."

처녀 몸으로 쉬운 일은 아닐 텐데 무슨 셈인지 흉터까지 보여주었는데, 귓등으로 노래기 한 마리가 붙은 것처럼 수술 흔적이 불거져 있었다.

"그래도 큰 다행입니다. 그날은 피도 흐르고 해서 대게 큰일로 알았는데."

그가 얼버무렸다.

지금 생각해 보면 참 철딱서니 없는 짓들이었다. 처음 만난 처녀 총각 처지에, 더군다나 은밀하다면 은밀한 곳이 아닌가. 그런데 그곳을 대놓고 보여준 사람도, 보란다고 또 넙죽 본 사람도 지금 생각해 보면 모두 함량 미달로밖에 볼 수가 없다. 아마 인연이 되려고 그런 턱도 없는 짓거리를 한 건 아닌지 모르겠다.

참으로 묘한 건 그게 인연이 돼 둘은 그날 뒤로 한번씩 만났고, 정이 들었고, 나중엔 하루만 안 봐도 안달이 났고, 만난 지 1년 만에 이윽고 동거에 들어갔고, 동거한 지 6개월 만에 결혼식을 올렸으며, 식 올리고 5개월 만에 첫 아이를 두었다.

흉터는 그때보다는 훨씬 잦아져 그냥 지나쳐보면 모를 만큼 원상으로 돌아가 있었다. 그날 뒤로 그는 30년을 넘게 같이 살았지만 아직 한 번도 그 흉터를 보지 못했다. 그날은 왜 보여줬는지 모르지만, 두 번 다시 흉터 이야기는 입에 담지도 못하게 했던 사람이다. 그런데, 오늘 모처럼 본 것이다. 이제는 봐도 좋다는 건지, 모르고 보여준 건지 알 수 없지만 만감이 엉킨다.

흉터에서 눈을 뗀 그의 시선이 짙푸르고 깊은 하늘을 헤집는다. 짜깁기로 살아온 수많은 날들이, 이제는 막바지에 몰려 다시는 어떻게 해볼 수도 없는 답답함과 낭패로 하늘을 떠다닌다. 애닯고 서러운 연민의 감정들이 양어깨에 매달려 온몸을 짓누른다. 행복과 불행이 동전의 양면과 같은 것이라 한번 던져진

이상 그중 하나를 택할 수밖에 없는 것이 인생이라고 하지만, 지나간 날들이 자기 혼자한테만 너무 가혹하게 치닫는 것 같아 무시로 원망을 퍼부으며 살아온 세월이었다.

다시 시선을 거두어들인다. 이제 보니 축대 틈틈으로 한껏 치장을 한 쑥부쟁이가 얼굴을 내밀고 있었다. 그가 아내 옆으로 바싹 다가앉으며 묻는다.

"당신 저게 무신 꽃인지 아나?"

"난 그런 거 모른다."

아예 생각해 보지도 않고 던지는 대답이다.

"쑥부쟁이 아이가."

"……."

"옛날 어느 마실에 자식을 마이 둔 대장장이가 살고 있었거 등. 살기가 어려워 노상 쑥을 캐묵고 살았다는구마. 하루는 그 날도 쑥을 캐는데 사냥꾼한테 쫓기는 사슴 한마리가 눈물을 흘리며 좀 숨겨달라는 거야. 그래 그놈을 숨겨줬더이만……."

막노동을 하던 시절 한 동료한테 들었던 것으로 기억난다. 꽃 이름도 그때 처음 알았다. 당시 골프장 언덕으로 쑥부쟁이 가 지천으로 늘려 있어 흡사 밤하늘의 은하수를 연상케 했다. 아내도 그곳에서 일을 했으니까 혹 기억하고 있을지 몰라 한번 물어본 것인데 엉뚱한 대답이다.

"아이다. 사슴은 견우직녀에 나온다."

"거기도 나오지만 여게도 나오는 거야."

"……"

"그래서 꼭꼭 숨겨줬더이만 그다음 해에 거기 쑥나물을 가득 심어노았다는구마. 은혜 보답한다고. 그 사슴이."

"……"

"쑥을 캐는 대장장이라고해서 그래 쑥부쟁이래. 재미있제?"

이야기가 되는지 안 되는지 모르지만 주워들은 이야기를 반도 더 빼먹고 적당히 얽어, 그러나 감동을 이끌어내려는 마음만은 가득 담아 밭아놓고는 아내의 표정을 살핀다. 아내는 들은 척 만 척이다.

"……"

"와, 듣기 실나?"

"나 여게 있는 기 실타. 이자 갈란다."

계속 불안해 뵈는 얼굴로 주변 경관을 두리번거리던 아내가 무슨 생각을 했던지, 가부좌를 풀어 벌떡 일어난다.

"자꾸 와 카노?"

"와가 머꼬. 실타 안 카나."

찌뿌둥한 표정이 만사가 귀찮은가 보다. 친환경 치유의 한계가 거기까지인 듯해 안타깝다.

"묵을 거 하나 사오까. 묵을래?"

시선이 자꾸 주변의 음식을 퍼놓고 있는 사람들한테 가 있어 한번 물어본다.

"그만, 다 실타이까."

"그래. 임자가 실타카이 도리가 읍다."

"저 가시나 때매 안 대겠다. 아이, 무서라. 보라카이, 또 쳐다본다 아이가. 나하고 자꾸 싸울라 칸다."

손으로 눈을 가린 채 손가락 틈으로 마리아상을 훔쳐보며 몸을 도사린다. 꼭 대여섯 살 먹은 어린애 짓이다.

"허허허허. 이 사람이 무슨 말을 그래 하노."

사람이 변하려고 드니까 저렇게도 변하는구나. 그의 웃음이 딱하게 흩날린다.

"웃기는 와 자꾸 웃노."

아내가 샐쭉 토라진다.

"댔다. 그만 가자. 무서우믄 안 보문 델 거 아이가."

"아이구 무시라. 자꾸 쳐다보는데 시껍하겠구마."

"참 빌 트집도 다 잡네. 그라문 부처 무서워 절간에는 우째 갔더노."

"고만 시끄럽다 안 카나. 얼른 가자카이."

"......"

그는 아내를 앞세워 정원을 빠져 나온다. 토라질 때 잡힌 얼굴의 주름살이 병원을 다 나와서도 그냥 패여 있다.

고양이를 찾아라

참 희한한 일도 다 있다. 생사람을 잡아도 분수가 있지, 아무리 뒤져봐도 날 데가 없는데, 이 밤중에 고양이 소리가 난다고 사람을 들볶으니 말이다.

귓바퀴를 잔뜩 세워, 청각에 관계되는 신체 기능은 다 동원시켜 30분을 넘게 헤매보았지만 어느 구석에서도 고양이 소리는 나지 않았다. 날 만한 곳도 없고, 하긴 날 턱도 없다.

위로는 16, 17, 18층에다가 아래로는 14, 13, 12층까지 몇 번을 오르내리며 들으려 했지만 고양이는 울지 않았다. 비슷한 소리도 없다. 들리는 것이라곤 수세식 변기에 물 내려가는 소리, 사람들 코 고는 소리, TV를 켜놓고 자는지 아직 듣고 있는지 모르지만 전파를 한번 거친 목소리들이, 그것도 신경을 잔뜩 써야만 들을 수 있는 것들이 모두였다.

공동생활에 방해가 된다고 장미촌아파트에서는 애완용이건, 식육용이건 이유여하를 불문하고 동물은 기르지 못하도록 돼 있다. 운영위원회에서 만든 입주민 생활수칙에 금지조항으로 눈을 시퍼렇게 뜨고 들어앉아 있다. 그가 알기론, 다른 곳은 어떤지 모르지만 적어도 103동 〈1문〉 골목엔 아직 위반한 사람이 없다. 그렇다면 지금까지 모두 잘 지킨다고 봐야 한다.

골목 계단에 걸터앉아 다시 문제를 원점으로 돌려놓고 풀어본다. 오늘 방문객 가운데 혹 누군가가 경비실 모르게 고양이를 숨겨 들어간 사람이 있지 않았을까, 하는 점이다. 그렇다고 이 밤중에 집집마다 초인종을 눌러 확인해 볼 수도 없다.

다음으로는 전화를 건 당사자인 최 노인한테 이명이나 정신질환 같은 것이 있어 순간적 착각으로 그에게 그런 당부를 했는지도 모른다는 사실이다. 하지만 그것 또한 속단할 게 아니다. 나이는 여든 줄에 얹혀 있다곤 하지만 쩌렁쩌렁한 목소리며 번들거리는 눈빛이 그런 사람은 아니다. 더군다나 작년까지 아파트 노인회 회장으로 있었던 사람이 아닌가.

일단, 한 번 더 찾아보는 쪽으로 방향을 잡는다. 고생은 되더라도 최소한 한 시간 정도는 기다려보고 결론을 내리는 게 옳지 싶다.

그는 다시 15층에서 16층으로 올라가는 계단 초입에 죽치고 앉아, 조금 전 오금에 쥐가 나서 애를 먹은 상황을 고려, 발을 두 칸 아래로 멀찌감치 얹히도록 다리를 펴 내려놓고는, 다시 귓바퀴를 세운다.

새로 1시가 막 지났을 무렵이었다. 들어올 사람들은 다 들어온 것 같고 해서 눈을 좀 붙여볼 양으로 자세를 잡는데 인터폰이 울었다.

〈1502〉

1502호 사람들 가운데서도 전화 걸 확률이 가장 높은 최 노인을 떠올리며, 밤이 늦었지만 아직 졸지 않고 맑은 정신으로 근무하고 있었다는 사실을 증명이라도 하듯 목소리를 생경하게 다듬어 받았다.

"예, 경비실임다."

"오 주사, 난데요."

저쪽은 예상한 대로 최 노인이었다.

"예, 어르신."

"그런데, 하나 물어보자. 우리 골목에 고양이 키우는 사람이 있나?"

대뜸 반말이다. 나이 차이야 있다지만 그렇더라도 같이 늙어가면서 그런 이유로 말꼬리를 잘라먹는다는 건, 듣기가 거북한 건 둘째치고, 상식으로도 납득이 안 간다. 그만한 건 충분히 알 사람인데 곧잘 반말이다. 하지만 그는 아직 그런 일로 싫은 표를 내본 적은 없다.

"방금 고양이라고 했심니까?"

뜬금없는 이야기라 재차 물어본다.

"음, 괭이 말야."

"웂심니다. 고양이가 있을 턱이 웂지요."

"한번 알아보라구. 있을 게야."

"……?"

두 번째 다그침에 그는 주춤했다. 만약의 경우를 생각하지 않을 수 없다. 수칙을 만들어놓았다고 입주민들이 그걸 다 지키는 건 아니다. 대표적 예가 쓰레기 분리수거다. 구내방송에다, 반상회 회보로. 게시판에 계속 주의를 환기시키지만 그때 잠시뿐 쇠귀에 경 읽기다. 고양이 한 마리쯤 몰래 키우는 건 마음만 먹으면 언제든지 할 수 있는 일이다. 얼른 대답이 없자 재차 다그친다.

"한번 알아보라니까."

"어르신, 그런데 와 그러시는데요?"

"지금 괭이가 자꾸 울고 있잖어."

"그럴 리가 웂는데요."

그로선 듣는 게 첨이다.

"그럴 리가 없다니? 그럼 내가 없는 소리를 만들어서 난다고 그런다, 그 말인가."

"그건 아닙니다만."

"야, 이 사람아. 분명히 났다. 남이 들은 걸 얘기하는 것도 아니고 내가 직접 들었단 말야."

"아파트에서는 고양이를 몬 키우게 대 있는데……."

"쯧쯧쯧, 이 사람 보라지. 아직도 내 말귀를 못 알아듣는구만. 내가 임자한테 무슨 억하심정이 있다고 이 밤중에 안 나는 괭이 소리를 난다고 소란을 피우겠나. 그래서, 한번 알아보라구 한 거 아니여."

"어르신두 참, 물론 그야 아이지요."

"그럼 왜 자꾸 엉뚱한 소리를 허나."

"예. 알겠심다. 알아보고, 안 나도록 조치하겠심다."

"알아보고 자시고 할 것도 없어. 안 나도록 해. 어떤 얌통머리 없는 사람이 그런 짓을 하고 있는지 찾거든 혼찌검을 내주라구."

"알겠심다, 어르신."

"며칠 전에도 내가 임자한테 한번 얘기 한 걸로 알고 있는데……."

"며칠 전이라뇨, 전 첨인데요."

"아, 그럼 그날은 구 주사가 근무했었나 보다. 그 양반한테도 내가 한번 얘길 한 적이 있었다구."

최 노인의 얘기는 주도면밀하고 단호했다. 그렇다면 자기 말마따나 더 묻고 자시고 할 게 없다.

"우쨌든, 잘 알겠심니다."

그런 일이 있다면 구 씨도 나한테 한번쯤 무슨 말이 있었을 터인데, 아직 못 들었다. 혹 깜박했을 수도 있겠지. 일단 그는 모든 걸 긍정적으로 받아들인다. 수화기를 놓으려는데 최 노인이 다시 붙든다.

"끊지 말고 다 들어보라니까. 안 자고 기다릴 테니까, 결과를 바로 연락해줘요. 알았지?"

"안 나도록 할 테이까. 그만 주무십쇼."

"어허, 이 사람 봐. 또 이런다. 내가 잠이 안 와서 그러니까 좀 귀찮더라도 전화를 주게나. 밤중에 무슨 소린들 들어 기분 좋을 게 있겠나만, 꽹이는 사람을 진절머리 나게 만들거든. 그럼 끊는다. 원. 사람이 시키면 시킨 대로 좀 하잖구선……."

최 노인은 전화를 끝낸 뒤 독백이 이쪽에서 다 들리도록 투덜거리더니만 수화기를 놓는다. 저쪽에서 수화기 놓는 소리를 듣고 그도 따라 놓는다.

잠시나마 주종관계에서 오는 묘한 감정이 머리를 어지럽혔으나 그는 이내 털어버린다. 주민들의 주머니에서 나온 돈으로 임금을 받아 생활한다는 걸 생각하면 해답은 간단하다. 처신의 영역은 그 범주 안에 다 들어 있다.

그는 그런, 옆으로 뻗어나려는 잡다한 생각들의 가지를 쳐버리곤 곧바로 〈순찰중〉 팻말을 출입문 손잡이에다 걸어놓고, 계단을 통해 최 노인이 사는 15층으로 올라온 것이다.

그때부터 지금까지 1502호실 앞 계단에 걸터앉아 이런저런 방법을 총동원, 고양이 울음을 찾아 골머리를 앓고 있는 참이다.

참, 귀신 곡할 노릇이다. 이젠 그냥 무작정 죽치고 앉아 고양이 울음이 나도록 기다려보는 수밖에 다른 방법이 없다. 맥을 탁 놓고 앉았노라니 찾는 고양이 울음은 소식이 없고 반갑잖은 것들이 나타나 사람 신경을 건드린다.

14층과 15층 사이 계단이 꺾이는 지점 비상구등 옆에 붙은 노란 색깔의 〈북경반점〉 스티커가 그것이다. 그저께 순찰 돌 때까지만 해도 깨끗했었다. 그런데 어느 틈에 붙여놓았던지 거기 그런 게 붙어 있다.

배달원 김 군의 소행이 분명했다. 한번 붙여놓으면 뜯어내기가 보통 힘든 게 아니어서 몇 번인가 부탁하는 걸 야단을 쳐 돌려보냈다. 꼭 붙이고 싶으면 나한테 달라, 그러면 알아서 적당한 곳에 붙여주겠다고 충분히 일렀다. 한 그릇이라도 더 팔아 매상을 올리겠다는 건 좋다. 하지만 이쪽 입장도 좀 생각해야지. 그런데 이 녀석이. 망할 자식.

그는 그만 본래의 목적은 잊어버리고 벌떡 일어나 스티커를 뜯어내기 시작한다. 직업의식이란 참으로 묘한 데가 있다. 하나는 먹고살기 위해 붙이고, 하나는 먹고살기 위해 그걸 떼어내고 있는 것이다.

언젠가 공으로 자장면 한 그릇을 얻어먹은 일이 조붓하게 마음에 걸린다. 잘못 배달된 것이라며 되가져가더라도 버려야 한다면서, 이왕 가져 나온 것 아저씨나 드시라며 들이밀고 가기에 그 말을 믿고 넙죽 받아 먹은 일이 있는데, 나중에 들으니 그런 식으로 경비원들한테 한 그릇씩 먹여 꿈쩍 못하게 묶어놓고는 마음대로 가지고 논다는 것이다. 출입 때 거동 보면 알조다. 고얀 놈들. 안 듯 모른 듯 지내고는 있지만 그게 자꾸 신경을 건드린다.

스티커는 좀처럼 쉽게 떨어지질 않는다. 준비 없이 대든 일이라 글씨만 못 알아보게 거죽만 떼어내고는 밝은 날로 미루고 물러앉는다. 장 사장 같은 사람이 알면 또 뭐라고 씹을지 모른다.

기다려도, 기다려도 고양이 울음은 없다. 대신 온갖 망상만 머리통을 비집고 든다. 나이 탓이기도 하겠지만, 웬일인지 요새와선 잠시만 조용하다 싶으면 그 틈을 잡념이 파고들어와 사람을 못 견디게 헤살질이다.

정임의 일도 부모로선 보통 일이 아니다. 설마 날이 가면 어떻게 되겠지 해서 우물쭈물 지내고는 있는데, 그게 잘한 건지 도무지 대책이 안 선다. 세상이 달라졌다고는 하지만 그래도 소박데기는 소박데기다. 그때 시작한 김에 바짝 서둘러 돌려보냈으면 어땠을까 싶은 생각도 요즘 새로 부쩍 든다.

그날도 시작은 제대로 했었다.

"내가 칸 말 어데로 들었노. 그만큼 당부 안 하드나. 좀 참아, 이놈아. 몬 참을 기 머 있노. 너거 엄마는 이러이저러이 니 편을 자꾸 들더라만 나는 그래 안 본다. 남자 속은 남자가 더 잘 안다. 강 서방, 개한은 사람이다. 하자는 대로 해. 보험이라 캤나, 그거 이제 나가지 마라. 나가믄 사람 만내야 하고 그라믄 또 시끄러울 거 아이가. 니가 안 뛰댕기도 밥은 먹일 수 있다 카는데, 와 사서 일을 만드노 말이다. 절머서 한 푼이라도 더 벌어 보태겠다는 니 맘 내가 와 모르겠노. 그래도 집구석 성한 거하곤 비교가 안 대지. 지발 하고 마라라 칼 때 말아라. 늬 오래비 앞세웠으믄 댔지, 내가 무신 죄가 많아 또 숭한 꼴을 본다 말이고. 늬 어미 성질 잘 안 아나. 팔이 안으로 굽는다고 무조건 니 편만 드는데, 늬 엄마 시킨 대로 하다간 큰일 나. 그라고 툭 하믄 튀나오는데 그건 어디서 배운 버릇이고. 방구 자주 끼만 똥 싼다고 보따리 쌀 버릇 들이믄 큰일 나, 이놈아. 그러이까……"

"……"

정임이 눈물을 찍어내고 있었다.

"너 지금 우는 기가? 멀 잘했다고 우노."

"아입니다, 아버지. 그기 아이고예……"

"사람 사는 기 다 그렇다. 우리만 맨날 아웅다웅하는 거 같아도 다른 집도 들다보믄 똑같느라. 말이 안 있나. 옛날부터 천석 군은 천 가지 걱정, 만석 군은 만 가지 걱정이라고. 하늘 아래 걱정 없이 사는 사람이 어데 있노. 요새 모두 잘 그라대. 지하기 나름이라고. 그 말이 딱 맞제. 그러이까 니가 져조라. 니가 자꾸 이길라 카는데 강 서방인들 지고 싶겠나. 명색이 사내새긴데. 더러는 지는 기 이기는 수도 있으이께……. 아이구 이놈아, 강 서방 아이믄 죽는다고 칼 때는 언제고, 그새 또 딴소리를 하노 말이다. 지 누깔을 찔러도 분수가 있제."

그는 강 서방 편에 섰다.

정임이 제 친구들이 다니는 보험회사에 따라 나가 설계사 일을 좀 봤던 모양이다. 보험이라는 게 사람 상대하는 일이라 이 사람 저 사람 만난다는 건 어쩔 수 없는 일인데다가, 싱거운 놈이 하나 있어 좀 지분덕거렸는가 본데, 그걸 강 서방이 알고는 네가 꼬리를 친 게 아니냐, 당장 때려치워라, 못 한다, 이래 싸움이 벌어진 것으로 알고 있다. 아내의 자발없는 자정慈情이 일을 더 키운 것이다.

"그놈이사 일을 그래 만든다 아이라. 가마이 있는 사람한테 손질은 와 한대? 지 버릇 개 줄까 바. 어디 가 더런 건 배워가지고. 기집이 한 푼이라도 벌어 보태겠다는데 그게 머가 나쁘노 말이다. 나라믄 얼씨구나 하고 맨날 업어주겠다. 참 더런 인간도 다 있는 기라."

팔이 안으로 굽는 건 도리가 없지만 그렇다고 사위만 죽일 놈으로 만들어놓는 것도 바른 처사는 아니다.

"허허 참. 당신한테도 문제가 있다카이. 부부쌈에 당신이 와 자꾸 껴드노 말이다."

아내까지 싸잡아 나무라며 엄포 반, 사정 반 해서 돌려보냈 더니 사흘 만에 또 나왔다. 그게 벌써 3, 4년 전 일이다. 나중에 안 일이지만 제집엔 발도 한 번 들여놓지 않고 딴 데 있다가 왔 다는 것이다. 정나미가 떨어져 제 서방 얼굴 쳐다보는 게 죽는 거보다 더 싫다니 할 말이 없다.

지금 우리한테도 당장 없어서는 곤란하고 해서 그냥저냥 지 내고는 있는데, 이러다가 정말 강 서방 눈 밖에 나 빼도 박도 못 하는 건 아닌지, 아니 이미 일을 갈 때까지 간 게 아닌지, 한번 걱정을 붙들고 앉으면 끝이 안 보인다. 많지도 않은, 둘 있는 자 식들 일이 어디서부터 잘못돼 이렇게 배배 꼬이기만 하는지 모 르겠다.

그는 고개를 몇 번이고 흔들어 머릿속 잡념들을 털어낸 뒤 벌떡 일어나 새로 또 계단을 오른다. 옥상으로 나가는 꼭대기 층인 20층까지 올라갔다간 다시 내려온다. 그냥 그렇게 오르락 내리락 해보는 것이다. 고양이 울음도 울음이지만 머릿속 잡념 도 털어내야 했다.

내려오다가 보니 이번엔 너무 내려왔다. 〈701〉이란 한 아파트

문의 숫자가 그를 7층까지 내려왔다는 것을 일러준다. 그는 잠시나마 제정신이 아니었음을 알고 다시 마음을 잡아 오른다.

고양이 울음은 어디에서도 나지 않았다. 난다손 치더라도 아파트 안에서 나는 건 분명히 아니다. 15층 계단에서 정리라도 하듯 10여 분을 더 기다려, 마지막으로 한 번 더 귀를 열어놓고 있다가 그는 승강기로 바로 내려왔다. 작전 지역에서 철수를 한 셈이다.

경비실에 들어온 그는 이번엔 건물 밖으로 나와 어린이 놀이터와 쉼터가 있는 쪽 구조물 뒤를 살피며 돌아본다. 언젠가 그쪽 울타리로 심어놓은 탱자나무 밑에 야생 고양이가 보이더라는 말을 언뜻 들은 듯해서다.

어린이 놀이터와 울타리 사이에 만들어놓은 쉼터에 앉아 여기저기에다 귀를 기울인다. 여기에 고양이가 있다손 치더라도 과연 15층까지 들릴 것인가, 그것도 의문이다. 그렇다면 이쪽과는 아무런 관계가 없다고 봐야 한다. 그러나 그는 이왕에 한 걸음이라 좀 더 죽치고 기다려본다. 어둑한 어린이 놀이터에 눈이 머물자 지난겨울에 있었던 일 하나가 언뜻 스친다.

음력 설 바로 다음 날 저녁이다. 자정을 훨씬 넘긴, 몹시 추운 영하의 날씨로 기억된다. 화장실을 다녀오는데 웬 남자 하나가 그네에 앉혀 이리저리 흔들리고 있었다. 가까이 가 보았다. 가끔 담배 피우거나, 바람 쐬러 나온 사람들이 어슬렁거리는 일이 있으나 그런 쪽으론 너무 늦은 시각이고, 날도 추웠다. 단지 내 사람이라면 면이 있어도 있을 터인데 낯선 얼굴이다. 이상하다. 야심한데 웬 사람이 저렇게 나와 있을까. 명색이 경비원인데 그냥 지나치기도 뭣해 한번 물어보았다.

"누구십니까?"

"여기 주민입니다. 104동에 삽니다."

젊은 사람이다. 보라고 경비등 불빛에 얼굴을 내놓는데 보니 면이 없다. 하긴 이웃한 골목 사람들도 잘 모르는데 건너 동 사람까지 다 알 수는 없다.

"시간이 수태 됐는데 혼자 여게서 머 하십니까?"

"그냥, 혼자 여기 좀 나와 있고 싶어서 나왔습니다."

"······?"

또 이상한 사람도 다 본다. 얼른 생각에 부부싸움 끝에 냉각기를 가지러 잠시 피해 나온 사람으로 생각해 본다.

"좀 있다가 들어갈 겁니다."

"일찍 들어가이소. 날이 찬데 감기 듭니데이. 그라고 보기도 안 좋고요."

이 말 한마디를 흘리고 돌아섰다. 뭣 때문에 저런 청승을 떠는지 모르지만, 추측대로 부부싸움이라면 더군다나 관여할 일이 아니다. 돌아서 나오는데 남자의 다음 말이 그를 잡는다.

"작년에 우리 아이가 여기서 사고를 내가지고 세상을 떠났습니다. 그래서……."

"예?"

그는 멈칫했다. 작년 이맘때쯤 여식아이 하나가 바람개비라는 놀이기구를 타고 놀다가 떨어져 119로 실려 간 일이 있는데, 그 일이 언뜻 스친다. 쇠막대기를 둥글게 얽어 지구본처럼 빙그르 돌게 만든 것인데, 머리를 내놓고 돌다가 기둥에 부딪친 것이다. 사흘 뒤 그 아이는 죽었고, 그날로 그 놀이기구는 위험하다고 해서 철거해버렸다. 장미촌 사람들이라면 모르는 사람이 없고, 그도 아직 생생하게 기억하고 있다. 더군다나 그날 119를 부른 사람이 자기가 아니었던가.

"날이 그날이라 그런지 잠도 안 오고 해서 한번 나와봤습니다."

"그날, 다친 그 꼬맹이가 댁의 따님이었구나."

"네."

남자의 대답이 쓸쓸하다.

"아하, 그러구 보이 벌써 돌씨가 댔네. 어지 일 가튼데."

"참 세월이 빠르죠. 우리 큰딸인데, 있었으면 올해 학교 들어갈 나입니다. 누웠는데 밖에서 그놈이 자꾸 아빠, 아빠, 하고 부르는 것 같아, 그냥 배길 수가 있어야지요."

"그때 119를 내가 불렀심다. 난 그래도 갠찮을 줄 알았는데 나중에 몬 깨어났단 얘길 듣고 어찌나 안댔던지."

"아, 그랬었구나. 고맙습니다. 인사가 늦었습니다."

"참 빌소릴 다 듣는구마."

"저도 죽는다고까지는 생각 안 했는데……."

"……."

할 말도 없다. 아마 오늘이 제삿날이라고. 그러나 제사 지낼 자리는 아니고 해서 영혼이나 위로해 주러 나온 모양 같았다. 영혼이 있는지 없는지 모르지만, 만약에 있다면 이 추운날 밤 자기를 못 잊어 저렇게 나와 있는 아버지를 보고 어떤 생각을 할 것인가.

"우짭니까. 다 타고 난 운이 있는 긴데. 날이 찹습니데이."

그 말 한마디를 건네놓고 들어온 일이 있었다. 더군다나 죽었다는 아이가 방아 같아 그날 밤 그는 새삼스레 죽은 아들과 남아 있는 손녀 생각으로 늦게까지 시난고난했던 것으로 기억한다.

고양이 울음은 거기에도 없었다. 괜히 울가망한 마음만 한 짐 지고 들어온다. 마지막으로 같은 동 〈2문〉과 〈3문〉 경비실을 들러 졸고 있는 동료들을 깨워 입을 열었다가 누가 그런 개뼈다귀 같은 소리를 하더냐며, 타박만 바가지로 덮어쓰고 들어왔다.

호흡을 다스려 인터폰 수화기를 든다. 이제 더는 알아볼 데도 없고, 결과나 연락을 해줄 셈에서다. 보통 노인네 같으면, 말은 그렇게 해도 적당히 넘어가면 그만이다. 그런데 최 노인은 사람이 좀 다르다. 좋은 사람같이 보여도 그동안 상대해 보니, 어디서 들었는지 모르지만 최씨 고집이란 말이 빈말이 아닐 만큼 괴팍스러운 데가 있는데다가, 요새 와선 말 붙이기가 겁날 정도로 사람을 잘 씹는다. 얼마 전에는 무슨 이야기 끝에, 당신네들 두 사람 밑에 우리 골목에서 내는 돈이 얼만 줄 알기나 아우? 했는데, 그 말이 갑자기 왜 거기서 튀어나오는지, 먹은 마음이 있어 밭은 말 같은데 아직 그 진의를 모르고 있다. 함부로 대했다가는 욕보기 딱 좋았다.

신호가 지루할 만큼 여러 번 들어간 뒤에서야 사람이 나왔다.

"아, 여, 여보세요."

그 집 며느리였다. 얼른 들어도 짜증이 묻은 선잠 깬 목소리다. 최 노인은 최 노인이고 며느리는 며느리인데 순간, 송구스러운 생각을 버릴 수 없다.

"아이그, 죄송합니다. 여기, 경비실인데요, 어르신 좀 바까주실랍니까."

그는 자기가 할 수 있는 최상의 겸양으로, 물론 최 노인이 아직 기다리고 있다는 사실을 전제로 말을 붙인다.

"지금 주무시는데요. 그리고 지금 시간이 얼만데 어르신을 찾습니까?"

"어르신께서 전화를 해달라고 그러셨거등요."

"아니, 우리 아버님이 그러셨단 말입니까?"

아닌 밤중에 웬 홍두깨냐는 식이다.

"예."

"언제요?"

"시간 반쯤 됐을 겁니다."

"그때 일어나신 일이 없는데. 우리 아버님은 초저녁에 한번 눈을 붙이시면 새벽녘이라야만 일어나시거든요."

"아입니다. 분명히 나한테 그런 말씀을 했심니다. 어르신 방을 한번 들여다보이소. 안 자고 기다리겠단 말씀까지 하싰는데요."

"혹 다른 집 아닙니까?"

"아닙니다. 어르신 목소리를 내가 모를 턱이 읍지요."

"이상하다. 그럴 리가 없는데……. 그럼 기다려보시죠. 한번 가보긴 하겠습니다만."

세상에 이게 무슨 변괴란 말인가. 하긴 며느리가 모르게 거는 수도 얼마든지 있으니까. 최 노인을 만나러 갔으니 가부간 어떤 결말이 나오겠지 하며 신경을 수화기에다 잔뜩 쏟고 있는데, 며느리가 다시 나온다.

"그렇다니까요. 지금 아버님은 한밤중입니다. 제가 왜 아버님이 경비실에다 인터폰 한 걸 모르겠습니까. 아마 그쪽에서 잘못 들으셨을 거예요."

"아입니다. 분명히 말씀하싰습니다. 그라믄 이래 하입시다. 혹 나중에라도 일어나시가지고 경비실에서 전화 왔더냐고 묻거 등 사실대로만 전해주이소. 그라믄 댑니다."

그는 매달리듯 수화기를 쥐고는 통사정을 한다.

"그런데 하나 물어보겠습니다. 전화는 왜 하셨던가요? 이 밤 중에."

"고양이 우는 소리가 난다문서 몬 나게 해달라고 했심니다."

"고양이가요?"

"예."

"고양이가 어디 있는데요?"

지금 누가 할 소리를 누가 하고 있는가. 그는 목에 괸 침을 소리가 나도록 꿀꺽 삼킨다.

"그건 우리도 알 수가 읍지요."

"아저씨한테 잘못이 있다니까요. 우리 골목에 고양이 키우는 사람이 어디 있다고 그런 말씀을 한답니까. 거기서 벌써 잘못 된 건데……. 됐으니까 그만 들어가세요."

전화 끊어지는 소리가 귀청을 때린다. 삐친 말꼬리가 화가 나 도 적게 난 게 아니다. 말은 백번 옳다. 누가 들어도 신경질 낼 만한 이야기다.

수화기를 얼른 놓지도 못하고 한동안 멍하니 혼 빠진 사람이 된다. 문제가 해결되지 않아 더 그랬다. 그럭저럭 경비원 노릇한

지 3년이 넘지만 또 이런 꼬락서니는 처음이다. 어쩌다 이런 일이 일어났는지 모르겠다. 이거야말로 〈세상에 이런 일이〉다.

〈03 : 35〉

벽시계한테 가 있는 시선을 거두고는 다시 의자에다 몸을 묻는다. 시난고난 하다 보니 몸뚱이는 시달릴 대로 시달려 풀 빠진 빨래가 됐다. 모양은 밤샘 근무지만 어떻게 해서라도 서너 시간은 토끼잠은 만들어 잤는데 오늘은 다 틀린 것 같다. 입안이 텁텁하다. 담배를 피울 줄 알면 이럴 땐 담배라도 한 가치 얻어 피웠으면 싶은 맘이다.

눈꺼풀이 무겁고 눈알이 따갑다. 눈도 감기고 졸음도 주렁주렁 매달리는데 정신이 놓아주질 않는다.

기진맥진, 답답함, 울화통, 짜증 등 하나둘이 아닌 주쳇덩어리들을 달아둔 채 조심조심 자신을 다독거리며 시간을 죽이고 있는데, 어느 틈에 경비실 창밖이 부윰하게 흔들린다. 건너 동 아파트 불빛이 초저녁 서쪽 하늘 별 돋듯 하나, 둘 불어난다.

찌릉 찌릉…….

종달새가 운다. 신문 배달하는 학생이 들어온다. 인사도 없이 신문 한 장을 문틈으로 끼워주곤 획 사라지듯 안으로 들어간다. 저 녀석은 저게 아침 인사다. 며칠 전까지만 해도 제 어머니가 대신 했는데 꽤 여러 날 만에 얼굴을 내놓았다. 학기말 시험이라더니 끝났는가 보다. 딴에는 열심히 사는 녀석이다. 시험은 잘 봤는지 모르겠다는, 안 해도 될 엉뚱한 생각도 한번 해본다.

그는 종달새가 더는 못 울게 숨겨놓은 스위치를 꺼 감시체계를 해소한다. 정확하게 15분 뒤에 우유 배달 아주머니가 들어온다.

"좋은 아침입니다."

언제 들어도 밝은 생경한 목소리다. 아주머니와는 서로 쳐다보는 게 인사다. 한동안은 손도 한 번씩 들어 보이더니만 요샌 그것도 없다. 하긴 손을 든다고 해서 따라 흔들어줄 그런 기분도 아니다.

그때쯤 1102호 여자가 들어온다. 담배를 안 피운다는 건 알고 있지 싶은데, 언젠가 괜찮은 라이터를 하나 주면서 씨익 웃던 여자다. 경비실에서는 〈아침에 퇴근하는 여자〉로 통한다. 짝꿍인 구 씨가 번개시장 입구, 여관 골목에서 한번 본 일이 있다는데 혹 그런 데서 '시다' 일 보는 사람 같다고는 하지만, 확실한 건 아직 모른다.

아침 학원에 가는 학생 둘이 나간다. 여기까지는 순서가 하나도 안 바뀌고 매일 똑같다. 가끔 신문 배달하는 학생이 들어설 무렵 새벽 예배 보러 나가는 할머니가 한 분 있으나 들쑥날쑥해서 계산에 넣기는 좀 그렇다는 것만 빼고는.

1502호 남자가 내려온다. 예상 못한 순서다. 아니, 저 양반은 〈1문〉 현관으로 드나드는 사람이 아니다. 우리 골목 사람이 맞긴 하지만 출퇴근을 승용차로 하기 때문에 항상 주차장이 있는 지하층으로 직행, 적어도 출퇴근 시 부닥뜨릴 일만은 잘 없는 사람이다. 이쪽으로 나오는 걸 보면 혹 지상에다 차를 둔 것일까. 그렇더라도 아직 출근 시간으로는 이르다.

남자가 느닷없이 경비실 안으로 들어온다. 그것도 이변이다. 그러고는 받아놓는 말.

"간밤에 고생하셨지요. 아침에 식구한테 들었습니다. 아버님이 전화질을 해서 엉뚱한 이야기를 좀 하신 거 같은데, 대신 사과드립니다. 우리 아버님이 요즘 건강이 좀 안 좋으십니다. 이상하게 갑자기 그러네요. 아마 그래서 그런 실수를 한 거 같은데 이해해 주십시오."

그는 잠시 어리둥절했고, 그때서야 남자가 1502호 노인의 아들이란 걸 안다. 그들 관계는 익히 알고 있지만 뒤숭숭한 정신에 깜박했던 것이다.

"아이 그라믄 그 어른이……"

다음 말이 얼른 안 나온다. 구체적으로 밝히지는 않았지만 치매 같은 정신질환을 말하는 것으로 보여서다.

"네, 좀. 죄송합니다."

남자가 다시 고개를 숙인다.

"……"

조금 전까지 시달렸던 고통은 온데간데없고 멍한 기분이다.

얼마 전까지도 멀쩡했고 지금도 그는 멀쩡한 사람으로 알고 있다. 그래서 지금도 속으론 욕을 퍼붓고 있는 참이다. 그런데 정상이 아니라니. 아내를 처음 병원에 데리고 갔을 때 의사가 말한, 치매 증세 가운데 꿈과 현실을 구분 못하는, 일테면 꿈에 돈을 빌려줬다고 이튿날 실제로 당사자를 찾아 돈을 내놓으라는 사람들도 있다면서, 혹 그런 일은 없었느냐 물었는데 그 말이 언뜻 떠오른다.

"심 씌겠심다."

오히려 그의 말이 조심스럽다.

"하여튼 죄송합니다."

"아이구, 개한심다."

자기도 모를 가는 한숨이 이빨 틈으로 샌다. 문제 하나가 해결되었다는 점에서는 다행이나, 무거운 마음은 마찬가지다.

고개를 제대로 못 들고 현관을 나가는 남자의 뒷모습에서 쉽게 눈을 못 떼고 있는데, 어느 틈에 왔던지 계단 밑에는 구 씨가 자전거에서 내려서고 있었다. 구 씨의 등에 괴나리봇짐으로 매달린 도시락 배낭은 언제 봐도 볼 때마다 웃음이 물린다.

음복

두 번째 독촉 전화에 기어이 그는 〈4문〉을 찾는다. 다 모인 자리에 혼자만 빠지는 것도 사실 좋은 모양은 아니다.

조금 전 〈4문〉에서 〈11시 10분에 집합〉이 있었지만 그는 그때까지 뭉그적거리고 있었던 것이다. 그 시간대에 집합이라면 내용은 뻔하다. 자기네 골목에 제사 든 집이 있어 음복 음식이 내려왔거나 뭐 그런 것일 테다. 사과 한 알이라도 같은 동에 근무하는 경비원들끼리는 꼭 나눠 먹는데, 여기서는 이젠 하나의 풍속도가 됐다.

안 그렇더니만 며칠 전 설사로 한번 고생한 뒤부터 이상하게도 요새 와선 끼니 음식에도 몸이 한 번씩 거부반응을 보였다. 잔병치레가 전혀 없진 않았지만 그래도 나이 요량하곤 아직 먹는 것 가지고 속 썩인 일은 없었다. 신경을 써서 조심해 먹는데도 뒤가 개운하질 않았다. 도무지 원인이 어디에 있는지 가리사니가 잡히질 않았다. 혹 〈오천평〉의 여파가 자신도 모르는 틈에 몸에 붙어, 증후군으로 발작 증세를 보이는 건 아닌지, 그것 말고는 꼬투리가 없으니까 그렇게도 한번 안 생각해 볼 수가 없어. 그러나 가급적이면 그런 쪽으론 빠지지 않으려고, 오늘 저녁에도 한사코 소화제로 속을 달래놓고는 가볼까 말까로 지금 우물쭈물하는 참인데 또 전화가 온 것이다.

〈4문〉 경비실엔 이미 참한 잔치판이 벌어졌다. 있는 집 제사였던지 5홉들이 청주병에다가 서너 개 접시에 음식이 구색 갖춰 그득했다. 차려나온 음식이 얼른 봐도 내력 있는 집임을 말해준다.

"어이구, 아주 잔치를 치는구만."

그가 들어서면서 쩍 벌어진 입으로 내뱉는 일성이다. 기다렸다는 듯 허 씨가 그에게 잔을 권한다.

"자, 받게나."

영락없는 자기 집 음식 대접하는 주인 행색이다.

"난, 오늘은 좀 쉴래. 속이 좀……."

그가 인상을 과장해서 찌푸리며 손을 젓는다.

"우짠 일이래요. 임자도 술 마다할 때가 있나. 참 별일이네."

그들도 그가 애주가란 걸 알고 있다.

"좀 그럴 일이 있구마."

"와? 임자가 안 거들면 이거 다 묵도 몬한다."

"댔다. 참석했다는 데 뜻이 있지, 머."

그는 저었던 손으로 사과 한 쪽을 집는다.

"……그라믄 의장 후보 등록은 아즉 오천평 한 사람밖에 안 했단 거여?"

〈3문〉의 박 씨 입에서 나온 이야기다. 말투가, 그의 등장으로 잠깐 멎었던 화제가 다시 이어지는 듯했다. 그가 힐끔 박 씨를 본다. 〈오천평〉이 조붓하게 그의 신경을 건드린다.

이미 지난주에 각 동 대표자 14명을 뽑는 선거가 있었다. 곧 의장을 뽑게 된다는 것도 다 아는 일이다. 세칭 운영위원장이 란, 의장에 출마를 하자면 먼저 동 대표가 되어야 한다. 그게 첫째 조건이다. 500세대 이상 공동주택 운영관리규정에 그런 게 조목조목 명시돼 있다. 강 회장을 위시해 평소 물망에 오른 사람들은 모두 이미 1차는 통과한 상태다. 그 사람들 가운데서 의장이 나온다. 앞으로 자기네들의 상왕, 또는 태상왕이 될 사 람들인데, 누가 되든 그 사람이 그 사람이더라도 그들한테는 초 미의 관심사다. 그게 세상일이고, 그게 조직사회다.

"내일이 금요일 아이가. 마감이 하루밖에 안 남았긴 하지만 그래도 기다려봐야제."

허 씨의 대답이다.

"나올 사람이 서너 사람은 댄다 카더이만."

조 씨 이야기.

"글씨 말야."

"앞으론 그 자리가 갠찮을 거야."

"지금하곤 머가 다른데?"

"이자, 민선 아이가. 지금까지는 시공사에서 맹글어 안친 사람들이지만, 주민들이 뽑아노믄 심이 들어가 있다, 말이다. 나중에 한번 보라구. 그 사람들이 와 그 자리에 안즐라 카는지 알 기구마."

"그래 그런지, 하긴 요새 시끄러운 아파트가 만터라이까."

"말이 났으이 얘긴데, 우리 여게서는 누가 나와도 오천평은 몬 이긴다. 공기 돌아가는 거 보이 결정은 버얼써 났던데 멀. 요새 그 여자 팔랑거리고 싸댕기는 바라. 모두 오천평이 아이라 만평이라 안 카나."

"어느 눔이 대든 우린 굿이나 보고 떡이나 먹음 대잔어."

"그라믄 투표도 할 거 읍고, 무투표 당선이네."

"하나가 나서도 투표는 해야 한단다. 규정을 그래 만들어났다는구만. 상대가 읍더라도 과반 투표에다. 과반 찬성을 못 얻어내문 안 댄단다."

"하나마나 한 선거, 그런 선거는 와 하는데……"

"법에 그래 하라고 대 있다이까."

여기까지 조용히 듣고 있던 그가 끼어든다.

"선거가 민주주의 꽃이라고 그라더이만, 올 장미촌에도 진짜 꽃이 하나 피게 생깃구마. 참, 이번에 송 위원장은 안 나올라 카능강."

조 씨를 보고 묻는다.

"몰라. 소문엔 움직인다, 그라던데."

"난 그 양반이 개한터라."

"개한킨 머가 개한터노. 그 사람 땜에 우리가 표고를 얼매나 묵었노 말이다. 난 딱 질색이다. 그 양반은 그거 하나만 가지고도 자격미달이야."

"그게 좀 그러킨 하제. 그런데 이자 버섯공장도 집어쳤다문서."

"그리고 얼마 전에 삐라 사건도 안 있었나. 안 땐 굴뚝에 연기 나겠어. 나와도 떨어질 거 머한다고 나오겠어."

허 씨가 자기 의견을 편다.

"떨어지다이?"

"머, 공기가 그래 돌아가는 거 같으니께 하는 얘기지."

"아이그, 그만 그 얘기 고만하자. 술맛 떨어진다. 넬이문 다 알 건데, 그걸 가꼬 우리가 와 자꾸……."

조 씨가 고개를 흔든다.

그러나 5분을 못 넘겨 이야기는 다시 그쪽으로 들어선다. 허 씨의 입에서 나온 말.

"그런데 이번에 동 대표 뽑을 때 보이까, 사람 참 웃기대. 무슨 법이 그래 대 있는지 몰라. 한 세대당 한 사람씩 투표한다 카는 건 이해가 대는데, 여기 장미촌에 엄연히 살고 있는데도, 집이 자기 명의로 안 대 있으문 투표권이 읍다는구만. 그게 말이 대나 말여."

"아이, 주민등록이 일루 대 있는데도?"

"그러터라이까."

"그거 또 희한한 일로구만. 국회의원 선거는 우째 하게 대 있노?"

"물을 것도 읍제. 주민등록만 대 있으문 전세를 살 건, 사글세를 살 건 아무 상관 읍제."

"그라문 그건 잘못댔다. 고치야 대겠구마."

"그라고. 호주라는 거 이것도 또 희한하더구먼. 한번 들어보라카이. 우리 골목 사람 일인데……."

투표권은 세대당 한 표만 행세하면 되기 때문에, 호주가 못할 땐 직계존비속 가운데 누구든 성인 한 사람이 대행할 수 있다. 그러나 아무리 직계라도 아파트 소유자가 며느리 앞으로 돼 있으면, 남편 쪽 직계는 부적격자가 된다. 동 대표 선거 때 자식의 부탁으로 투표장까지 나갔다가 그냥 돌아간 사람의 어처구니없는 불평불만을 들었다며 허 씨가 털어놓은 말이다.

"규정이 아주 얄라꿍하게 대 있구만."

"글씨, 얼른 들어도 좀 고약하게 대 있는 거 같더라고."

"법이 그래 대 있는 담에야 구처가 읍는 거 아이겠어. 악법도 법이라 켔응게."

"그래도 잘몬댄 건 고쳐야 할 거 아닌개벼."

"이 세상 어느 곳치고 문제읍는 데가 어데 있더노. 캐고들문 다아 있는 기라. 원래 한 놈이 득을 보문 다른 한 놈은 손해를 보게 대 있다. 울퉁불퉁, 그게 세상 이치 아이가. 그렁 거까지 우리가 씹을 거는 읍는 거고……."

이야기는 거기서 다시 한 박자 건너뛴다. 음주운전에 이야기를 실은 수레바퀴가 삐걱삐걱 흔들린다.

"아이그, 그런 건 다 그렇다 치구. 이자 울 장미촌도 마침내 여인천하로 들어가게 생깃다 아이라."

"어느 눔이 대든 무슨 상관이고."

"어느 눔이 아이라 이자 어느 년이라 캐야 하겠구먼."

"그거 이바구 대내."

"야, 이 사람들아. 이거라도 해묵을라거등 말조심 좀 해라. 어느 년이 머꼬. 벽에도 귀가 있다 안 카나."

"시상 흘러가는 대로 따라가야제. 우리 구청장도 여자, 통장도 여자, 거기에다 이자 아파트 의장까지 여자가 안게 댔으이 말야. 허허허."

"대통령은 여자 아이가. 그렁 거까지 씹을 건 읍다카이."

"천지개벽한다는 기 딴 거 아이라카이."

"사내새끼들 그걸 다 뗴 내던지든지 해야지, 시상에 이기 무슨 꼴이고 말이다."

이야기 끝에 그가 푸념조로 한마디 툭 던진다.

"그러이까 우릴 보고 환갑, 진갑 다 지나도록 경비 노릇밖에 몬 한다고 찍어 부친 인간들이 있잔어. 어데, 그런 연네들 눈에 우리가 발가락 새 때꼽만큼이나 보이겠어. 참 사람 미쳐 나자빠질 일이지."

"허허허, 약한 자여 그대 이름은 남자인지고."

허 씨가 제법 신파조의 가락을 뽑는다. 이야기의 바퀴가 또 휘청거리며 다른 골목으로 든다.

"참 그리고 나도 하나 물어보자. 그건 우째 됐노? 노조 한다카는 거 말이다."

조 씨가 문득 생각난 듯 던진다.

"그거 벌써 종친 거 아이라. 나는 그래 아는데⋯⋯."

"공 씨 그놈이사 미친 자식 아이라. 괘니 떠벌려 사람들 허파에다 바람만 잔뜩 넣어놓고는 날라버렸으이."

"날르다이, 그만뒀단 말야?"

"집에 일이 생겨 휴가 냈다며⋯⋯."

"휴가 조아하네. 경비원 주제에다 휴가를 한 달씩이나 내는 놈도 있나. 다 물 건너간 거지."

"웃기는 놈 아냐."

"그라문, 우리 조합비 낸 건 우쩨 댄 거고? 두 번인강 냈잖어."

"참 그거 한번 알아바야 대겠네."

"개 대가리에 겨를 털어묵지, 그노므 자식……."

여기까지 듣던 그는 그만 손바닥을 턴다. 가뜩 입안이 텁텁한데다가 뒤죽박죽 얽힌 이야기로 해서 그만 소태 씹은 입이 됐다.

"아이그, 난 모르겠구마. 모두 잘들 한번 해보라구."

이 말 한마디를 던져놓곤 슬그머니 빠져나온다. 계속 울렁거리는 속을 달래느라 애를 먹었다.

좀 시원한 구석이나 있을까 해 나왔다가 외려 두통거리만 싸안고 경비실을 들어서는데 벽거울 속의 한 사내가 기다리고 있었다는 듯 그를 맞아준다. 거울 앞에만 서면 그 사내는 항상 먼저 와서 자기를 흉내로 맞아준다.

엉거주춤 거울 속 사내와 마주 서본다. 축 처진 몰골이 오늘 따라 퍽이나 처량하고 불쌍해 뵌다. 밤에다가, 조명을 제대로 안 받아 그런지 고맙기만 하던 제복이 뜻밖으로 후줄근하고 답답하다. 딴사람 같아, 그만 찢어서 벗어던졌으면 싶다.

그러고 보니 평생을 제복으로 살았다. 중고등학교, 군대생활, 예비군, 민방위…… 색깔만 다르다 뿐이지 잊을 만하면 제복이

기다리고 있다가 덤벼들었다. 심지어는 노무자로 일할 때, 이삿짐센터에 붙어 있을 때도 제복을 걸쳤다. 회갑을 넘겨 이제야말로 제복과는 완전히 결별했다고 생각했는데 또 경비원이라는 제복이 기다리고 있을 줄이야.

제복에 묶여 너무 많은 것을 잊어버리고 산 건 아닌지 모르겠다는 생각을 잠깐 해본다. 돌아보면 말에서, 행동에서 많은 세월을 제복 때문에 웅크리고 살았다. 제복이 가르쳐준 것은 수긍, 침묵, 충성, 그리고 복종과 예속이다. 한 번씩 멋들어진 조화에다, 보호와 통일이라는 감동, 나이까지 감춰주는 고마움도 더러 있었지만 평생을 오직 조신 하나로 학습시키며 다독거린 것이 제복이 아니었던가. 혹 제복은 빛날 때가 있었는지 모르지만 그 속에 갇힌 영혼은 불안하고 괴로웠다. 불씨란 불씨는 모두 묻어놓고, 때로는 호흡까지 억누르며 헤어나지 못하도록 위계를 강요한 것이 제복이 아니든가.

자꾸 아래위를 훑어보기만 하던 거울 속 사내랑 더 마주하기가 멋쩍고 귀찮아 히죽이 웃으며 돌아서자, 사내 또한 임자 생각이 내 생각이란 듯 돌아선다.

다음다음 날 아침 그가 출근해서 신변 정리를 하고 있는데 박 소장이 들렀다. 손에는 한 다발의 전단지가 들려 있다. 여느 때와는 다른 억양, 다른 근엄한 표정으로 그에게 이른다.

"이거 이번 동대표회의 의장을 뽑는 선거공봅니다. 한 조가

두 장씩인데 하나는 현관 게시판에, 하나는 승강기 안에 붙여 놓겠습니다."

아파트 각 동을 돌면서 들린 모양이다. 보통 경비들한테 붙이 라곤 던져두고 가는데 이번 일은 직접 자기가 할 모양이다.

그는 박 소장의 일을 도우면서 내용을 건성 훑어본다. 한 장 엔 투표 안내 문안이 들어 있고, 다른 한 장엔 의장으로 출마 한 강 회장과 또 한 사람의 인적사항이 천연색 사진과 함께 담 겨 있었다.

입후보자들을 보는 순간 그는 그만 자신도 모르게 움찔하 곤 말았다. 입꼬리를 올려 애써 웃으면서, 약간 삐딱한 자세로 포즈를 잡아 찍은 강 회장 옆에 박힌 사진이 전혀 뜻밖 인물이 었기 때문이다. 지금까지 하마평에 오른 사람들은 하나도 없고 생뚱한 사람이 거기 들어앉아 있는 게 아닌가. 주민등록증 사 진으로 단정하게 박힌 그 사람은 109동 동대표였다.

소문이 무섭긴 무서운가 보다. 현 송 위원장인 비롯 서너 사 람이 자천, 타천으로 물망에 오르더니만 결국은 송 위원장까지 꼬리를 내린 모양이다. 누구든 강 위원장하고 맞서봐야 들러리 밖에 안 된다는 소문은 그대로 현실로 굳어지는 모양이었다. 그런데 109동 대표가 왜, 어쩌겠다고 입후보를 한 것일까. 더군 다나 그 사람은 동대표도 떠밀어 앉힌 사람이다.

그때서야 그의 머리를 때리는 게 있었다. 며칠 전 조 씨한테 들은 이야기다. 혼자 입후보를 해도 주민 과반의 과반을 얻어야만 당선이 되는데, 이런 경우 싱거운 선거가 돼 투표할 사람이 없음으로 선거관리위원들이 호별 방문을 해서 찬반을 받아야 하는 번거로움이 있기 때문에, 이를 해소하기 위해서는 형식적이나마 한 사람을 더 내세워 경쟁을 붙이면, 열 표를 얻거나 스무 표를 얻거나 다수 득표자가 당선자가 됨으로, 상황을 그렇게 만들어 일도 줄이고 주민들이 뽑았다는 직접선거의 잔치판도 살린다는 이야기가 있었는데, 그 이야기가 고개를 쳐들었다. 그때는 설마 그런 일까지 생기려고 해서 대수롭잖게 들었는데 이제 보니 그게 진짜 딱 맞아떨어지는 게 그런 신통방통함이 없다. 참으로 세상은 요상하게 돌아가고 있다.

"두 사람밖에 출마 안 했심까?"

안 듯 모른 듯, 조용히 있기가 뭣해 그는 관심 표현의 한 방편으로 한번 물어본다.

"네."

박 소장의 대답이 담담했다.

"……."

그는 전단지 속의 강 회장 얼굴만 뚫어져라, 쳐다본다. 이상하게도 눈이 좀처럼 떠나질 않는다. 실물보다는 살집이 표가 나게 빠진, 모르는 사람이 보면 딴사람으로 오인할 만큼 날씬한 몸매다.

정성 들여 벽보를 붙이는 박 소장의 일거수일투족과 담담한 대답, 그리고 강 회장의 얼굴에서 피어나는 아리송한 웃음이 그의 머릿속에서 오묘하면서도 난해한 조합을 만든다. 왜 강 회장을 먼저 자꾸 찾아보라는 건지, 그 반갑잖은 주문의 현주소를 충분히 알 만했다.

더 다른 말은 없이 승강기 안에까지 다 붙인 박 소장은 똑똑 끊어지는 말로 그에게 이른다.

"시간 나는 대로 한번씩, 자주 들여다보세요. 그럴 리야 없겠지만 혹 훼손될 수도 있고 하니까 말입니다."

자기 말만 던져놓곤 곧장 〈2문〉으로 향했다.

올 날이 온 것뿐

퇴근해서 들어서는데 뜰 위에 낯선 여자 신발 한 켤레가 눈에 띈다. 콧등이며 뒤꿈치 무늬가 요란스러운 게 바깥 활동이 번거로워 보이는, 젊은 사람 신발이다. 정임의 신발은 다 눈에 익은데, 아니다. 누굴까. 누가 아침부터 찾아왔지. 그는 멈칫 선 채로 자기 집에 나드는 여자들 가운데 저런 신발을 신을 만한 사람이 누가 있을까, 머릿속을 헤집으며 방 안 공기를 타진하는데 신발 임자의 말인 듯한, 어눌한 서울 말씨가 흘러나온다.

"그쪽에도 아이가 하나 있대. 사내아인데 방아보다는 두어 살 더 많을 거예요."

"그럼 더 잘 됐네. 차라리 그게 낫구마. 안 그래여, 언니?"

"글쎄요."

"양쪽에서 똑같이 하나씩이라믄 서로 기울지도 않고, 거게다 한쪽은 머슴애고 한쪽은 기집애니까 구색도 맞고, 일부러 그런 자리 고를라 캐도 힘들겠다. 참, 천생연분이라 카더이만. 잘 댔구마이."

"아직 구색 찾고 할 그런 단계는 아니고……."

"딱이다. 나이가 있는데, 새로 더 놀 필요도 읎고. 있는 애들이나 챙겨 잘 기르믄 델 거 아이가."

"참 고모도, 앞서가기는."

여기까지 숨소리까지 다독거려가며 훔쳐 듣고 있던 그는, 이야기의 임자가 며느리라는 걸 확인하는 순간 간이 쿵 떨어지는 충격을 받는다. 애가 어느 틈에 내려왔으며 도대체 지금 무슨 수작들을 하고 있는 것인가. 그의 눈알이 왕방울처럼 튀어나와 이리저리 구른다.

며느리가 사전 아무런 연락도 없이 내려왔다는 사실도 놀랍거니와 정임이랑 주고받는 내용 또한 사람 기절초풍하기 좋을 만하다. 세상에 이런 망발은 없다. 평소 조마조마하게 품고 살던 숙제가 여기서 이렇게 풀어지고 있다니. 갑자기 누가 대들어 숨통이 죄는 것만 같다. 그는 가슴팍 동계動悸를 쓸어내리며 일단 더 들어보기로 한다.

"남자는 머 하는 사람이라 카더노?"

그래 들어 그런지 정임의 말에는 신명까지 올라붙는다.

"월급쟁이지 뭐. 나는 모르는데 그 사람은 우리를 잘 안다 그러더라고. 방아 아빠랑 나이도 비슷하고."

"그라믄 오빠 친구겠네."

"말 들어보니까 친구는 아닌 거 같고, 그냥 통성명은 하고 지냈던 그런 사인가 봐."

"생판 모르는 사람보다야 열 번 낫제."

"그야 물론 그런 점도 없는 건 아니지만"

"하긴 그게 머가 그리 중요하노. 사람 하나가 젤이제. 언니가 보고 조흐믄 델 거 아이가. 서로가 한 번씩 고통을 겪었으이까 새로 사는데 밋천이 대도 안 대겠나. 새 사람보다 그런 사람들이 외려 낫구마."

"나도 어떻게 해야 좋을지 모르겠어요."

"결정은 언니한테 달렸다. 그라이까 언니 조흐믄, 빼고 자시고 할 거도 읍다카이. 바로 결정해 뿌라고. 쇠뿔은 단김에 뽑았부리라 캤거등. 더군다나 이런 일엔 시간 자꾸 끌어가지고 졸일이 하나도 읍다카이."

"아버님이 또 어떻게 생각하실지도 모르겠고……."

"참 희한한 소리도 다 듣겠다. 거게 아버지가 와 들어가노. 나도 아버지한테 여러 번 얘기했다카이. 언니가 좋다 카믄 다 해주라고. 그라이까 아버지 눈치 볼 거는 읍다 아이라. 언니 인생 언니가 찾아 살아야 하지, 아무도 대신 안 살아준다."

"그래도 사람 일이란 게……."

"우선 내가 불편해서도 안 대겠더라. 안 할 말로 나도 여게 빌붙어 사는 건데 지금 엄마 저래 대 있지, 우리 집에 내 손 안 들고 대는 일은 하나도 읎거등. 내가 할 짓이 아이라이까. 무작정 방아를 우리가 저래 델고 있어가꼬 댈 일도 아이고. 내년이믄 이자 학교도 들어가야 하는데 여게서 우리가 더 우짼다 말이고. 택도 읎는 일 아이라."

신통방통한 듯 자꾸 파고드는 정임의 말투가 더 사람을 환장하게 만든다. 자식이, 더군다나 한집에 살면서 제 아비 속을 몰라도 저렇게 모르다니. 저게 원수덩어린지, 피붙이인지 모르겠다. 그의 얼굴이 이윽고 굳어지며 황달 환자 빛이 된다. 여기서 더 참아선 될 일이 아니다.

"어험."

그는 마른침을 소리가 나도록 꿀꺽 삼키고, 목구멍에 힘을 줘 기침을 크게 밭았다. 그러고는 쿵, 마룻바닥이 울리도록 발목에 힘을 줘 올라선다. 더 듣고 있다간 어떤 소리가 나올지 모르겠다는 불안에, 사전 틀어막을 셈에서다. 그러나 모른 척 좋게 입을 뗀다.

"집에 누구 왔나? 반가운 목소리가 들리노."

방문을 열고 내다보는 사람은 틀림없는 며느리였다.

"아버님, 저 왔습니다."

작년 동짓달 자기 생일 때 잠깐 하루 내려와 자고 올라간 뒤로 얼굴 보는 건 첨이다. 어쨌거나 그렇게 반가울 수가 없다. 아무 이야기도 없었던 척, 못들은 척, 세 사람이 마주 앉는다.

"늬가 오늘 우짼 일이고. 바쁘다 카드이 여게 올 틈이 있더나."

며느리 대답 대신 정임이 끼어든다.

"언니한테 사람이 하나 생깄답니다. 그래서……."

"사람이라이, 웬 사람은?"

그가 모른 척 어물쩍하자 며느리가 나선다.

"아직 그런 건 아니고요. 그냥 아는 사람이 하나 있는데……."

그가 며느리의 말을 중간에서 삭둑 자른다.

"야가, 이기 무신 소리고?"

그러나 그도 그 말 한마디뿐. 뒤는 앙다물었다. 정임이랑 실랑이를 하면서 몇 번 주고받은 말은 있어도 아직 며느리한테는 그쪽으로 일언반구도 내비친 일이 없다. 물론 며느리 입에서도 없었다.

지금까지 서로가 없었다는 건 수절이라는 기존 체제를 인정하고 그 길을 간다는 뜻이다. 분명히 자기한테도 그렇게 말했다. 그런데 이게 무슨 날벼락 같은 소린가. 그냥 마음에만 두고 있었던 감정과 그 감정이 연출해 낸 행동은 전혀 다른 것이다. 전자는 어디까지나 불씨다. 그러나 후자는 방화다. 방화란 온통 세상을 뒤집어엎는 상태를 말한다. 하늘과 땅이다.

조심스레 그의 눈치를 보고 있던 며느리가 이윽고 바로 치떠본다.

"아버님, 어떻게 하면 좋겠습니까. 저는 아버님 시키는 대로 따르겠습니다."

며느리 눈에 금세 이슬이 맺히고 얼굴이 굳는다. 한사코 올 때가 왔다는 정면 도전이다.

"……."

"……."

며느리도, 그도 말을 잃는다. 억장 무너지는 숨소리만 콧구멍이 비좁도록 솟구친다. 그가 말문을 튼다.

"나도 네가 하자는 대로 따르마. 시상이 다 변하고 있는데 그 물결을 나 혼자 힘으로는 몬 막는다 아이가. 늬 좋도록 해라. 그러더라도 명심해 둘 게 하나 있다. 방아만은 기냥 두고 가거라. 걔는 우리 오 씨네 애 아이가. 그래 알고……."

말은 그냥저냥 받았지만 오장육부가 뒤틀린다.

"아버님, 무슨 말씀을 그렇게 하십니까. 그건 아니지요. 가더라도 저 혼자는 못 갑니다. 환장 안 한 이상 자식을 두고 어떻게 갑니까."

"야가 이기 무신 소리고. 그라믄 시방 늬가 방아를 댈로 왔다 그 말이가. 택도 읎는 소리. 걔가 우째 늬 자식이고. 늬가 가는

건 늬 맘이지만 방아까지 댈고 간다는 건 천지개벽을 해도 안
댄다. 안 대고 말고지."

고맙고, 귀엽고, 천사 같기만 하던 며느리가 세상에 없는 악
녀로 변해 있었다. 그만 딱 꼴도 보기 싫다. 그는 얼른 문을 탕
닫고 나왔다. 그러고는 바로 방아를 찾아 나섰다.

"방아야, 방아야!"

목구멍이 찢어지도록, 집이 떠나가도록 외쳤다. 당장이라도
방아가 나타나 제 어미 품에 안겨 죽어도 안 떨어지려고 발버
둥을 칠 것만 같은 그림이 눈앞에 선했다. 다른 건 다 묵과해도
세상에 그런 꼬락서니는 못 본다. 자식을 두 번 죽이는 일이다.

"방아야! 방아야!"

그의 외침이 담을 넘고 골목을 여울로 흐른다. 여기저기 부딪
혀 메아리로 애타게 하늘을 헤맨다.

그는 벌떡 일어나 손나발을 만들어 다시 외치려다가 그곳이
골목길이 아닌 방 안임을 알고 풀썩 주저앉는다. 정신을 가다
듬어 사방을 둘러본다.

꿈이었다. 휴ー. 세상에 그런 다행이 없다. 가까스로 안도의
호흡을 추스른다.

머리를 대구 흔들어 놓았던 정신 줄을 찾는다. 얼마나 발버
둥을 쳤던지 몸뚱이가 방 한쪽 구석에 박혀 있고, 등짝은 땀으
로 후줄근했다. 꿈에서 벗어났음을 확인한 뒤에도 아직 상황이

제대로 안 잡힌다. 자식을 보낸 뒤로 많은 꿈을 꾸었지만 아직 그런 꿈은 처음이다. 천지가 빙그르르 도는 듯 그때까지도 어지럽다. 평소 며느리에 대한 불안한 강박관념이 얼마나 뿌리 깊게 박혀 그를 짓누르고 있었는지 말해준다.

모두 비웠는지 집은 적막강산으로 조용하다. 멍청히 앉아 있는데 윗목에 얌전하게 놓여 있는 쪽지 한 장이 눈에 든다.

어머니랑 절간에 다녀오겠습니다. 점심은 차려놓고 갑니다.   _정임

시계를 본다. 11시 반.

퇴근해서 한심 자고 나면 되는 그 시각이다. 보통 이 시각에 깨어나면, 버릇 들인 탓도 있지만, 항상 몸은 개운하고 머리가 가뿐하다. 비번 날 그의 일과는 그때부터 시작된다. 그런데 오늘은 몸도 마음도 짐을 한 바리 싣고 있는 것처럼 무겁다. 꿈이 현상에 어떤 영향을 미치는지 모르나 꺼림칙한 것만은 숨길 수가 없다.

어지럽게 뒹구는 정신 가닥을 주섬주섬 챙긴다. 그도 며느리의 앞길에 대해서는, 아직 구체적으로 밝힌 건 없지만, 몇 가지 안은 만들어놓고 있다. 우격다짐을 해서라도 평생을 같이 살아 한집 귀신이 되는 방법에서부터, 지금 꿈처럼 방아는 두고 며느리 혼자 내보내는 방법, 완전히 적을 파가지고 떠나 남남인 원

점으로 돌아가는 방법에 이르기까지 여러 유형이다. 그 가운데는 안 할 말로 행방불명이란 극한 상황도 들어 있다. 그만큼 그는 그쪽으로 많은 신경을 쓰며 애를 태웠고, 지금도 삶의 축을 오직 그곳에만 맞춰두고 살고 있다.

자기 집 내력과 비슷한 이야기를 들을 때마다 머리끝이 곤두섰다. 그가 그렇게 좋아하던 연속극을 안 보는 이유도 모두 그런 데 있다. 무슨 놈의 연속극이 틀기만 하면 며느리 때문에 분란으로 시끄러운지 모르겠다. 며느리가 집 나가는 걸 식은 죽 먹는 것보다 더 쉽게 설정해 놓았으니, 가정이 병이 든 게 아니라 세상이 망령이 든 것이다. 모르긴 하지만, 오늘 꿈도 바탕은 그런 데서 발원된 건 아닌지 모르겠다.

그러나 아직은 때가 아니다. 결정된 건 아무것도 없을 뿐만 아니라, 그들이 자기의 곁을 떠난다는 건 상상하기도 싫다. 가끔 정임이 제 올케의 진로에 대해 이런저런 가능성을 꺼냈지만 그냥 이야기로만 들어줬지, 빈말이나마 허락한 일은 한 번도 없었다.

"또 씰 데 읍는 소리……."

다 듣고 난 뒤 그의 입에서 나온 답은 항상 이거였다. 그러나 이건 어디까지나 정임의 입에서 나왔을 때 말이지, 며느리의 입에서 나온다면 다를 것이다. 얼마든지 〈쓸 데 있는 소리〉가 될 수 있다.

꿈이라는 단서가 붙기는 하지만 며느리의 입에서 재혼 문제가 나왔다는 건, 심각한 문제가 아닐 수 없다. 처신이 어렵고 괴롭다. 등짝의 식은땀이 흥건한 걸 보면 몸뚱이가 엄청 놀랐던 모양이다. 조짐이 이상하다. 예고편을 본 듯한 기분도 든다.

그는 전화로 정임을 찾는다. 아무래도 느낌이 안 좋았다. 며느리 정보는 정임한테 가장 많고, 정확하다.

"아버지. 접니다."

"거기 절간이가?"

"예. 여게 온다고 메모 하나 해노코 왔는데요."

"그래, 밧다. 점심은 내가 챙겨 묵으믄 대고, 그런데 하나 물어보자. 요새 늬 올케랑 무슨 얘기 나눈 거 있나?"

대놓고 전화 낸 핵심을 묻는다.

"아무것도 읍는데요."

"전화 온 거도 읍고?"

"읍다이까요."

"……"

"그런데 와예?"

"앙이, 기냥 한번 물어밧다. 늬들끼리는 더러 하는 거 같대. 그래서……."

반가운 내용도 아닌 거, 꿈 이야기는 아예 비치지도 않았다.

"참 아버지두. ……찌개는 냄비째로 데우믄 댑니데이. 기찬터라도 다 챙겨드이소. 일찍 들어갈게요."

"오냐, 알았다."

전화기를 접으려다가 갑자기 머리를 치는 게 있어 다시 정임을 붙잡는다. 꿈은 역으로 나타난다는 생각과 함께 혹 사위한 테서 무슨 기별이라도 있어 그게 그런 식으로 나타난 건 아닐까, 싶은 생각이 문득 든 것이다. 그쪽으로도 걱정으로 보면 보통 걱정이 아니다.

"나온 김에 하나 더 물어보자이. 그 뒤로는 강 서방한테서도 다른 얘기는 읍었제?"

"아버지도 참. 오늘 와 캅니까."

강 서방 이야기가 나오자 정임이 몸에 붙은 벌레라도 본 듯 펄쩍 뛴다. 이젠 좀 수그러질 때도 됐는데 도무지 무슨 속인지 모르겠다.

"기냥 한번 물어본 걸 가지고. 읍서문 거만이제."

"꿈에 빌까 겁나는데. 그녀러 인간은 와 또 끄잡아 낸답니까. 생각만 해도 구역질이 칵 나는구만요."

원래 저런 애가 아닌데 상대가 아버지라는 것까지 잊고 탁 쏴붙이는 걸 보면 마음은 이미 오래전에 떠난 건 아닌지 모르겠다. 생각만 해도 넌더리가 난다더니만 한번 토라진 마음이 그대로 굳은 모양이다.

"오냐, 알았다."

전화는 이미 끊겨져 있었다. 정임이 먼저 접은 모양이다. 사람 성질만 돋운 셈이 되고 말았다. 괜히 전화를 했다 싶은 생각이다. 머릿속이 그때부터 새로 자꾸 뒤엉킨다.

집에는 아무도 그런 사람이 없는데 누굴 닮아 저렇게 패악을 잘 내고 영악스러워졌는지 모르겠다. 시류가 여자들을 너무 떠받든 세상이 돼 그런지, 한편으로는 모든 기대가 바스러진 지금 처지가 모두 독으로 올라붙어, 본데없는 사람같이 팩팩거리는 건 아닌지 모르겠다는 생각도 해본다. 하루하루 살아가는 게 흡사 비탈에 세워둔 지게를 보는 듯 불안하고 어줍다.

오후의 전화

〈笑軒〉

뒷벽을 향해 앉아 가훈으로 걸어놓은 액자를 멀거니 바라본다. 가끔 퇴근해서 한숨 자고 난 뒤 집에 아무도 없고 하면 곧잘 그렇게 액자와 마주 앉아본다. 웃음소리가 나는 집이라, 획이 쭉쭉 뻗은 게 모르는 사람이 봐도 글씨 하나는 명필 같다.

언젠가, 길거리에서 시민단체가 가훈 전시회를 하고 있었는데, 필요로 하는 사람들한테는 대가 없이 써준다고 해서 하나 골라 받아온 것이다.

"아주 멋들어진 것을 잡았네요. 웃을 소笑 자, 집 헌軒 자입니다. 웃음소리가 넘치는 가정을 만들자, 그런 뜻으로 보면 됩니다. 소문만복래笑門萬福來와도 같은 뜻이죠."

그날 글을 써준 사람의 풀이였다. 집에 들어서자마자 그는 무슨 큰 보물단지나 되는 것처럼 정성을 다해, 안방 안쪽 벽에다 못질을 해 걸어놓고는 아내한테 내용을 설명했다.

"아따 참 꿈도 아무지네. 야이 이 양반아, 그런 거 안 걸어놔도 돈만 만으문 우슴이 절로 나게 돼 있다 아이라. 그거 하나 부치놋는다고 내키지도 안는 우슴이 나오나. 사람이 어리석긴……."

"어리석은 기 아이다. 이런 걸 달아노면 돈이 생긴다. 그 말이다."

"아이그, 내사 모르겠구마."

"이제 시방부터 이게 우리 집 가훈이다. 알기를 그래 알아라."

팔자에 없는 가훈을 하나 얻어 걸어 두었던 것이다.

〈笑軒〉은 그날부터 그에게는 희망이었고 꿈이었다. 거기에 맞춰 사느라고 못마땅한 일에도 이를 악물고 버텼다. 하지만 그게 거기 붙어 있은 지 10여 년이 넘지 싶은데, 아직 마음 놓고 소리 내어 웃어본 일은 좀처럼 기억에 없다.

하긴 처음부터 가훈이라기보다는 부적과 같은 효과를 노려 걸어 둔 것이긴 하지만, 볼 때마다 생기가 돌아야 하는데 이건 사람 속만 한사코 훑으니 이런 답답함이 있는가.

생각지도 않은 박 소장한테 전화를 받은 것은 이날 오후 한나절이 다 돼서다. 그때까지 속은 출출해도 혼자 숟가락 들기가 뭣해 점심도 거른 채, 좀 더 기다렸다가 식구들이 들어오면

같이 먹을까, 어쩔까 하고 있는데 휴대폰이 울렸다.

"혹 주무시는데 깨운 건 아닌지 모르겠습니다."

시작은 조용하고 점잖았다. 쉬는 날 관리실 전화는 드물었다. 분명히 업무적인, 그리고 급해서 한 전화일 텐데, 무슨 일일까 생각하며 받는다.

"아입니다. 괜찮심다."

"다른 게 아니고 저어, 아직 강 회장 한번 안 찾아보셨죠?"

어느 정도 감은 잡고 있었으나 그래도 다른 내용이기를 바랐는데, 한사코 또 그 이야기다. 불원간 한번 나오리라는 건 예상하고 있었다. 접때 당부가 있고 달포가 지나도록 아직 그러고 있다. 솔직히 입 떼기가 그만큼 언짢고 싫었다. 백번 양보를 해고민해 봤지만 제 발로 찾아 사과를 한다는 건 허용할 수가 없다. 인두겁 쓰고는 할 짓은 아니다. 주종관계가 사리분별까지 혼탁하게 만들어선 안 된다고 본 것이다.

"……."

입이 얼른 안 떨어진다. 아직 안 찾아본 데에도 이유가 있지만, 촌각을 다투는 일도 아니고, 내일이면 볼 텐데 그때 해도 얼마든지 될 일을, 쉬는 날 집에다가 전화까지 내서 사람을 혼란스럽게 만든 데에도 불만은 있다.

"제가 그렇게 힘든 일을 부탁했습니까?"

차악 깐 목소리가 사람 속을 훑는다.

"……."

"가서 무릎 꿇고 빌어달라는 것도 아니고. 그냥 좋게 어쩌다 보니 그렇게 됐다고. 그런 얘기나 한번 해달라고 부탁드린 건데. 저도 어려운 일 같으면 아예 입에 담지도 않습니다. 그날도 제가 말씀드렸잖아요. 똥이 무서워 겁내는 게 아니라고요. 이쯤 얘기 드렸으면……."

그는 박 소장의 말을 끊는다.

"알겠심더, 소장님. 하기 싫어 안 한 건 아이고 차일피일하다 보이 그래 댄 거 갓심다."

나이 차이가 많기 때문에 평소에는 〈님〉을 잘 안 붙이는데 오늘따라 깍듯이 붙인다. 같은 말도 감정이 박히면 다르게 들린다.

"일일이 다 털어놓지도 못하겠고, 저도 중간에서 입장이 난처해 그럽니다. 하긴 평양감사도 자기 하기 싫으면 못하는 거지만."

"그런 거는 아이고요."

"집에까지 전화를 해 이런 얘길 하는 게 옳은지, 저도 참 많이 생각했습니다. 그 점은 이해해 주시고……."

"알겠심다. 우리 박 소장님 맘, 내가 와 모르겠심까. 여러 말 읍시 낼이라도 나가문 바로 만나뵐게요. 그라믄 안 대겠심니까."

"저도 알아듣도록 말씀 드렸으니까, 이제 오 씨 좋도록 하십쇼. ……괜히 편히 쉬시는데 반갑잖은 전화를 드려 죄송합니다."

"자꾸 신경 씌게 해서 미안한데, 앞으론……."

이쪽 이야기가 다 끝나지 않았는데 전화는 끊겨 있었다. 기분이 상한다는 뜻일 테다. 마치 생사여탈권을 쥔 절대자한테 최후의 통첩이라도 받은 듯 얼떨떨하다. 전화는 끝났지만 그때부터 신경은 몸통 구석구석에서 날을 세운다.

속속들이 알 수는 없지만 말투로 봐 강 회장이 박 소장을 계속 씹는 모양같이 들린다. 씹는 내용물 속에는 개전의 빛이 없을 땐 갈아 치우라는 항목도 포함되어 있을지 모른다. 그날, 그녀 입에서 쏟아져 나온 말들을 분석해 보면 충분히 그런 생각도 해볼 수 있다. 그도 박 소장 성질을 웬만큼은 아는데 집에 쉬는 사람한테까지 전화질을 해가면서 볶을 사람은 아니다. 바로 입에 담지는 않았지만 이면엔 분명 뭐가 있어도 있을 것 같은 생각이 안 떠난다.

모양이 아니라서 그렇지 그도 마음만 먹으면 강 회장은 언제든지 만날 수 있다. 고개만 들면 창밖으로 104동의 4개 문이 한눈에 다 들어오는데 두문불출한다면 모르지만 안 그런 담에야 눈에 안 띌 수가 없다. 어제도 보았고 그제도 보았다. 여전히 그녀는 〈오천평〉의 진면목에서 일탈하지 않았고, 여전히 웃음소

278
아버지의 시말서

리는 아파트 계곡이 비좁았고, 여전히 아주머니들은 그녀의 앞에서 수다를 보였고, 여전히 당당했고, 여전히 푸른 구슬 박힌 반지가 눈에 띄는 손을 휘저으며 뒤뚱거리고 다녔다. 그러나 그렇더라도 아직 자기 발로 먼저 찾아가서 만나는 건 솔직히 싫다.

먼저 찾는다는 건 자기가 잘못했다는 걸 시인하는 꼴밖에 더 되는가. 약자한테도 최소한의 자존심은 필요한 것이다. 그게 무너지면 세상이 무너지고, 산다는 존재의 의미도 없다. 자기가 져야 한다는 것도 알고 있고, 현 상태에서 이길 수 없다는 것도 모르는 건 아니다. 그는 기회를 기다리고 있는 것이고, 그 기다림이란 건 결국 자존심과의 타협인데 아직 그러기엔 시기가 마뜩찮기 때문이다. 참 꿈땜을 해도 더럽게 한다 싶은 생각이 든다.

등신들의 이야기

그날 저녁, 그는 고 반장을 찾았다. 저녁에 시간이 있느냐고 물었더니, 까닭도 한번 묻지 않고 있다고, 있어도 많다고 했다. 됐느냐고 했더니 됐다고 했다. 두 사람만이 통하는 대화법이다. 그러고는 목구멍을 헐어놓고 같이 한참을 웃어댔다.

언젠가 비번 날 〈4문〉의 허 씨가 103동 경비들만 불러 한턱 쏜 막창집이 있는데, 그 집에서 만나기로 했다. 자기 골목 처녀 한 사람 중신을 넣어, 그 사례로 한턱 참하게 낸 일이 있었다. 이런 돈은 혼자 챙기면 부정 탄다고 고 반장까지 초청, 그쪽 근방에서 만났던 것이다.

서둘러서 이른 시각인데도 고 반장은 벌써 나와 있었다. 늘 제복 입은 얼굴만 대하다가 평상복으로 대하니 허여멀쑥한 허우대가 모처럼 돋보이고, 새 기분이다. 그 기분으로 둘은 오랜

만에 만난 사람들처럼 악수를 나누는 생뚱한 짓도 한번 한다.

소주를 한 잔씩 잔에 채워놓고 막창이 익기를 기다리며 그는 고 반장을 새삼스레 치떠 보며 씨익 웃는다. 정이 가는 사람은 따로 있는 건지 언제 만나도 좋고, 푸근하고, 웃음도 나온다. 나이 탓인지, 아니면 만남들이 모두 거래 때문인지는 모르지만, 그동안 많은 사람들을 만나고 헤어졌는데도 고 반장 같은 이는 드물었다. 오늘은 그 생각이 더욱 절실하다.

"허허, 근데, 웬일이여. 이런 귀한 걸음을 다 하구."

사실 오늘 아침에 같이 손을 흔들며 퇴근했는데, 저녁에 또 만난다는 건 일 년을 통 털어도 한두 번 있을까 말까 한 일이다.

"보고 싶어 왔지요. 속도 좀 싱숭생숭하고, 임 생각에다 뽕도 딸 겸 그래 왔구만요."

"내가 너무 오래 살웅 거 아니오. 하룰 몬 참아 보고 싶어 찾아온 사람이 있다카이."

"자, 우리 건배. 일단 술부터 한잔 댕겨 넣고 보입시다."

둘은 술잔을 짱 부닥뜨리며 털어 비운다. 두 번째 잔을 비우고 그가 얼굴빛을 고쳤다. 오늘 만나자는 목적이 담긴 듯 말투가 무겁다.

"탁 까노코 바로 얘기할게요. 박 소장이 자꾸 오천평을 만나보라 그라는데, 저거 우째야 좋겠심까? 오전에 쉬고 있는데 전화가 왔더라고요."

이쪽 말을 어떻게 들었던지, 고 반장은 별 표정 없이 자작한 술잔을 한 잔 더 비웠다. 술잔을 뗀 입술에 그때서야 희미한 웃음기가 새로 발린다.

"그거 아즉 안 끝났어요?"

"안 끝났으이께 묻는 거 아입니까."

"님자 생각은 어떤데?"

"글쎄 우째야 좋지 몰라서 그거 한번 물어보러 왔다카이요. 그런데 웃기는 와 웃는 거요? 사람 어지럽게시리."

"나를 웃기니까 웃는 거 아이우. 그라믄 나도 우거지상을 만들고 있으까. 문병 간 사람들은 환자가 죽을상을 맨들고 있더라도, 같이 그러고 있어가지곤 안 댄대. 상대 표정을 보고 자기가 어데쯤 와 있다는 걸 안다는구마. 이자 알겠어요?"

역시 고 반장은 나보다 한 수 위다. 근무 중에도 종종 그런 걸 느꼈는데 그는 또 그걸 느낀다.

"……."

할 말이 없다. 우거지상이라니 더욱 그렇다.

"그런 거라문 전화로 하지 그래."

이런 때는 사람이 너무 천연덕스러워도 밉상이다.

"그래도 전화로 할 기 따로 있지. 임도 보구 뽕도 따구 그래 온 거라이까요."

"여하튼 잘 왔어요. 거두절미하고 결론부터 말할게. 소장이 만나보라 카거등 딴 생각 할 거 없이 한번 만나보소. 내 생각도 똑같구마."

"……?"

이건 또 무슨 뚱딴지같은 소린가. 며칠 전엔 분명히 입술을 빼물고는 고개까지 완강하게 저으며 그럴 필요가 없다고 했다.

"우리 소장 그 양반 생기기는 마른 명태같이 꼬장꼬장하게 생겨두 보통내기 아입니데이. 내가 님자들보다는 자주 상대해 바 잘 알잔아요. 머리 하난 잘 돌아가는 사람입니다."

"접때는 기냥 좀 기다려보라 그라더이만."

"그때는 그캤지."

"그런데 와 다른 대답잉기요?"

"기다려가지고 해결댄 게 하나도 읍잔아. 그러이 방법을 한번 바까봐야제."

"……."

그만 뒷말이 탁 막힌다. 도무지 이해가 안 된다. 이건 제대로 된 우문현답도 아니고 사람 어리둥절하기 좋을 만했다.

"그라믄 님자는 끝까지 한 길로만 가겠다는 겅가?"

"……꼭 그런 거는 아이지만."

"내가 자꾸 웃는 거도 그래서 웃은 건데, 너무 심각하기 생각 할 거 읍다카이. 딴 생각 말고 그 양반 시킨 대로 해뿌리소. 살

바 한번 댕겨보고 안 꿈직이문 다른 작전으로 들어가야제. 실은 내가 생각을 바꾼 것도……."

며칠 전 소장을 한번 만났다고 했다. 중간에서 보기가 딱해왔다고는 강자의 아량과 나이를 거론하며 강 회장 쪽에다가 먼저 화해의 자리를 한번 만들어달라고 요청을 했었는데, 도저히 자기 처지로선 자신이 없다면서, 그래 풀릴 일 같으면 진작 자기가 서둘러 했지 지금까지 끌었겠느냐며 도리어 이해를 해달라고 매달리더라는 것이다. 그러니까 그 여자한테는 다른 방법이 없지 싶다는 것이다.

"그라문 나 땜에 일부러 소장을 만났다는 거요?"

"그렇다이까. 친구 좋다는 기 머여, 그래 한번 만났던 건데……."

되게 매운 고추를 모르고 씹었을 때 인상을 만들어, 잔을 비우고 자작해 다시 채운다. 그러고는 다시 정색을 한다. 그 정색이 분위기를 어정쩡하게 만든다. 그도 그만 마지못한 듯 따라 술잔을 비운다.

그 문제가 나오면 왈가왈부 말이 좀 있을 줄 알았고, 그러면 그걸 안주 삼아 심중 이야기를 좀 털어놓으려고, 그렇게라도 쏟아놓고 나면 후련할 것 같아 마음먹고 찾아왔는데, 일은 초장부터 싱겁게 되고 만 성싶다.

"그게 쉬는 날 전화까지 해가문서 봄아야 하는 건지, 열불도

나고, 그래서……."

"그게 소장은 머가 그리 급했등공?"

"그러이까 하는 얘기 아입니까."

"한 번 더 얘기하는데, 고만 다 꿀꺽 삼키고, 하라는 대로 해 뿌리소. 크기 어려운 거도 아이고 하이."

고 반장의 주문은 초지일관이다.

"나도 생각이 아주 읍는 사람은 아이거등요. 자, 잔부터 먼저 받으시고……."

고 반장의 비워진 잔을 채워주면서 그가 하던 이야기를 잠시 끊었다가 잇는다.

"……지금까지도 그래 살아왔는데, 그거 하나쯤 와 몬 하겠심니까. 꼭 하라 카문, 죽는 흉내도 낼 수 있지요. 경비원 주제에 무슨 일인들 못하겠어요. 그런데, 아이구 모르겠심다."

그는 쏟은 물건을 주워 담듯 거기서 얼버무려 말을 고친다. 실망이 가득한 표정이다.

"늘 바서 알겠지만 나는 맨날 웃고 삽니다. 씰개를 빼노코 산다이까요. 그라고 보이 실제로 우리 나이에 씰개 떼낸 사람이 더러 있기는 있더구마. 내가 테이프 들고 다니는 거 임자도 잘 알잔어. 그날 임자도 날 보고 꼭 무슨 외계사람 보듯 그러더라만, 정상적인 사람이 보믄, 나이가 있는데, 그게 내가 할 짓이우. 팔자는 길들이기 나름이라카이. 그래 사이까 누가 머라건 내

일신은 편하더라이까. 북망산이 빤히 보이는데, 시방 와서 토닥
거리바야 머 삐죽한 수가 나오겠어요. 다른 사람은 어떤지 모
르지만 난 그래 살다가 갈 거라고."

고 반장 주량에 발동이 걸리자면 아직 멀었지 싶은데 취한
사람 기분을 낸다. 노동조합 이야기가 나와도, 경비원들 인사권
이 용역업체로 넘어간다는 말이 떠돌아다녀도, 그런 걸 알기나
하는지 의심할 정도로 무관심하게 사는, 그런 성격이 또 나온
다. 그게 잘 사는 건지, 어떤 건지는 모르지만 주변 사람을 충
분히 어리둥절하게 만든다.

"부럽구만요. 정말 사는 기 부럽수다."

솔직히 부럽다.

"부러울 기 머 있어. 누구든 그래 살문 대는 건대."

"그거도 천성이 따라줘야 하는 거 아니오."

"따라오도록 하지 말고 내가 만들어라니까. 그럼 대잔아. 그
라이까, 사과하라 카거던 사과를 하란 말요."

"자존심을 버리라, 이런 말씀 가튼데 어디 내가 자존심 찾고
할 처지나 댑니까. 그런 거는 첨부터 아이지만……."

"자존심이 머 딴 건가요. 나한테 물어보고 자시고 하는 게
그게 벌써 자존심 아니우. 똑같은 거 아이라. 우리 모두 군대
가밨잖어. 거기 잣대라는 건 콩나물 길이뿐이거등. 콩나물 마
이 묵은 놈이 장땡이 아이라. 장땡이한테 무슨 끗발이 당하느

냐 말야. 그러이까, 내 말은 자구책을 찾아라, 그 말이외다."

"무신 뜻인지 알기는 알겠는데요."

"자존심이 뭔고 하문 지가 맨드러놓은 허수아비라구. 그거 보고 놀라는 사람은 아무도 읍다구. 지가 맹글었으이 지 혼자만 그럴싸해서 쳐다보고 앉았는 거 아이야. 요새는 새들도 안 놀랜다는구만. 외려 그 위에 안자서 논대. 그런 걸 와 만드노 말이다."

이야기의 논조가 너무 허무하게 흐른다. 남이 알아주지 않는 자존심, 자존심이 저렇게 푸대접을 받기도 하는구나.

"자존심이 허수아비란 말이제. 그거 이바구 대네."

자존심이 어느 틈에 허물어져 한숨으로 흩어진다.

"알믄 댔다카이. 그라문 다 끝난 거 아이라."

해결책이 너무 쉽다. 용단이 너무 가상하다. 그런데 나한테는 왜 그게 안 되는가.

"……."

그도 술잔을 또 비운다. 이런 때는 얼른 좀 취했으면 싶다.

"내가 얘기 하나 할께, 한번 들어봐요. 우리 큰아 내외가 모두 미국에 들어가 있습니다. 하마 20년이 넘는데……."

"그래요. 한집에 살아도 시어마씨 성을 모른다 카더이만. 사람, 다시 바야겠는데요."

그는 솔직히 놀랐다. 서로 신상 문제를 대놓고 밝힌 일은 없지만 그런 내용이라면 자랑삼아서라도 한번쯤 은근슬쩍 비칠 수가 있었을 터인데, 처음 듣는다. 눈치도 못 잡았다. 정말 새로 봐야 할 사람이다.

"다시 보든지, 말든지 그건 그쪽 사정이고. 한번 들어보라카이. 접장 노릇하다가 와 끝을 몬 보고 나왔는고 하문……."

정년을 못 채우고 나온 건 알고 있다. 하지만 사유는 모른다. 이야기는 계속된다. 말투가 흐느적거리는 걸 보니 이제 술기운이 좀 돈 듯싶다.

큰애를 미국에 보냈는데 그놈 밑천 대느라고 사표를 냈단다. 돈은 밑 빠진 독에 물 붓기로 들어가는데 나올 구멍은 없지, 빌려대다가 더 빌릴 데가 없어 퇴직금을 타 막겠다고 학교를 그만두었다. 당장 귀국하게 생겼다고, 많이 올 때는 하루에도 두세번씩 전화질을 해대며 징징 짜는데, 서울바닥이라도 뭣할 판에 이역만리 미국땅이라 어쩔 방도가 없었다. 다 된 죽에 코 빠트릴 수는 없는 노릇 아닌가. 모두 말하기 좋아 퇴직금이 어떤 돈인데 그걸 자식 밑에다 처넣느냐고 그러지만, 그것도 당해보지 않은 사람들 얘기지, 자식이 부도를 내 콩밥을 먹고 있는데, 나 살겠다고 그걸 꿍쳐 쥐고 있는 부모가 세상에 몇이나 있을 것인가. 그러구러 천신만고 끝에 학위는 땄다. 학위만 거머쥐면 그날로 당장 돈벼락이라도 맞는 줄 알았더니만 그것도 다 호랑이 담배피울 적 이야기. 돈은 그 뒤로도 계속 들어갔다.

"······참, 조선 망하고 대국 망한다 카더이만 그 말 하나도 안 틀리더라고. 뭐 침 뱉는 얘기지만, 있는 거, 읎는 거 다 팔아 뒤를 대났으문 이놈 자식이 정신줄을 안 놓고 한 구멍을 뚫버야 할 거 아인가베. 그 총중에도 연애할 틈은 있었던지, 그러고 얼마 뒤, 사권 여자가 하나 있다문서 날보고 한번 들어왔다 가라는 거 아이겠어요. 명색 맛며느리로 들어안칠 사람인데 코뺴긴 따나 한번 구경해야 델 거 아이라. 미국 가는 기 마실 가는 거도 아이고, 자식 둔 죄로 또 이거 저거 잽히는 대로 팔아 들어갔제. 껌을 짝짝 씹어대는 여식애 하나가 덜렁거리며 들어오더라고. 장래 시아빗감이 방에 있다는 걸 빤히 알 텐데 마루끄트머리에 떠억 걸터안더이만, 하니, 어쩌고 나부랑대문서 이 녀석을 불러내는 거 아이겠어. 아 글씨 이놈이사 불려나가더니 맨발로 땅바닥에 내려가 여식애 부츠를 벗겨주고 있잔어. 시상에 이런 꼬라지를 밨나 말여. 증말 그 자리에서 기절초풍할 뻔했는 기라. 차라리 양놈이라믄 양놈이라 그렁가 보다 카지만 이건 그거도 아이고. 이튿날 바로 나와뿌릿다 아이라. 아잉 게 아이라, 천불이 나더라카이. 아모리 시상이 까집어졌다지만 시상에 그기 머꼬 말이다. 난 그날 뒤로 안즉 전화도 한번 안 해밨다카이. 저들끼리는 그냥저냥 사는가 본데, 그러고 지 어미랑은 한 번씩 연락을 하는가 본데, 난 거기 자식새끼가 하나 있다는 거뿌이지 무용지물이나 다를 기 하나 읎구마. ······이런 거

할 얘긴지 아인지는 모르겠다만서도, 나랑 가치 사법학교 나온 사람들 모두 교장 대 나와가지고, 요즘 연금을 3백씩 받고 살고 있다 아이라. 요새 누가 그러대. 자식이 잘 대믄 잘 댈수록 부모는 거렁뱅이 댄다구. 누가 들으면 그 에비에 그 자식이라 카겠지만 지금 내가 그래 산다우."

목이 탄 듯 이야기 끝에 달아 잔을 기울이고는 씨익 웃는데 그 모습이 꼭 어린애 같다. 어찌 들으면 신세타령 같고, 어찌 들으면 부모의 길이란 모범답안을 제시하는 거 같기도 하고, 또 어찌 들으면 잘못 든 길을 들어 후회하는 것처럼도 들린다. 저런 사람이 경비원에 있다는 게, 저런 사람과 같이 일한다는 게 모처럼 다정다감하게 다가오는 순간이기도 했다. 공감대 형성이 이렇게 사람을 따뜻하게 만들어주는 것도 처음이다.

"자우지간 놀랍심다. 대단합니다. 우리 반장님."

그의 입에서 나온 말이다. 야한 테이프나 보는 사람인 줄 알았는데 그런 파란만장하고 진한 드라마 한 편을 가슴에 묻어놓고 산다니, 고 반장 속의 다른 한 사람을 본 듯한 느낌이다. 처세가, 적응이 참으로 놀랍고 가상하다.

"놀랍다기보다는 기도 안 찰 일이제."

"존경스럽심다. 기냥 소주 친구로만 생각했는데……. 오늘 정말이지 한 수 배웠심다."

"한마디로 실패작이지 머. 모르긴 해도 아매 우리 경비원들이 대개 그럴 거야. 그런 식으로 살고 있을 거라구."

순간 그의 머릿속으로, 두고 온 지난 세월들이 주마등으로 명멸한다. 어깨 한번을 못 펴보고 산 구질구질하고 기진한 세월이었다. 꼬여도, 꼬여도 그렇게 꼬일 수가 없는 인생역정. 속절없이 내닿는 세월 속 한 구석자리에 끼어, 꼴에 남 먹는 나이 다 먹고, 빠지면 탈날까 봐 남 하는 고생바가지 다 덮어쓰고, 등신짓은 혼자 하면서도 안 그런 척, 그런 인간말짜로 남은 꼬락서니가, 자신이 봐도 너무 가련하고 애처롭다. 이런 날은 어디 가서 가슴을 까집어놓고 실컷 한번 울어봤으면 싶은 마음뿐이다.

"아이구, 모르겠심다."

패대기치듯 밭은 말이 허공중에 흩어진다.

"그러나, 실패는 했지만 꼭 실패로만 보기는 실타 이겁니다. 시상에 실패 안 하고 사는 사람 있던가요. 실패한 사람도 남이 보기엔 실패지만 정작 당사자한테는 그거도 하나의 성과 아이겠어요. 모양이 좀 안 조아서 그렇제. 그래서 나는 자꾸 웃습니다. 요새 누가 그러대요, 웃는 기 보약 먹는 택은 댄다고."

"우쨌거나 우리 고 반장님, 우러러바야겠어요."

벌써 네 병째 소주가 동나고 있다. 신기하게도, 그럼에도 그는 아직 술 마신 기분이 별로 안 난다. 그는 고 반장 앞 잔이 비어 있는 걸 보고, 일등병 기분으로 얼른 채운다.

"요새 우리 오 선생을 보문 좀 피곤해 뷘다 말여. 내가 잘 몬 본 건지 모르지만, 꼭 그런 식으로 살 필요는 읍다고 보는 데……."

"피곤하기 살다이. 그기 무신 소립니까?"

안 듣던 선생이란 말도, 피곤하다는 것도 모두 고깝게 들린다.

"구지 모나게 살 기 머있노. 내 심(힘) 가지고 델 건 이 세상 천지에 아무 거도 읍는데……."

"그래 뷘다 말이죠. 난 그래 안 사는데."

"지 얼굴에 묻은 검정 저는 모른다카이. 벌써 오천평 문제로 날 찾는 기 그렁 거 아이라."

"……"

거기엔 할 말이 없다. 〈오천평〉만 나오면 중앙통에 오천 평 땅 가진 사람 앞에 서듯 기가 팍 꺾인다.

"우리 허허, 거리고 삽시다. 그게 젤로 좋구마. 죽으라 카믄 죽을 수는 읍는 거고 시늉만 내문 델 거 아이라. 살아보이 그거보다 더 핀한 기 읍더라카이."

"지금 나도 그래 살고 있다카이요."

실은 자기도 분명히 그렇게 살고 있다고 보는데 고 반장 눈에는 다르게 보이는 모양이다.

"난, 우리 세대가 가장 불우한 세대라고 바요. 공돌이 공순이 1세대, 해외 파병 1세대, 이야기는 돈 벌러 갔다지만 실은 팔려간 거 아이우, 서독 광부에다 간호원 1세대, 그리고 마츰내 경비원 1세대, 우리가 바로 그런 세대 아이우. 경비원들 가운데 아매 반은 여기에 들 겁니다. 그 가운데서도 우리는 행복한 축에드는 거라고 바요. 안 죽고 살아 있으이까. 앙이, 오 형도 월남 갔다 왔다 안 그랬수?"

호칭이 〈선생〉에서 이번엔 또 〈오 형〉이다. 제발 〈오 씨〉 소리만 하지 말지어다.

"갔다. 왔지요."

"거기 가서 얼매나 죽었어요. 모두 불쌍한 사람들 아입니까. 나는 몬 가밨심니다만 모두 돈 때매 간 건데 죽어왔으이 그런 딱한 일이 읍다 아이라요. 그 양반들 다 국위선양 차원에서 엄청 대접받아야 할 사람들이거등요. 나는 누가 머래도, 그래 압니다."

"팔자를 그래 타고 난 건데 우짜겠어요."

몇 년 전, 안 되는 줄 뻔히 알면서도 고엽제로 뭘 좀 챙겨보겠다고 발버둥 쳤던 일이, 그 가운데서도 한 친구가 말한 고엽제 병이 안 들어도, 월남전 참전만으로도, 우린 보상받아야 된다고 열을 올리던 일이 언뜻 스친다. 부끄럽기도, 서글프기도 했던 일이다.

"무조건 팔자로만 몰아부쳐 댈 일은 아이지요."

"……."

"어디 그거뿐인가. 미풍양속이라 카문서 내려오는 전통하고 마구 넘실대며 들이닥치는 양풍 더미에서 이러지도 저러지도 몬한, 누가 샌드위치 세대라 카더라만. 바로 그들이 또 우리 아 입니까. 살아가는 데 어느 길이 옳은 길인지 우리한테는 정답 이 읍더라고. 방에 들어가 들으이 시어미 말이 올코, 부엌에 가 들으이 며느리 말을 올으이, 중간에서 죽을 지경 아이라. 그러 다가 그만 어느 날 아침에 구세대로 몰려 푸대접받는 찬밥 신 세가 됐으이 말야. 구세대가 나오자문 당연히 신세대도 한번은 거처야 하는데, 우째 댄 셈인지 우린 신세대라 카는 건 꼬라지 도 한번 구경 몬하고 바로 구세대가 댔으이, 시상에 이런 원통 할 일이 어데 있나 말요. 가마이 생각해 보믄 분통이 터지고 욕 이 절로 나오지만 대책이 읍더라고. 우리 모두 당해바서 잘 알 잔어. ……한 시대의 고뇌를 우리가 송두리째 지고 산다, 나는 그래 생각하는구마."

이야기가 깊어질수록 사람이 웅숭깊고 달라져 보인다. 계곡 이 깊은, 그 계곡에 어떤 게 묻혀 있는지도 모를 큰 산이 앞에 앉아 있는 듯한 인상을 준다. 한 시대의 고뇌를 송두리째 지고 산다니, 무슨 사회학자들 입에서나 나올 법한, 들을수록 가슴 을 치는 이야기다. 나름대로는 세상을 보는 눈이 분명한 사람 이다. 공명共鳴으로 붕 뜨는 기분이다.

"오늘 보이까, 우리 반장님이 예사로 안 보입니다. 아주 멋쟁
입니다. 시상에 읎는, 하늘 아래 둘이 읎는 멋쟁이……."

"이왕 판 벌여논 거, 재미있는 얘기 하나 더 해보까?"

"하이소. 먼데요?"

"친구 가운데, 이젠 그만뒀다만 교육감이 하나 있었는데, 내
가 한번 차자갔었제. 사범학교 때부터 친하게 지내던 터라 그
거만 믿고 말야. 사무실에 있다는 걸 딱 알고 갔는데 읎다는
거야. 비서실에서 내 이름을 묻더이만 오늘은 안 기신다 그러
더라고. 연락처를 수위실에 남가노면 나중에 어쩌겄다 그러문
서……. 당시 죽을 맛이라서 멀 하나 부탁해 볼라고 간 건데,
몬 만나고 기냥 왔제. 참, 암담하데. 시상 사람이 다 변한다 캐
도 그 사람은 안 그럴 줄 알았는데 말여."

"나중에 연락이 오기는 왔등가요?"

"연락처를 안 남깄는데 올 턱이 읎제."

"그라문 반장님이 잘 몬했구만."

"몬하다이?"

"연락처를 안 남깄는데 우짜 연락이 옵니까?"

"순진하긴, 이 양반이."

"이치가 그러찮아요."

"안 찾아 그렇제. 그런 거 안 넘겨도 맘만 묵으면 다 알 수가
있다구. 그런 자리에 있으문."

"……."

그는 빈 입맛을 쩝쩝 다신다. 잠시 천장에 던져두었던 시선을 거두며 고 반장이 말했다.

"염량세태는 진작 알았지만 그 친구꺼정 그러리라곤 못 생각했걸랑. 선생질로 첨 들어서면서 인사기록카드 교우란을 서로가 변치 말자면서 메운 친군데……. 좀 씁쓸하더구마."

"되게 짠한 모양이죠."

"말은 돈이 마누라를 바꾸고 지위가 친구를 바꾼다 그러더라만, 아닌 게 아이라 참 서글퍼대. 그래도 그 친구 하나만은 내가 믿었거등. 허허허."

고 반장이 어처구니가 없다는 듯 아래윗니를 있는 대로 다 내놓고 웃었다. 웃음소리가 찾아갈 주인을 못 만나고 허공중을 맴돈다.

"자, 한잔 더 하고, 다 잊아버리시우. 너무 씹으문 병 대는구만."

그가 술잔을 들고 고 반장 앞 술잔에다 박치기를 유도한다. 고 반장이 털어넣듯 잔을 비우고는 기우뚱하며 몸을 추스른다.

"아따, 이자 술이 챈다. 이런 이야기는 하능 기 아인데 괘니 했구마. 가마이 생각해 보이 내가 그 자리에 있더라도 그러겠더라고. 그런 얘기 하는 사람들은 모두 그 자리에 안 있어본 사람들이라카이. 나같이 말야. ……오늘 정말이지 술맛 난다. 술안

주는 머이머이 캐도 사람을 씹어야 지 맛이 난다카이.”

주고받다 보니 술 한 병이 또 바닥을 보이며 옆으로 밀려난다.

“우리 반장님이 기분 조타카이 난 덩따라 조쿠마.”

“허긴, 술도 박자가 맞아야 잘 넘어간다고. 오늘 지대로 임자를 만났구라.”

이건 또 어느 나라 풍습인가, 거기서 고 반장이 생뚱맞게 손을 내밀어 악수를 청한다. 그는 한 수 더 떠 벌떡 일어나 두 손을 펴 감싸잡는다. 누가 봐도 정상적인 모습은 아니다.

“내가 울 반장님을 조아하는 이유가 바로 여기 있다 아입니까. 다른 사람들하곤 이런 기분이 안 나더라고. 오늘 보이까 인생 선배로서도 그러치만 인간적으로도 매력이 철철 넘치는구만요. 솔직이 부럽스네다. 배우고도 싶구요.”

“머, 나 같은 사람한테 배울 거야 있겠어요. 꼭 배울라 카문 거기 4문에 허 씨 있잔아요. 그런 양반들한테 배우는 기 낫제.”

“참, 그 양반 알고밧더이 사진작가라대요. 난 신문 보고 첨 알았는데, 참 놀랍더라카이.”

“그 친구, 사진 잘 찍습니데이. 상도 마이 탄 걸로 알고 있는데…… 요새도 비번 날은 안 가는 데가 읍더구마. 부산 을숙도로, 순천 갈대밭, 얼마 전엔 인천에 대교 사진을 찍어왔는데 참 근사하더구마. ……그 양반 귀고리 하고 있는 거 밧지요. 예순

다섯에, 경비원 주제에다. 누가 바도 그건 아이지요. 그런데 그
양반한테는 그게 통하더라이까."

"우리네야 머 압니까만 사진으로 상 받는다 카는 기……."

"우리 올반에 재미있는 사람들이 만쿠마. 107동에 수필 쓰는
사람, 그 사람은 얄팍한 책도 하나 냈더라고. 또 101동에 있는
그 친구는 쉬는 날마다 오후엔 양로원에 가서 봉사활동을 한대
요. 그런 거 보믄 몸은 경비원으로 살아도 마음은 하늘을 날고
있는 거 아입니까."

"부끄럽습니다. 굼벵이도 궁구는 재주는 있다 카는데, 난 그
렁 거도 하나 읎시 살았스이."

군대 있을 때 사격으로 상장 하나 받은 것이 모두다. 사실인
지 아닌지 모르지만 그것도 나중에 들으니 옆 사람이 잘못 겨
눠 그의 타킷을 쐈다는 후문이었다.

"누가 실패도 하나의 성과라 그러더라고. 그래 알고 살아보는
거지 머."

"성님 말이 백번 올심다."

그의 입에서 이번엔 또 생뚱한 〈형님〉이 나온다.

"아파트 경비원. 실패한 월급쟁이들의 종착역이 모두 여기라
고 그라는데, 누가 머라건 우린 감지덕지해야 할 일이제. 아파
트가 안 생깃다 그래바, 이 많은 경비원들이 어디 가서 얻어 묵
고 살 거여. 경비원 숫자가 이 나라 군인 숫자만큼 댄다는데.

안 그렇소?"

"월급쟁이들의 종착역이라, 그래 들으이 참 멋있심다."

"실패란 말이 빠지믄 안 대지. 성공한 월급쟁이는 아잉게."

"실패한 월급쟁이들의 종착역에다가 샌드위치 세대라, 정말 오늘 울 반장님 명강의를 하신다. 이런 이야기, 여게 말고 어델 가서 듣겠어요. 오늘 증말이지 마이 배우는구마."

"시절 돌아가는 거 보이 대접받아 가믄서 살기는 다 텄고, 나이가 무슨 벼슬아치도 아인데, 우리 입으로 자꾸 떠들어바야 노망했다 칼 거고……. 기냥 이대로, 사는 대로 살다가 역사 속으로 사라져줘야지요."

고 반장 주량에 잘 흐느적거리는 사람이 아닌데 어느 틈에 말이 오락가락 흔들린다. 어지간히 술이 찬 모양이다.

그는 고 반장의 이야기를 들으면서, 같은 경비원이라도 배운 사람과 안 배운 사람은 다르다고 생각해 본다. 그는 고 반장 얼굴을 새삼스레 우러러본다. 어디로 봐도 테이프나 들고 다니는 사람은 천만에 아닌데, 그럼에도 어우렁더우렁 지내는 걸 보면 시대와의 불화를 그런 식으로 타협하는 건 아닌지 모르겠다는 생각도 든다.

바닥난 술병이 여섯 병이다. 술은 홀수로 먹는 게 아니라며, 고 반장이 한 병 더 부른다. 도수가 이전보다 떨어졌다고 하지만 나이가 있고 주량이 있는데, 애주가들 술이라도 두 사람 몫으론 과했다. 조금 뒤 이번엔 그가 술을 짝수로 먹는 건 어느 세상 법도냐며 한 병을 더 달라고 했다.

그쯤에서 무슨 생각을 했던지 고 반장이 이야기를 꺾는다. 꼬인 혓바닥이며 꼬리가 처진 눈이 술이 어지간히 됐음을 말해준다.

"내가 마즈막으로 딱 하나만 더 얘기할게. 어데서 밧는지 모르겠다, 등신으로 사는 걸 모두가 진짜 몬난 사람들로 보는데, 등신을 같을 등等 자에다가 귀신 신神 자를 쓰니까 이거야말로 진짜 신선으로 사는 게 아잉가, 나는 그래 생각해요. 그러이까, 오 형. 내일 출근하거등 강 회장을 바로 만나바요. 만나거등 다른 말 할 거 읎시 잘몬됐다고 사과부텀 하라구. 웃는 얼굴에 침은 못 뱉을 거 아이라. 그럼 오 형이 이긴 거야. 이김 성공이지 머. 그게 등신들 짓 같지만, 그거야말로 신이 아이고는 몬 하는 일이라고. 무슨 말인지 알겠어요?"

말 속에 간곡함이 괸다.

"난 지금 바로 가볼라 그러는데요."

솔직한 심정이다. 그는 지금까지 계속 그 일로 골몰을 했고, 그 끝에 내린 결정이다.

"와? 머가 급해서."

"혹 밤새 맘 변할지도 모르잔어요. 그래서."

"사람, 엉뚱하긴."

"알았심니다, 반장님. 그래 할게요. 무조건 등신으로 살아볼
게요."

"자, 약속."

두 사람은 손바닥을 펴 부닥뜨린다. 그러나 어설프게 맞아
같이 기우뚱한다. 그 어설픔으로 해서 둘은 크게, 공허하게 허
허허, 홍소를 쏟아놓는다.

야간 방문

그가 104동 1308호 강 회장 집을 찾아간 건 그날 밤 11시가다 돼서다. 남의 집을 찾는 시각으로는, 더군다나 여자 혼자 사는 집 들르기엔 좀 불편하리란 생각도 했지만, 아는 사람인데어쩌랴 해서 갔고, 가급적이면 사람들 눈을 피한다는 것도 그이유의 하나다. 취기도 작용을 했다.

초인종 단추를 누르고, 저쪽에서 알아보기 좋도록 렌즈에다얼굴을 맞춘다.

"누구세요?"

강 여사 목소리다. 이쪽을 확인하고 묻는 건지, 버릇인지 모르겠다. 반응이며 생경한 목소리가 그때까지 잠을 자지 않고있었던 것만은 분명하다.

그는 자칫 꼬이려는 혓바닥에 힘을 주어 말한다.

"강 회장님, 103동 1문 경비 오종환임다. 좀 뵈러 왔는데요."

잠시 뒤, 보호용 고리를 걸어놓은 상태로 문이 열렸다. 반쯤 나타난 강 여사 얼굴이 사람 아래위 행색을 훑는다. 경계의 빛이 또렷하다.

"밤이 깊었는데, 웬일이시오?"

말투가 굳었다.

"죄송함다. 말씀 좀 드릴 기 있어……."

강 여사가 그의 말을 삭둑 자른다.

"아이, 술 냄새. 술 마셨어요?"

잔뜩 찡그린 얼굴이 모르고 벌레를 밟은 표정이다.

"조오금 묵긴 했심다만, 그래도 개한심다."

"뭐하게요?"

여전히 못마땅한 말투다.

"기냥 얘기 좀 드릴라고예."

"무슨 얘긴지 모르지만, 낼이면 볼 건데. 밝은 날 만나서 얘기합시다."

"잠시만 하문 대는데요."

그가 매달린다.

"내가 안 됩니다. 잠시고 뭐고 오늘은 안 만날 거요. 그냥 돌아가시우."

제대로 열지도 않았던 문을 그대로 탕 닫는다. 밤중에 여자 혼자 사는 집에 찾아오면서 맑은 정신으로 와도 어쩌고 하는, 못마땅한 투덜거림이 문틈으로 새어 나온다. 이중잠금장치에서 나는 달그닥거림이 묘하게 그의 신경을 건드린다.

가다듬은 목소리로 계속 호소한다.

"강 회장님. 문 좀 열어주이소."

"……."

"오늘 할 얘기가 있고, 낼 할 얘기가 안 있심까. 그러이까 일단 좀 열어보이소."

문을 탕탕 두들긴다. 안에서는 금세 기척이 없다. 더는 상대를 하지 않겠다는 작태가 분명했다.

"강 여사요. 문 좀 여이소. 사람 잡아묵으러 온 기 아입니다."

자신도 모르게 격이 〈회장님〉에서 〈여사〉로 뒹군다.

"……."

묵묵부답.

"모르는 사람도 아이고, 드릴 말씀이 있어 찾아왔다 카는데, 이런 문전박대가 어데 있심까."

기어코 그의 목청이 흐느적거린다.

"……."

"딱 2분만 하문 댑니다. 밤중에 찾아올 땐 그만한 사정이 있어가꼬 온 거 아이겠심까. 그러이까 좀 열어주이소. 지발 하고 부탁드립니다."

"……"

저쪽은 어느 틈에 적막강산이다.

"저엉 안 열어주시믄 나도 여게서 밤을 새울 깁니다. 그러이까 그래 아시고……"

그의 하소연은 계속된다.

"……오늘은 그냥 돌아가세요. 여자 혼자 사는 집에 와서 이러는 게 아닙니다. 자꾸 이러시면 경찰서에 신고할 겁니다. 그래 알고 맘대로 하세요."

그때서야 안에서 새어 나온 말이다.

"……?"

경찰서란 말이 사람 신경을 건드린다. 하나 앞에 소주 세 병꼴을 비웠으니 그 나이에 적은 술은 아니다. 그러나 술의 힘으로 찾은 건 아니라고 생각했는데, 이상하게 그만 갑자기 취기가 팍 오른다. 그의 눈에 불꽃이 일렁인다. 탕, 탕, 그가 주먹으로 문을 두들긴다.

"……"

다시 기척이 없다.

"신고를 하다이요. 내가 어데 도둑질하러 왔심까."

골목 계단이 울린다. 시끄러웠던지 옆집에서 힐끔 내다보다가 그가 신분을 밝히자, 그렇더라도 지금 시간이 얼만데 이런 소란이냐며 인상을 잔뜩 긋고는 들어간다. 이제는 구처 없이 올 데, 갈 데 없는 주정뱅이가 되었다. 꼬락서니가 말이 아니다. 사람 망가지는 거 잠깐이다.

그만 그도 맥없이 그 자리에 주저앉고 만다. 휴, 한숨이 타이어 바람 빠지는 소리를 낸다.

취기가 몸 구석구석을 뛰어다니며 윽박지른다. 그래도 사과하는 게 낫다는 고 반장의 이야기가 큰 맥박으로 뛴다. 한 시대의 고뇌를 깡그리 지고 살아가는 세대가 우리들이란 이야기도 가슴을 긁고, 모든 걸 팔자소관으로 받아들이자는 자포자기도 살판 만난 듯 돌아다닌다.

"저엉 그라문 신고라도 한번 했뿌리소"

이윽고 그가 고개를 떨군다. 딸꾹질이 끼어든다. 끄억, 끄으억……

어느 틈에 나타났던지 104동 〈4문〉 경비원 윤 씨가 거기 서 있다. 서로 반이 다르다 보니 낯만 익은 사람일 뿐 대면이 어색하다. 뜻밖이다. 아마 강 여사한테 인터폰 연락을 받고 올라온 모양 같다. 그는 엉거주춤하게, 윤 씨를 보고 히쭉 웃는다. 윤 씨도 그가 왜 거기에 와 있다는 걸 아는 듯한 눈치다. 경비원이 경비원을 몰아내려 왔으니 이런 어처구니가 있는가. 동병상련의 작용이겠지, 윤 씨도 그를 보고 씨익 웃는다.

무슨 일이 있더라도 사고는 치지 않을 테니 걱정 말라며, 좀 도와달라고 일러 그는 윤 씨를 내려 보냈다. 윤 씨도 한참을 말없이 지켜보더니만 턱도 없는 악수를 한번 청하고는 내려간다.

"강 회장님, 우리 강 회장니임."

조용한, 그러나 심이 든 울림이 무대 위의 독백으로 골목에 가득 여울진다.

"……."

"강 회장니임—"

마침내 넋두리에다 푸념으로 쏟아진다. 자신이 들어도 너무 슬프다. 어찌 들으니 명중되지 못한 화살을 맞고 울부짖는 짐승의 비명 같다.

"……."

"강 회장님. 그러는 기 아입니데이. 사람 좀 살려주이소. 문을 열어줄 때꺼정 나는 여게서 꼼짝도 안 할 겁니다. 그래만 아이소."

자신도 모를 넉장거리가 나온다. 갑자기 머릿속이 귀살쩍은 생각들로 몽롱해 온다. 몽롱한 머릿속으로, 말은 하고 나왔지만 지금쯤 자기를 기다리고 있을 가족 얼굴들이 하나 둘 떠오른다. 못난 놈, 불효막심한 놈, 좀처럼 안 보이던 자식놈 얼굴도 보인다.

아내 얼굴이 가장 오래 남아 칭얼댄다. 야이, 못난 사람아. 그때 나만 찾아오지 않았더라도 다른 삶을 살 것 아닌가. 너무 죄송하고, 너무 가련하고, 너무 불쌍하다. 그러나 또 한사코 고마운 생각도 못 버린다.

오금이 쥔다. 다시, 이번엔 책상다리로 퍼질러 앉는다. 내뱉지 못한, 제대로 삭지 못한 감정들이 주정과 함께 응어리가 되어 전신 관절에 붙어 몸부림을 친다. 더러는 풍선이 되어 날아가기도 하고, 더러는 잔뜩 부풀었다가 가까스로 주저앉기도 하며, 또 더러는 터져 만신창이가 된다. 그 속에서 헤어나려 허우적거려보다가 이윽고 고개를 꺾는다.

창밖에서 별 하나가 물끄러미 들여다보며 그의 행신을 지킨다.

갑돌이와 갑순이는…….

그의 주머니 속에서 휴대폰이 운다. 울다가 지친 휴대폰이 다시 운다.

화가 나서 갑돌이도 장가를…….

두 번이고 세 번이고 휴대폰은 계속 이어진다. 휴대폰은 혼자 울다가 멎었다가 또 울다가 또 멎는다.

또 하나의 선택

두 팔을 구부려 가슴팍 위로 모으고, 그는 104동 107호 베란다 앞 화단 모과나무 밑에 새우잠 자는 형상으로, 모로 쓰러져 있었다. 언뜻 보면 파장 무렵 주점 모퉁이에서 아무렇게나 꼬꾸라져 자는 취객의 모습이다.

새벽녘으로 쓰레기를 수거하러 오는 구청 환경미화원들에 의해 처음 발견된 그는 그때 이미 호흡도 멎었고, 몸도 싸늘하게 식어 있었다. 그가 103동 〈1문〉의 경비원 오종환 씨로 확인된 건, 먼저 본 미화원이 119에다 연락을 하고, 현장에 도착한 119 사람들이 다시 112에 연락을 해서 수사관들이 나오고, 다시 그들이 아파트 관리사무실에 연락, 허둥지둥 불려나온 갑반 정문 근무자 홍 반장의 입을 통해서다.

처음엔 홍 반장도 모르는 사람이라며 고개를 흔들었다.

"이 아파트에 산다고 우리가 다 아는 건 아이거등요. 기냥 바서는 잘 모르겠는데요."

그때까지도 사방은 아직 어두웠고 방범등이 구석구석에 박혀 있으나 불빛을 등지고 돌아누워 있어 누구란 걸 확실하게 분간하기엔 힘들었다.

"일루 가까이 와서 자세히 한번 보세요. 단지 내에 거주하는 사람이라면 면이 있어도 있을 거 아닙니까?"

수사관 가운데 상급자인 듯한 사파리 차림이 손전등으로 시신의 얼굴을 비췄다. 그때서야 홍 반장이 황소 얼음 밟은 눈을 만들고는 움찔했다.

"가만있자, 아이, 이 양반 오종환 씨 아이라."

뜻밖 일이란 듯 황당한 얼굴이다.

"아는 분이에요?"

"여게, 우리 아파트 경비원입니다. 첨엔 잠바를 걸치고 있어 잘 몰랐는데, 자세이 보이 맞네요. 그 양반입니다."

"경비원이라면 제복을 안 입고⋯⋯."

"비번이거등요. 어제가."

"확실해요?"

사파리가 날 선 눈으로 홍 반장한테 다진다.

"자주 보는 사람인데, 확실합니다."

"여기 삽니까? 이 양반이."

"여게 살지는 안습니다. ……그런데 이 양반이 왜 여기서 이러고 있는지 모르겠네요."

홍 반장도 도무지 이해가 안 된다는 표정이다.

깎을 시간을 놓친 듯한 헝클어진 머리숱이 보기 좀 딱했으나 사체의 얼굴은 상처 하나 없이 깨끗했다. 얼굴을 돌아 나온 손전등 불빛이 허공을 헤집다가 꺼진다.

"이 아파트 경비원이란 말이죠?"

"예. 콧등에 점이 그 사람입니다."

전신을 한 번 더 훑던 홍 반장이 이번엔 고개까지 끄덕이며 자신 있는 말투로 누른다.

"……."

"혹 또, 비슷한 사람이 있을지 모르이까 미심적으문 시방 저 양반 짝꿍이 지금 103동 1문에 근무하고 있거등요. 그 양반을 한번 불러와보고요."

저쪽이 자기 말을 못 미더워하는 눈치 같아 홍 반장이 제안한다.

"그럼, 그분 좀 불러주세요."

곧 구 씨가 불려왔다. 오면서 무슨 이야기를 들었던지 구 씨 인상이 몹시 일그러져 있다. 사람보다 입고 있는 옷에 더 신경을 쓰며 여기저기를 훑던 구 씨가 눈길 중심을 잠바 깃에다 박고 말했다.

"예, 사람은 틀림읍심다. 고리뎅잠바가 그 양반 잠밥니다. 그런데 이게 우째 댄 일입니까? 어제 아츰에 나랑 교대하고 집에 갔거등요. 오늘 아츰엔, 그라이까 좀 있으면 근무하러 와야 할 사람인데, 참 빌일도 다 보겠네."

저 양반 잠바는 우리 동 헌옷수거함 속에서 골라낸 것인데, 세탁을 해놓으니 새것 같다고는 자랑해 가며 입고 다녔다는, 묻지도 않은 말까지 보태 확실하게 박는다.

2층 베란다 안을 수월하게 들여다볼 수 있는 키를 가진 모과나무에는 잘 익은 모과가 주렁주렁 달려 있고, 한쪽으로 가지 하나가 꺾인 채 축 늘어져 붙어 있다. 사체 옆으로 모과 두 개가 부러진 가지들과 같이 널려 있는데, 사람이 떨어지면서 같이 떨어진 것으로 보인다. 모과는 희미한 불빛에도 샛노란 알몸으로 탐스러웠다.

사파리가 모과나무 가지 사이로 난 공간을 올려다보자 같이 있던 다른 수사관들도 쳐다본다.

"이 줄에서 떨어진 것 같지?"

사파리가 손전등의 불빛 초점으로 모과나무 우듬지 쪽을 가리킨다.

"예. 계단 창 쪽인 거 같습니다."

"……."

사파리가 고개를 끄덕인다.

"방금 주욱 돌아보고 왔는데, 이 동 끄트머리 4문 계단으로 보입니다."

"……."

말보다는 느낌과 나타난 징후로 사건의 빌미를 찾으려는 듯 사파리는 여기저기를 열심히 살피며 눈길로 잰다.

20층 아파트니까 계단 쪽 창문도 20개다. 열려 있는 창이 반쯤 되고, 반쯤은 닫혀 있다. 외형상으로는 어느 층에도 사건과 관계될 만한 흔적은 발견할 수가 없다. 평소에도 그 창문들은 그런 식으로 열려 있는 건 열려 있고 닫혀 있는 건 닫혀 있었던 듯 보였다.

부윰한 새벽 여명이 방범등 불빛이 만들어놓은 그늘을 지우며 새날을 밝힌다.

한 수사관이 사체 주변을 이쪽, 저쪽으로 방향을 바꿔가면서 연방 카메라 샷을 눌러대더니만 주변 나무들과 시설물을 걸어 폴리스라인을 친다. 노란 테이프에는 〈출입금지〉니, 〈과학수사〉니 하는 글씨가 박혀 있다.

라인을 치던 수사관이 사체와 조금 떨어진 곳에서 휴대폰 하나를 줍는다. 사체가 추락하면서 튕겨져 나온 것으로 보였다. 일을 멈추고 휴대폰을 잠깐 펴 창을 살피던 수사관은 그대로 들고 사파리 앞으로 가 내용을 보인다.

거기엔 부재중 전화가 다섯 통 떠 있다. 넷은 같은 곳에서 온 것이고, 하나는 다른 곳인데 발신지가 서울이다.

갑돌이와 갑순이는 한 마을에……

잘못 만져 그런지, 걸려온 전화인지 전화기가 울다가 멎는다. 사파리가 받아들었던 휴대폰을 다시 수사관한테 건네주었고, 수사관은 휴대폰을 접어 습득물 봉지에 조심스레 넣는다.

그때쯤 해서 송 위원장이 얼굴을 내놓았다. 주변의 서성이던 경비원들의 시선이 그쪽으로 쏠린다. 푸석한 얼굴하며 단정하지 못한 몰골이 자다가 연락을 받고 나온 게 분명했다.

"아니, 이게 어떻게 된 거여?"

그의 사체를 보고 놀란 건 송 위원장도 마찬가지다. 거기 나와 있는 수사관들과 의례적 수인사를 치른 송 위원장은 먼저 관리소장을 찾았다.

"박 소장은 아직 연락이 안 됐소?"

듬직한 처신이 자기가 이 장미촌에서는 최고 어른임을 은연중에 나타낸다.

"연락은 했는데……. 곧 도착하지 싶습니다."

홍 반장의 대답이다.

"가족한테는 연락이 어찌 됐지?"

"을반 고 반장이 좀 전에 나왔는데, 수사관 한 사람하고 오 씨 댁으로 갔습니다."

"쯔쯔쯔, 어째 이런 일이……."

송 위원장의 장탄식이 가뜩 무거운 분위기를 으깬다.

수첩에다 기록을 해가며 송 위원장과 홍 반장과, 구 씨 사이에서 이것저것 단문단답식으로 묻던 사파리가 사전 참고될 만한 것은 다 파악되었던지 수첩을 접고는, 송 위원장 옆으로 가까이 붙어서며 이른다. 주변 사람들이 같이 들어도 좋다는 듯한 굵직한 말투다.

"이렇게 하겠습니다. 시신은 이대로 여기 둘 수 없으니까 일단 병원으로 옮기겠습니다. 우리도 한 사람이 남아 계속 지키겠습니다만 현장은 조사가 끝날 때까지 보존하는 데 협조해 주시고, 관리소장이 나오는 대로 같이 서뼐로 좀 나와주십쇼. 그렇게 아시고, 부탁드립니다."

감정이 거의 가담되지 않은 사파리의 이야기는 늦가을 새벽녘 공기만큼 무겁고 을씨년스러웠다.

"예. 그렇게 하죠."

송 위원장의 대답을 끝으로 구급대원들과 수사관들은 철수했다. 사체도 그때까지 기다리고 있던 구급차로 같이 실려 나갔다.

그러는 사이 날은 완전히 밝았다. 아침 운동을 나왔다가, 더러는 일찍 일 나가다가 소문을 들은 주민들이 구경꾼으로 하나둘 끼웃거렸고, 이웃한 아파트 창으로도 여기저기서 사람들이 얼굴을 내놓았다.

또 하나의 선택

어떻게 알았던지 언론사 기자라면서 카메라를 들고 온 젊은 이들이 몇 다녀가기도 했다.

박 소장은 생각보다 많이 늦은, 아침 햇살이 아파트 어린이 놀이터까지 들어온 뒤인, 평소 그가 출근하는 시각과 비슷하게 도착했다. 송 위원장은 혼자 관리사무실에서 기다리다가 박 소장을 만났다.

송 위원장이 사무실에는 자기네들 두 사람밖에 없는데도 박 소장을 한쪽 구석으로 보자고는 불러 조용히 묻는다. 준비해 둔 물음인 듯 차분히 가라앉은 음성이다.

"강 회장 집이 104동 *끄트머리 동* 아니오?"

"네, 맞습니다. 4문 쪽 13층입니다."

"오 씨가 그쪽 어디서 떨어진 거 같은데?"

"……."

말없이 박 소장은 혀를 내밀어 마른 입술에 침을 바른다.

"뭐 짐작 가는 게 없어요?"

"글쎄요."

박 소장이 고개를 젓는다. 송 위원장은 박 소장 표정에서 뭔가를 찾으려는 듯 한참 지켜보다가 다시 묻는다.

"강 회장하고 삐걱거리던 일은 그 뒤로 어찌 됐지?"

"아직 그러고 있는 걸로 알고 있습니다. 저도 그거밖에는……."

"……."

"……."

대화가 끊어진다. 약속이나 한 듯 똑같이 창밖을 내다보는 두 사람 얼굴에 그늘이 짙다. 할 말은 서로가 아끼는 듯한 착잡한 표정이다. 지루할 만큼 그러고 있던 송 위원장이 마지못한 듯 이른다.

"난 아직 아침을 못 먹었는데 한 숟가락 뜨고 나올 테니까, 같이 가봅시다. 경찰서에서 모두 오라는데……. 뭐 다른 일이사 있겠어요. 서로 얽혀 있으니까 보자고 그러는 거겠지."

그러고는 돌아선다.

"예. 준비하겠습니다."

밖으로 나가는 송 위원장 등짝을 향해 박 소장은 허리 각도가 거의 없는 인사로 담담하게 받는다. 그러고도 한참을 발바닥이 붙은 사람처럼 멍하니 서 있던 박 소장은, 무슨 생각을 했던지 자기 자리로 돌아와 전화기를 바짝 댕겨놓고 버튼을 누른다. 이내 신호가 떨어진다.

"강 회장님, 여기 관리사무숩니다."

"……."

"강송자님 전화 아니세요?"

"……."

"아이구, 죄송합니다."

그는 휴대폰을 접었다가 다시 펴, 머릿속을 정리하듯 잠깐 머무적거리다가는 새로 번호를 누른다.

날은 저물고

관리실 밖에서 오토바이 소리가 멎더니 빨간 헬멧을 쓴 우편집배원이 들어온다. 문 여닫는 소리가 딸꾹질을 한다. 뭘 하는지 컴퓨터에 빠진 김 양은 인기척에도 고개 한번 돌리질 않는다.

집배원은 입구 쪽 책상에 비치된 책꽂이에서 장부 하나를 꺼내, 들고 온 우편물을 하나하나 비교해 가면서 거기에다 꼼꼼히 적는다. 평소 그렇게 해온 듯 행동이 자연스럽고 익숙하다. 장부에다 우편물 내용을 모두 옮겨놓은 집배원이 돌아서 나가면서 이른다.

"오늘 우편물은 아홉 통입니다. 등기 여섯, 소포 셋. 자, 한번 확인해 보시고. 난 갑니데이."

"······."

여전히 김 양은 들은 척도 않고 자기 하던 일을 그냥 붙들고 있다. 평소에도 그들은 그렇게 지낸 듯 처신들이 자연스럽다.

모든 우편물은 각 동 경비실 앞 벽에 설치된 우편함에 집배원이 바로 넣어두면 된다. 단, 등기우편물은 주고받는 확인 절차가 있음으로, 배달 시 집에 사람이 없을 땐 등기가 도착했다는 딱지로 해당 우편함에 표시만 해두고는 관리사무소에다 두어, 주민들이 직접 찾아가도록 해둔 터다.

그때까지 자기 의자에 앉아 졸다시피 눈을 지그시 감고 조용히 앉아 있던 송 위원장은 집배원 이야기에 방해라도 받은 듯 엉거주춤 일어난다. 뜸직한 움직임이 무겁다. 뒷짐을 진 채 북쪽으로 난 창밖을 내다본다. 잎 진 단풍나무 가지 사이로 멀찌감치 아파트 후문이 보이고, 후문 옆 공간으로는 주민들한테서 나온 폐휴지 마대가 산더미로 쌓여 있다. 후문 경비원이 초소 밖에서 주민으로 보이는 누군가와 손짓을 해가며 이야기를 나누고 있다.

지금 송 위원장은 박 소장이 돌아오기를 기다리고 있다. 아침에 박 소장과 같이 경찰서에 불려간 그는 수사과 한쪽 모퉁이에 꿔다놓은 보릿자루처럼 멍청히 앉아만 있다가 돌아왔다. 왜 불렀던지 뭐라고 한마디 묻는 것도 없었고, 그렇다고 할 말이 있는 것도 아니고 해서, 무작정 기다리고만 있는데, 나중에라도 필요한 일이 생기면 새로 부를 테니 귀가해도 좋다고 해서 돌아온 것이다. 두어 시간을 잔뜩 마음만 죄다가 온 셈이다. 박 소장만 따로 불러서는 붙들어두었는데 공조직의 일원으로서 신경이 안 씰 수가 없다.

고 반장 이야기가 아무래도 심상찮게 머리를 어지럽힌다. 아까 정문을 들어서는데 고 반장이 정문경비실 앞에서 그를 막았다. 자기가 나타나길 기다리고 있었던 모양이다.

"생각보다 일찍 오시네요. 가신 일은 어떻게 댔습니까?"

"내사 뭐, 아는 게 있어야지. 나한테는 아무것도 묻지도 않데. 그냥 앉았다가 가라고 해서 오는 길이구만."

"저 좀 보입시더."

두 사람은 경비실 안으로 들어와 마주 섰다.

"엊저녁 오 씨랑 술 한잔 했습니다. 집에서 쉬고 있는데 찾아왔대요. 박 소장한테서 전화가 왔는데, 강 회장한테 가서 사과 안 한다고 역정을 내더랍니다. 내가 그 양반을 구지 찾아가서 사과할 만큼 잘몬한 기 머가 있는데 자꾸 볶아대는지 모르겠다문서, 절보고 반장 같으문 우째겠느냐고 묻더구만요."

"그런 일이 있었어요?"

"예."

"그래서……."

"요지는 딴 거 아이고, 잘몬한 거도 읍는데 사과를 할라카이 자존심이 상하고, 안 하고 배길라카이 심이 들고, 그래가꼬 온 거 같습디다."

"그게 다 끝난 일 아니었던강. 한참 된 일인데······."

송 위원장도 강 회장과 오 씨 사이에 있었던 일을 소상하게 알고 있다. 그러나 그런 일은 일과성 일인데다가 시간이 지나면 유야무야로 자연스럽게 해결되느니 해서 안 듯 모른 듯 지냈고, 이젠 대충 끝난 것으로 알고 있다. 더군다나 자기로선 관여할 일도 아니다.

"글씨 말입니다. 오 씨한테는 그게 계속 짐으로 남아 있었던가 바요."

"우린 또 다 끝난 걸로 알았지."

"그래서 저는 고만 사과해 뿌리라 그랬습니다. 존 게 존 거 아입니까. 저는 지 생각만 여기고 그래 얘기했는데, 알았다 그러기는 합디다만, 자기는 그걸 우쩨 받아드맀는지 모르지요. 그러고는 둘은 갈라졌는데······."

"밤이 한참 됐겠네."

"좀 됐지요. 열 시는 넘었지 싶습니다."

"바로 강 회장을 찾아간 모양이제."

"아마, 지금 생각해 보이 그런 거 같습니다. 사과도 좋고 하지만, 아모리 존 일이라도 술 채가꼬 가문 안 좋다고는, 가더래도 낼 들다보라고 그랬는데, 아매 그길로 바로 찾아간 모양이네요. 안 그런 담에야 저런 일이 날 수가 웁는 거 아입니까."

"……."

송 위원장은 고개를 끄덕인다. 경찰서에서 있었던 일이 잠깐 떠오른다. 서둘러 간다고 간 시각인데도 어느 틈에 불려왔던지 강 회장과 그쪽 골목 104동 〈4문〉 경비원인 윤 씨가 거기 와 있는 게 보였다.

분위기 때문에 눈인사뿐 말도 한마디 못 붙여봤지만, 그들이 그 시각에 거기 나와 있자면 오 씨 일과 무관하지는 않을 테고, 있다면 자기가 알기론 지난번 주차 문제로 단지를 시끄럽게 만든 거뿐인데, 그러나 그 정도 일로 사람이 죽는다는 상황까지 끌어 맞추기엔 상식으론 납득이 가질 않아, 조금 전까지도 그 일로 잔뜩 골몰하며 들어서고 있던 참이다.

"그럼 오 씨가 거기서 뛰어 내렸다는 건가?"

"그런 거까진 우리가 알 수 읍지예. 조사하고 있다카이 가부간 무신 얘기가 안 나오겠습니까?"

"……."

"만나기는 했는지 그것도 궁금하고……."

"도무지 뭐가 뭔지 난."

"좀 기다려보입시다."

"……."

송 위원장은 혼자 머리로 이런저런 얼개를 짜보다가, 알았다고는 좀 더 두고 보자며 사무실로 들어왔다. 그러고는 지금까지 그 일로 혼자 시난고난, 박 소장이 돌아오기를 기다리고 있는 참이다.

그 가운데서도 가장 비중을 갖는 건, 박 소장이 오 씨한테 그런 말까지 했다면 그전에 자기한테도 무슨 이야기가 한번쯤 있을 텐데 전혀 없었다는 점이다. 박 소장은 자기가 심어놓은 사람이고, 평소 단지 내에 일어난 일이라면 조경수 가지 하나 부러진 것도 그냥 넘어가는 일이 없는 사람이다. 생각할수록 요상한 일이기만 했다.

송 위원장은 쓰고 있던 안경을 벗어, 호호 불어 손질을 해 다시 쓴다. 창밖이 어둠침침한 건 안경 탓이 아니라 고층 건물로 인한 짙은 그늘 때문인 것 같다.

폐휴지 하치장은 사시장철 볕이 한번 들지 않아 늘 음산한데, 후문 구석이라는 위치하며 폐휴지가 갖는 분위기 때문에, 볼 때마다 우범지대 같은 느낌을 받는다. 더군다나 며칠 전에는 폐휴지를 가득 담은 마대가 몇 개 없어졌다고 해서 말썽을 일으켜 더했다. 경비원 가운데 누군가가 슬쩍 해 소주 사 먹었다는 말이 나도는가 하면, 힘없는 경비원이라고 그런 식으로 매도해선 곤란하다는 주장이 그것이다. 이내 시무룩하니 주저앉고 말아 다행이긴 하나 도대체 그런 말들이, 좀 조용하다 싶으면 한 번씩 불거져 나오는데 왜 그런지 알 수가 없다.

원래 폐휴지 처리에는 말이 좀 있었다. 처음엔 아무도 관심

갖는 이가 없어 분리수거를 돕고 있던 경비원들이 팔아 자기네들 회식비로 썼던 모양이다. 그런데 그게 생각보다 많이 나오고 금액이 적은 게 아니라는 걸 부녀회에서 알고는 그만 자기네들이 끌어안았다. 그러나 그것도 조용하지는 않았다. 이름만 아파트 부녀회지 몇 안 되는 특정인들에게만 혜택이 돌아간다고는 운영위원회에서 챙겨 아파트 전체의 기금으로 들어가야 한다는 주장이 나왔다.

부녀회와 운영위원회 간에 불협화음이 생긴 것이다. 이런저런 협의 끝에 결국은 부녀회에서 주관, 금액의 일부를 경로당에 도와주는 걸 전제로 해결을 보았던 것이다. 요즘 부녀회 통장엔 봄가을 야유회 경비며, 이웃돕기 성금 내는 것 따위를 다 제하고도 몇백만 원이 들어 있는 걸로 알고 있다. 여기에는 보이게 안 보이게 강 회장 힘이 크게 작용하고 있다는 것도 알 만한 사람들은 다 아는 일이다. 자기 복안은 내일이라도 입찰에 붙여 기타수입으로 공금 장부에 올려 잡음을 없애고 싶지만 아직 못하고 있는 게 송 회장으로선 자못 못마땅하다.

강 회장을 떠올리자 조금 전 고 반장한테 들은 게 있어 그런지 괜히 그만 송 위원장 심기가 불편해진다. 지난번 불미스러운 운영비 집행과 연관된 명품 백 이야기가 나왔을 때도, 진원지가 그쪽이 아니겠느냐는 사람들이 더러 있어 수습하느라고 애를 먹었는데, 어찌 된 일인지 일만 터졌다 하면 그 바닥에는 강 회장 연루설이 암묵적으로 깔리는데. 도무지 가리사니가 잡히질 않는다.

송 위원장은 어수선한 머릿속을 털어버리듯 고개를 흔들며 창밖으로 두었던 시선을 거두어들인다. 시계를 본다. 3시 30분. 점심 전에 들어왔으니까 기다린 게 벌써 4시간이 훨씬 넘는다.

박 소장은 그러고도 한참을 더 지나서야 돌아왔다.

"아직 강 회장은 거기 있습니다."

속이 타는지 들어서자마자 정수기의 물을 받아 두 컵이나 달아 비운 뒤, 누가 묻기나 한 듯 송 위원장에게 이르는 말이다.

"무슨 얘기를 했어요? 지금까지."

"별로 한 얘기도 없습니다."

"시간이 지금 몇 신데."

"그냥 붙들어놓고는 그래 있었던 거죠."

"……."

"하나 묻고는 실컷 있다가 또 하나 묻고. 대여섯 번이나 되는지 모르겠습니다. 물을 게 뭐 있어야지요. 아는 것도 없고요."

"오 씨가 그쪽 104동 뒤 어디서 떨어진 거 같던데, 뭐라고 결론도 없었고?"

두 사람은 응접세트로 자리를 옮겨 마주 보고 앉는다.

"투신으로, 잠정적이긴 하지만 그래 보는 거 같더구먼요. 그렇더라도 부검 이야기가 나오고, 어쩌고 하는 걸 보니까 최종

결과는 좀 더 기다려봐야 하지 싶습니다."

"오 씨가 강 회장을 찾아간 거 아니오?"

조금 전 고 반장한테 들은 이야기도 있고 해서 확인해본다.

"정황은 그렇다고 봐야죠."

"어제가 쉬는 날인데 그 사람이 거기는 왜 갔대요?"

"그걸 누가 압니까."

대답이 자기가 알고 있는 것과는 다르다. 일부러 피하는 건지, 정말 모르는 건지 아리송하다. 근간에 와서 박 소장의 일거일동에 석연찮은 점이 간혹 보였으나, 그걸 정권 말기의 레임덕 같은 것으로 비화시켜 보고 싶은 생각은 없었는데, 오늘 말투에도 그게 조금 엿보인다. 그러나 송 회장은 그런 일에까지 신경 쓸 일은 아니라고 생각한다.

"……."

"하여튼 좀 더 기다려보입시다. 나중에 강 회장이 오고 하면 무슨 얘기가 안 있겠습니까. 우선 가 있어라는 걸 보니 또 부를 것 같던데, 어떻게 결말이 나올지는 아직 아무도 모르고 하니까 말입니다."

말투에 짜증이 좀 섞였다.

"어쨌거나 멀쩡한 사람이 하나 죽었는데……."

"문제는 타살이냐, 자살이냐 이건데, 강 회장이 그 힘으로 사람을 집어던지진 않았을 테고. 하여튼 그런 이야기가 오가는 거 같습디다. ……참, 희한한 일도 다 생기는 기라. 어쩐다고 그런 일이……."

박 소장은 이야기를 어중간하게 끊고 또 물을 한 컵 채워 꿀꺽꿀꺽 소리가 나도록 마신다.

"하여튼 수고 많았어요. 점심은 어쨌는지 모르겠다. 안 먹었거든 시켜 들어요. 난 그만 집에 들어갈게요."

송 위원장은 벌떡 일어나 밖으로 나온다. 문밖까지 다 나와서는 무슨 생각을 했던지 다시 들어간다.

"저어, 보자. 김 양아. 우리 농장에서 가져오는 버섯 있지. 그거 앞으로는 안 들어올 거다. 혹 누가 찾는 사람이 있더라도 애길 잘해라. 알았제."

"저도 그 얘기 들었습니다."

김 양이 벌떡 일어난다. 그때서야 김 양은 문득 발견한 듯 우편물이 든 장부를 자기 앞으로 당겨놓으며 확인해 본다.

마지막 도시락

오전 내내 멀쩡하던 하늘이 점심나절부터 거짓말같이 찌무룩하게 흐리더니 이윽고 눈송이를 펑펑 쏟아놓는다. 이번 일기 예보는 신통했다.

대설이 며칠 전에 지나긴 했지만 그런 절후를 곧이곧대로 믿는 사람은 잘 없다. 그만큼 이쪽은 눈이 귀했다. 작년에도, 재작년에도 영동으로, 호남으로는 폭설로 재해구역을 별도로 설정한다느니 어쩌니 할 만큼 많은 눈이 내려 난리를 쳤지만 이쪽으론 진눈깨비 한번 제대로 흩날리는 꼴을 못 봤다. 겨울 가뭄으로 엉뚱한 식수 때문에 물난리를 치렀던 곳이기도 했다. 그렇다 보니 이번에도 중부이남, 특히 영남 쪽으로 많이 오는 곳엔 10센티미터가 넘겠다는, 요즘은 제법 잘 맞힌다는 기상예보에도 그 말을 액면 그대로 믿는 사람은 별로 없었다. 오면 오고,

안 오면 그만이라는 식이었다. 절후만 대설이었지 어제까지도
가을 날씨가 안 떠나고 그냥 돌아다녀, 이런 푸근한 날씨에 눈
은 무슨 눈이냐며 시큰둥했던 사람들이다.

시커먼 구름장이 겹으로 어울리며 시작하는 가락이 잠깐 어
우르다가 그만둘 그런 눈은 아무래도 아니다. 절후가 그냥 있는
게 아니란 걸 입증해 주려는 듯, 시간이 지날수록 눈송이는 굵
고 탐스럽기까지 했다.

관리사무소 앞 은행나무와 건너쪽 전신주를 기둥으로 해서
걸어둔 현수막 하나가 흩날리는 눈송이 속에 덩실덩실 춤을 추
고 있다.

강송자님, 대표자회의 의장 당선을 진심으로 축하드립니다.

울긋불긋 무지개 단장을 한 현수막에 담긴 문안이다. 〈장미
촌아파트 부녀회〉가 작은 글씨로 들어 있다.

단지 정문을 가로질러 걸린 현수막은 더 크고 야단스러웠다.
거기에는 〈새마음용역지원센터〉가 들어 있다. 현재 장미촌의
경비원을 비롯한 모든 용원과 도색, 보수 등을 맡고 있는 용역
업체다.

슈퍼마켓에서 세워놓은 크리스마스트리와 거기서 울려 퍼지
는 캐럴, 눈발에 흔들리는 현수막의 춤사위가 묘한 연말 분위

기를 만들어놓는다.

가을가뭄 끝이기도 하지만, 오랜만에 모처럼 맞는 눈이라 그 앞을 내왕하는 사람들 표정도 한껏 밝고, 걸음걸이 또한 가볍다. 부딪는 사람들마다 눈 이야기로 꽃을 피운다.

세상이 금세 하얗게 변한다. 조용하던 놀이터 마당이 고삐 풀어놓은 망아지처럼 뛰어다니며 뒹구는 아이들로 시끄럽고 넘실거렸다.

오 씨 후임으로 들어온 103동 〈1문〉의 김 씨는, 아까부터 창 밖을 내다보며 반갑잖은 얼굴을 만들고 있다. 당장 눈을 쓸어야 하나, 모처럼 오는 눈인데 그냥 두었다가 좀 더 쌓이거든 쓸까, 이쪽 관행을 가늠하고 있는 것이다.

벌써 건너 104동 경비원들은 약속이라도 한 듯 모두 나와 눈을 쓸기 시작한다. 103동은 바람맞이 쪽이라 낙엽 따위의 쓰레기들이 주로 104동 앞으로만 몰려, 이쪽에선 빗자루 들 일이 별로 없어 그거 하난 참 좋았는데, 똑같이 쏟아지는 눈에는 도리가 없다. 마침내 김 씨도 빗자루를 들고 나온다.

하얀 눈밭에 발자국을 찍으며 나타난 한 여인이 김 씨 앞을 엉거주춤 막는다. 어울리지 않게 빨간 등산모를 쓰고 있다. 눈을 계속 맞고 왔던지 온몸이 눈투성이에다 차림새가 어수룩하고 고약스러웠다. 〈1문〉 골목 사람은 아니다.

김 씨와 눈이 마주치자 여인은 헤벌쭉 어처구니없는 웃음을 한번 보이고는 묻는다.

"여게, 오 씨는 어데 갔능교?"

무슨 이야기난 듯 김 씨 눈이 희번덕인다.

"오 씨라뇨? 몇 호에 사시는 분인데요?

뭐 이런 사람이 다 있느냔 듯, 여인은 김 씨를 한참 노려본다.

"……아파트 사람이 아이고 여게 경비실에……"

"경비실에는 나 혼자뿐이거등요."

"이녁 말고, 또 한 사람 안 있능교?"

이쪽 물정을 좀 아는 사람 말투다.

"아, 구 씨. 그 양반은 오늘 근무가 아이고 낼 나옵니다."

"하이, 참. 구 씨 말고……"

"구 씨 말고는 읍는데요."

김 씨가 정색을 한다. 여인이 못마땅한 표정을 만들어 다시
고쳐 묻는다.

"오 씨라카이 그라네. 말을 귓구멍으로 안 듣고 어데로 듣는
지 모르겠다. 이거 그 양반 점심인데 들어오거등 좀 주이소. 방
아 할미가 노코 갔다 카문 압니대이."

여인의 또렷한 말에는 확신이 들어 있다.

"잘못 찾았습니다. 여게는 103동인데 다른 동인 모양이제. 우
리 1문에는 오 씨 성 가진 사람이 읍다이까요."

"……"

여인의 얼굴이 샐쭉 토라진다. 상대하자니 골치가 아프다는
듯한 표정이다. 한참 김 씨를 치떠 보던 여인은 결심이라도 한
듯 들고 온 도시락 보따리를 직접 경비실 안에다 갖다놓고 나
온다. 어색하지 않은 처신이다. 계단을 내려오면서 김 씨에게 다
시 이른다.

"좀 있다 빈 그릇 찾으러 올 거이까, 그래 얘기해 주이소"

여인은 말 한마디를 더 보태놓고 어린이 놀이터 쪽으로 가더
니만 거기 빈 의자에 앉는다. 보는 사람들 눈에는 좀 해괴해 보
이나 정작 자신은 태연스럽다. 여인의 천만부당한 행색에 어리
둥절한 김 씨는 아직 이쪽 일에 익숙하지 못한 어리둥절한 눈
으로 여인의 꽁무니를 지키며, 조심스럽게 쫓는다.

여인은 무슨 생각을 하는지 골똘한 표정으로 하염없이 하늘
을 바라본다. 해롱해롱 웃기도 하고, 속내를 알 수 없는 짓거리
로 허둥대기도 한다. 갑자기 어린애가 되어 눈송이를 받으러 쫓
아다니며 뒹굴기도 한다. 그러다가는 그네로 자리를 옮겨 흔들
리는 대로 몸뚱이를 맡긴다. 눈발 속의 여인의 난해한 행동이
무성영화의 낡은 자막처럼 어지럽다.

이를 멀뚱한 표정으로 지켜보던 김 씨가 문득 생각난 듯
〈2문〉을 들여다보며 손짓으로 조 씨를 불러낸다.

"혹, 저 아지매, 누군지 알아요?"

김 씨가 여인이 눈치 못 채게 입술을 쭉 빼물어 놀이터 쪽을

가리킨다.

"……?"

조 씨의 찌푸린 얼굴이, 눈발 속이라 짐작이 얼른 안 가는 모양이다.

"오 씨가 누구여. 저 아지매가, 여게 그런 사람이 읍다 캐도 오 씨 주라 카믄서 도시락을 내놓고 갔는데……."

김 씨의 다음 말에 조 씨의 표정이 이내 굳는다.

"맞다, 그 양반이다. 넘자 전임자가 오 씨 아이가. 그 양반 부인이 맞구만."

"……."

"도시락을 싸들고 왔다 카믄……. 그라문 저 양반은 자기 영감이 죽은 걸 아즉 모른다는 이바구가 대는데. 앙이, 이런 낭패가 있능가."

"아니 무슨 그런……."

"치맬 알코 있다는 얘긴 들었어도 그리 심하진 않다 거라더이만."

"치매요?"

"……."

새로 입에 담기가 조심스러운 듯 고개만 끄덕인다.

"……."

김 씨도 따라 고개를 끄덕인다. 그 말을 듣고 보니 지금까지의 행동들이 이해된다는 표정이다. 분명히 정상은 아니다. 버려진. 그러나 아직은 자기가 버려졌다는 사실을 까맣게 모르고 있는 강아지 모습이다.

여인은 그네를 탄 채로 하늘을 끌어안으려는 듯 두 팔을 잔뜩 벌려 펴고는 하하하, 웃어젖힌다. 실성하고 괴상한 짓거리가 그때서야 표가 난다. 허망과 어지러움으로 짓이겨진 웃음소리가 눈송이를 헤집고 하늘로 오른다. 하하하, 해해해, 흐흐흐흐……

"……"

"……"

신파극에 빠진 관객처럼 두 사람은 더 말없이 여인을 지킨다. 딱하게, 언짢게 몹시 일그러진 표정들이다.

한참 뒤에서야 김 씨가 조심스럽게 조 씨에게 건넨다.

"그나저나 도시락 저건 어떡하노. 오 씨 주라 카문서 여게다 두고 갔는데……"

〈끝〉